Raimund Ziegler

Mit Haut und Hingabe

BDSM-Geschichten

seitenblick

Alle Personen und Ereignisse sind erfunden, Ähnlichkeiten mit realen Personen wären zufällig und unbeabsichtigt.

Für Thermchen und Satara

SEITENBLICK
Verlag B. Tegtmeier
Schillerstr. 1
53721 Siegburg

Titelbild: Selbstbild von Minon, http://home.fotocommunity.de/minon
Titelgestaltung: T&M, St. Augustin

ISBN: 978-3-933540-18-8

Inhalt

I. Leichte Beute

II. Augenweide

III. Stilles Glück

I. Leichte Beute

Das Korsett

Es ist hell in diesem Hotelzimmer. Selbst als ich die beigefarbenen Filzvorhänge zugezogen habe, leuchtet der Tag noch durch die Stoffritzen. Du legst ein Kissen aufs Bett, das meinen Kopf stützt, während ich auf der Seite liege und dich stumm anschaue. Endlich bist du da! Nach all den Wochen, nach all den Mails tanke ich mich auf an dir, atme tief durch. Lasse dich ein über meine Augen, inhaliere deine Seele. Spüre, wie sich die Schleusen in mir öffnen und du mich flutest. Alles Dunkle, alle Zweifel, alle Ängste lösen sich mit einem Mal in nichts auf, verschwinden durch deine bloße Präsenz. Du schaust mich ungläubig an und genießt den Augenglanz und das Lächeln in meinem Gesicht.
Ein langer Kuss, ein Öffnen der Augen zwischendurch, ein gegenseitiges Versichern, dass alles gut ist und alles gut wird. Und weiterküssen. Die Zweifel wegküssen, die Unsicherheit, das Fremdeln voreinander. Wie man umschalten kann binnen weniger Minuten! Wie man nahtlos von der einen in die andere Welt hinübergleitet.
Du liegst auf dem Bauch, als ich dich schlage. Und ich knie auf dem Bett, lasse die Nailcat auf deinen Arsch sausen. Ein wunderbarer Sound ist das, ein Pfeifen und Sirren in der Luft wie ein nahender Sturm! Irgendwann habe ich raus, dass man diese Peitsche im Kreis rotieren lassen muss, sodass ihre Enden deine Haut streifen, nur kurz deinen Po berühren. Wie 1000 Nadeln muss das für dich sein. Es macht mich an, damit zu schlagen. Diese feinen Nylonschnüre passen zu dir - und zu mir. Sie verletzen nicht wirklich und bewirken doch, was sie bewirken sollen.
Ich mache dir einen Knutschfleck oben rechts auf die Schulter. Sauge deine Haut kurz an, und schon ist sie auf einer Breite von zwei Zentimetern blutrot. Als du den Fleck siehst, erzählst du von deinem Mann, der immer lange »herumfuhrwerkt«, ehe ihm ein Knutschfleck gelingt. »Wie schaffst du es umzuschalten?«, denke ich still. »Wie schaffst du es, diesen Mann, mit dem du drei Kinder hast, in den Stunden mit mir zu verdrängen?«
Du drehst dich auf die Seite und irgendwann streichelt meine Hand deine Wirbelsäule hinunter, gleitet mein Finger in die Ritze deines Pos, fährt beiläufig über deinen Anus. Dein leises »Mhhh« und dein kurzes Gegenpressen lassen mich schmunzeln. Also wieder zurück mit dem Finger, ein Stückchen höher. Ein kurzer Druck ... Ganz ohne Worte geht das. Nur deine Gesten und ich, der tief in dich hineinhorcht. Ich drücke auf deinen Schließmuskel und spüre deine Gegenbewegung, schaue dich an, aber du hältst die Augen geschlossen. Mein Mittelfinger spielt mit dir, massiert deinen Anus

und dringt ein Stück weit ein. Du stöhnst leise dabei und ich spüre: Du magst das. Es macht dich geil, von meinem Finger gefickt zu werden. Und irgendwann fühle ich die Schaumkrönchenwellen, die durch deinen Körper zucken.
»Woher wusstest du ...?«, fragst du mich. Und ich flüstere in dein Ohr: »Intuition«. Dann küsse ich deine Tränen weg. Erst von deiner rechten Wange, dann von deiner linken. Was für ein Geschenk, dich so erleben zu können und diesen Moment mit dir zu teilen. Wie lange war ich einer Frau nicht mehr so nah!
Mein Schwanz in deinem Mund, eingespeichelt und sanft von deiner Zunge verwöhnt. Dein Erstaunen über den Ring hinter meinen Hoden. Ein kurzes »Oh«, weil offenbar so noch nie gesehen. Aber ich kann nicht. Kann dich da unten nicht lange zulassen, ziehe deinen Kopf zurück, ziehe dich in meine Arme. Dass mein Verweigern mit meiner Frau zu tun hat - mit dem Gefühl zu betrügen, wenn es mir jetzt käme -, das verschweige ich dir. Für einen Moment überlege ich, dich zu bitten zu switchen. Mir die Hände auf den Rücken zu binden, damit ich dir ausgeliefert und schuldlos geil sein könnte, aber ich sage das nicht. Wage es nicht, obwohl es funktionieren würde, denn es nähme mir die innere Blockade.
Aus dem Spielkoffer hole ich das schwarze Lederkorsett, das wie neu aussieht, obwohl es meiner Frau gehört - aber auch das sage ich dir nicht. Helen hat es nur ein Dutzend Mal angehabt. Sie mag es nicht, fest eingeschnürt zu sein. Und irgendwann war das Korsett dann zu klein für ihren Körper. Du nimmst das Teil mit großen Augen an, fragst: »Ein Geschenk für mich?« Als ich nicke, stehst du auf und lässt deinen nackten Körper zwischen den Lederhälften verschwinden. Ich stelle mich hinter dich, küsse deinen Nacken und ziehe die Schnüre fest. (Was werden die lang bei deiner schmalen Taille!) Das Korsett schließt sich wie ein Tor - und am Ende passt es, als sei es maßgeschneidert für dich.
Als du dich umdrehst, geht die Sonne auf in diesem Zimmer. Wie schön du bist in diesem Korsett. Wie dein Körper plötzlich anders wirkt. Wie edel das aussieht, wie elegant. Du betrachtest dich im Spiegel und kannst nicht glauben, wie perfekt das Korsett passt. Du freust dich wie ein Kind und strahlst. Wirst plötzlich ganz still und küsst mich. »Du willst es mir wirklich schenken?«, fragst du. »Ich kann es wirklich behalten?«
»Ja«, sage ich (und spüre, wie sich mir der Magen umdreht dabei). »Du kannst.«
Ich lege dir einen Fesselsack aus schwarzem Leder an (der ebenfalls Helen gehört). Ich fummle ein bisschen an den Riemen, damit sie sich symmetrisch über deiner Brust kreuzen. Als ich dich so sehe, steigt endlich Lust in mir auf. Endlich ist es Feuer und nicht

nur Liebe. Ich lege dir ein Halsband um, hake eine Leine ein und ziehe mit Nachdruck daran. Du folgst mir in deiner Fesselung in Trippelschritten durchs Zimmer, und ich spüre mich plötzlich zu Hause. Wie ein Heimspiel ist das. Für einen Moment rieche ich den vertrauten Geruch meiner Frau. Und dann stehen wir beide im Zwischenland. So plötzlich und mittendrin, dass es mich verblüfft.
Ich weise dich an, dich vors Bett zu knien. Und noch einmal nimmst du meinen Schwanz zwischen deine Lippen. Ich schaue dir zu und genieße deine Hingabe. So echt am Boden hatte ich dich noch nie! Deine Schönheit überstrahlt das Tageslicht, das durch die Vorhänge fällt, macht es magisch für mich. Und doch kann ich mich noch immer nicht fallen lassen, ziehe dich auch diesmal weg.
Du liegst in Seitenlage auf dem Bett - korsettiert und hilflos eingeschnürt, als ich beginne, an mir zu spielen. Du hast die Augen geschlossen und nimmst nicht wahr, dass ich mir ein Kondom überstreife, während ich trotzig meiner Lust nachgehe. Wir küssen uns, während ich mich selber ficke. Mein Atem geht schnell dabei, meine Augen so anders, meine Gedanken so wüst und meine Stimme ganz rau. Ich schaue auf das schwarze Leder des Korsetts, auf die Wölbungen deiner Brüste. Ich schließe den Mund, atme durch die Nase. Ich rieche. Rieche den Duft von Helen und sehe dich an dabei. Ich will es jetzt. Ich will es vor dir und vor mir, will es deinet- und meinetwegen. Und ihretwegen. Es ist ein Wutficken, ein Trotzwichsen. Ein verbissener Kampf, es endlich fertig zu machen. Es abzuschließen für mich - und vor dir. Und vor Helen.
Als ich es zu Ende bringe und endlich explodiere, ist das wie ein Zerbersten. Als sei etwas in Stücke gegangen. Du lässt mich auspendeln und eine lange Weile verschnaufen. Dann zauberst du ein Lächeln auf deinem Gesicht, aber sagst nichts. Denn du glaubst: Für einen Moment habe ich dir gehört - dir ganz allein.

Happy Weekend

Samstag

W.S. - Miras neuer Besitzer - nutzt die Gelegenheit eines Geschäftstermins in Straßburg für einen kurzen Abstecher von der Autobahn, um »Fickstück S23« (so nennt er Mira) bis Sonntagabend bei uns zu parken. Dass unsere Bemühungen mit einem Karton Sekt (»Crémant d'Alsace«) belohnt werden, unterstreicht W.S.' Wertschätzung für uns. Wir deuten das als besonderen Vertrauensbeweis.

16.33 Uhr: Y. (meine Frau) und ich übernehmen Mira und - aufgrund der kurzen Vorlaufszeit - auch W.S.' Liste mit Anweisungen, was mit Mira geschehen soll. Erste ausgiebige Oralbenutzung von Mira bis ca. 18.10 Uhr, danach Dunkelhaft im Isolationskäfig. Hände mit autom. Seilzug fixiert, was die relativ statische Erscheinung der Hängung mindert, ohne wirkliche Freiräume zu geben. (Sehr wirksam!)

19.22 Uhr: Elektrobehandlung von Mira als Soften-up und zur akust. Unterhaltung. Sehr gute Ergebnisse bei Behandlung der Achselhöhlen (auf so was muss man erst mal kommen!). Miras Augen bewusst nicht verschlossen, da Blickkontakt erwünscht bzw. befohlen war. Faszinierend zu beobachten (und zu hören), wie Miras Schreien, Stöhnen und Wimmern zum Mittelpunkt der Aktion wird. Das Ganze mehr Konzert als Behandlung. Mira zwischendurch einige Male kurz vor dem Abbrechen (vor allem bei Behandlung im Gesicht und an den Brüsten). Sehr guter Sekt. Der Crémant besitzt ein ausgeprägtes Bouquet mit Aromen nach weißen Blüten und Wachs - W.S. hat eben Kultur.

21.24 Uhr: Abstrafung von Mira mit langsamer Gabe von ca. ¼ l Fremdurin in ihren aufgespreizten Mund (Hinweis: Mira hasst Urinbehandlungen). Y. setzt ihr Klammern an die Nippel und genießt als entspannte Beobachterin Miras hektisches Atmen. Da Mira sehr unsauber schluckt, wird die Aufgabe als nicht erfüllt gewertet. Deshalb ausgiebige Behandlung mit Reitgerte, Stock, Peitsche. (Nein, das ist kein Blut zwischen ihren Schenkeln - einfach nur wund gescheuert.) Anschließende Vulva-/Analbehandlung. Zwei (heftige) Orgasmen gegeben. Danach: Ausruhen und Delektieren an Miras schöner Blässe im Gesicht.

23.24 Uhr: Zum Abschluss der Behandlung wiederholte Gewöhnung Miras an tiefe Oralbenutzung. Nach mehrfacher Gabe von Xylo zunehmende Reizung des hinteren Kehlbereichs mit einem Ringspatel. Dressurende gegen 1.00 Uhr. Für die Nacht: Hände auf Rücken zusammengeschlossen + Halseisen gegen Aufrichten. Augen zu, Ohren zu.

Sonntag

8.12 Uhr: Unangekündigtes Morgentraining als Warm-up. Miras Augen und Ohren noch immer verschlossen. High Heels 15 cm. Hände auf dem Rücken mit Kurzkette verbunden. Führungsleine mit Seilzug als Orientierung. Blind/taub in ihrer ganz eigenen Welt. Auslauf in unserem Keller: ca. 4 × 5 m. Miras verzweifeltes Bemühen, nicht zu stürzen, den Weg zu finden, nur gelegentlich zu heulen.

8.55 Uhr: Y. und ich wollen den sonntäglichen Kirchgang nicht ausfallen lassen, daher Mira zur Aufbewahrung in Rückenlage auf dem Behandlungsgestell aufgebockt. Vulva und Zitzen mit Saugern sensibilisiert. Miras Mund mit einem Spreizer geöffnet. Eine kurze Zwischenkontrolle zeigt keine Besonderheiten.

10.15 Uhr: Nach dem Kirchgang Wachsbehandlung von Miras Bauch und Brüsten, anschließend Besamung von Miras Gesicht und Mund durch mich. Das Schlucken fällt ihr schwer, weil der Spreizer ihren Mund ausgetrocknet hat. Miras Mund-/Kehlbereich wird anschließend von Y. mit einem Dildo gängig gemacht, wobei es nur einmal zu geringem Erbrechen kommt.

11.03 Uhr: Mira wird mit einseitiger Schenkelschnürung im Wohnzimmer positioniert, gesichert durch einen Brustgurt. Ich helfe Y. beim Kochen. Zwischenkontrollen um 11.20 Uhr und um 11.35 Uhr zeigen Mira in guter Verfassung. Um ca. 11.45 Uhr ist keine Standsicherheit mehr gegeben, da Mira stark zittert und ihr geschnürtes linkes Bein krampft. Deshalb Positionierung in Zwangsstellung mit rückseitig eingeführter Intruderstange auf dem Behandlungsgestell, wo Mira bis nach dem Mittagsessen verbleibt.

13.23 Uhr: Wir bringen Mira in den Keller zurück, schließen sie im Käfig ein, wo wir sie sich selbst überlassen. Um Miras Vertrauen zu erhalten, stellen wir ihr die übrig gebliebenen warmen Kartoffeln mit 1 Scheibe Putenbraten in den Käfig. Essen muss sie mit den Fingern.

13.56 Uhr: Y. und ich gönnen uns einen Mittagsschlaf, sind um 15.21 Uhr wieder wach. Mira hat alles aufgegessen; ihre Lippen sind ausgetrocknet; offenbar hat sie Durst. Y. verabreicht Mira 1 Liter Kamillentee aus einem Blechnapf. Penisknebel sowie tief eingeführte Dildostange und Analplug machen Mira deutlich, dass sie ihr Selbstbestimmungsrecht über ihre Körperöffnungen an Y. abgetreten hat. 25 Min. später: Y.s Hand auf Miras Blase, um ihr feines Zittern zu spüren. Den Knebel etwas herausziehen und Miras mühsames Schlucken im Hals sehen. Einen Speichelfaden mit dem Finger fangen. Ihre Schamlippen öffnen und die Nässe fühlen. Mira pisst den Boden voll und erhält 10 Ohrfeigen.

16.01 Uhr Standfixierung zur emotionalen Öffnung. Danach Mira von Y. und mir gepeitscht, bis Mira heult. Die Behandlung jetzt als reines Painplay, abzielend auf maximale Lautstärke Miras. Wunderbar der Moment, als sich die erste Spur von Angst in Miras Gesicht zeigt. Anmerkung: Jede/r hat das uneingeschränkte Recht, jederzeit, ohne Begründung, ohne negative Folgen, das Ritual/die Dressur abzubrechen. Schwer zu tragen und oft schwer zu ertragen - manchmal sogar für uns. Aber genau darum geht es. Mira hält durch. Sehr schön mitgegangen! Brave + gut erzogene Sklavin.

16.37 Uhr: SMS von W.S.: »Bin in 20 Minuten bei euch. Bitte um finale Behandlung von S23.« (W.S.s Wunsch klingt wie Musik in unseren Ohren!) Y. hängt Mira bequem auf Höhe, ich setze ihr Zitzenklammern mit Glocken als Signalgeber gegen zu heftige Bewegungen. Dann Mira ausgiebig vag. genommen (Y. dringt anschließend mit einem Strap-on in Miras Anus ein). Jeweils 1 Org. gegeben. Geil zu sehen, zu zeigen, was eben noch Imagination war. Der Ausdruck in Miras Gesicht. Der Moment, wenn sich alles löst: mein Abspritzen, ihr Schrei. Nach kurzer Pause Mira ca. ½ Meter höher gehängt - zur Abkühlung. Mira, in sich selbst verloren, wimmert. Ihre Neugier/ Geilheit sind perdu, jetzt spürt sie Schmerz/Frustration. Prächtiges Schlussbild: ihr schöner, gut trainierter Körper (nicht unser Verdienst!) und ihre Striemenhaut - als Andenken von Y. und mir.

16.20 Uhr. Abholung von Mira durch W.S. - Y. und ich danken noch einmal für den Karton exzellenten Sekts. Von leuchtender hellgoldener Farbe besticht der »Crémant d'Alsace« durch sein feines Mousseux (sehr fruchtig und geschmeidig am Gaumen), sein duftendes Bukett und durch seine große Eleganz. Eine wahrhaft hervorragende und garantiert flaschengegärte Elsässer Alternative zu Champagner!

Jahrestag

Er schickte ihr per E-Mail einen Link zu YouTube. Und als sie auf das Video klickt, sieht sie sich nackt in diesem Hotelzimmer. Hört sein bestimmendes »Kriech!«, während sie wie eine rollige Katze vom Bett gleitet und Haltung auf Händen und Knien annimmt. Sie schaut direkt in die Kamera. Hat die Augen geschlossen und den Mund weit geöffnet. Sie hebt ihren Kopf und senkt ihn wieder, als sich vom linken Bildrand eine Hand - es ist Helges Hand! - zwischen ihre Beine schiebt und zwei Finger in sie gleiten. Sie streckt ihr Kreuz durch und lässt ihre Hüften schwingen. »Fick mich«, stammelt sie. »Bitte finger mich, und dann fick mich.« Die Hand gleitet in Richtung ihres Gesichts, und zwei nasse Finger schieben sich sanft in ihren Mund. Die Kamera zeigt, wie ihre Lippen daran saugen und lecken. Dann Schnitt. Sie steht am S-Bahnhof Benrath und wartet auf den Zug. Nimmt kurz ihren iPod aus der Jackentasche, um die Lautstärke nachzuregeln. Wieder Schnitt. Sie geht durch die Eingangstür des Firmengebäudes, in dem sie arbeitet. Die Kamera zoomt auf den Schriftzug *Nerb KG*. In der nächsten Einstellung kommt sie mit zwei Einkaufstaschen um die Ecke des Häuserblocks, in dem sie wohnt, geht bis zu ihrer Haustür, schließt auf. Die Kamera zoomt auf ihr Klingelschild: *Dietzler*. Dann endet der Film.

Der Monitor schwankt vor ihren Augen, wird breit, wird schmal, kippt plötzlich um die eigene Achse und rotiert wie ein Windmühlenflügel. Für einen Moment glaubt Susanne, kotzen zu müssen, aber sie fängt sich. Tränen schießen ihr in die Augen. »Dieses Schwein«, stammelt sie. »Es ist doch aus.« Ihr Magen zieht sich zusammen, ihr wird schlecht. Sie begreift die Tragweite des Videos. Erkennt, dass Helge sie öffentlich gemacht hat - brutal, schonungslos, mit Kalkül. Und dass jeder sie jetzt auf YouTube sehen kann, sofern er den Link kennt. Sie fühlt sich schutzlos. Fühlt sich ausgestellt. Wie am Pranger. »Das ist Stalking«, schreit sie. »Ich will das weghaben. Weglöschen. Wegmachen. Weg! Weg!« Schlägt mit der Faust auf ihren Schreibtisch. »Nein«, ruft sie laut. »Nein!« Und immer wieder: »Warum?«

Ihre Gedanken überschlagen sich: Wo war da eine Kamera im Hotel? Sie hat damals keine gesehen. Wie kann Helge sie am Bahnhof gefunden haben? Sie hat ihm nie eine Adresse von sich gegeben. Woher weiß er, wo sie arbeitet? Wie kann er wissen, wo sie wohnt? Sie hat das alles vor ihm verborgen - so, wie sie es immer tut, wenn sie sich mit Männern aus der Szene trifft. Wie hat er trotz aller Vorsichtsmaßnahmen in ihre Privatsphäre eindringen können? Es ist aus und vorbei mit Helge - seit gut einem Jahr. Und bis auf diese eine Hotelnacht hat es keine weiteren Treffen zwischen ihm und ihr gegeben. Auch keinen weiteren Kontakt mehr. Sie hat sich ihm nach dieser Nacht erklärt, ihm eine lange Abschiedsmail geschrieben, die mit dem Wunsch endete: »Bitte antworte nicht mehr.« Dann hat sie ihr Profil gelöscht und ihre E-Mail-Adresse samt Handynummer geändert. Wie hat er sie jetzt finden können? Woher kennt er ihren neuen Account?

»Ruhe!«, sagt sie laut. »Ganz ruhig jetzt. Eines nach dem anderen.« Und setzt noch einmal neu an in ihren Erinnerungen - beginnt bei der Kamera. Helge hat sie von vorn gefilmt. Was hat sie gesehen, als sie auf allen Vieren kniete? Einen Stuhl? Einen Schreibtisch? Einen Koffer? Ja! Sie hat auf einen Koffer geschaut, als er seinen Finger in sie steckte. Der Koffer war aus Stoff. Ein dunkelgrauer Koffer mit einem Reißverschluss, der offen war. Dahinter, im Inneren des Koffers, muss die Kamera versteckt gewesen sein. Gesprächsfetzen rattern durch ihr Hirn, E-Mails, Telefonate. Dann fällt ihr ein, dass Helge mal von einem MP3-Spieler erzählt hat, an den man über ein Kabel eine winzige Cam anschließen kann. Diese Cam, die nur aus einer daumendicken Aufnahmeeinheit bestehe, filme ab 1 Meter alles scharf, hat er geschwärmt, auch im Dämmerlicht. Dieses Schwein! Diese hinterhältige, kleine Ratte! Deshalb hat sie auch kein Surren gehört. Weil MP3-Spieler über einen Flash-Speicher aufnehmen, was völlig geräuschlos geschieht.

Was hat sie noch in diesem Hotel getan? Was hat er sonst noch filmen können? Sie war nackt - bis auf die Ledermanschetten an ihren Handgelenken. Sie ist auf allen Vieren vor ihm durchs Zimmer gekrochen. Sie hat ihm einen geblasen, hat sich dann von hinten von ihm nehmen lassen. Sie hat geschrien und gestöhnt - so laut, dass er ihr am Ende den Mund zugehalten hat. Was hat er noch alles in der Hand gegen sie? Womit könnte er sie erpressen?

Kalter Schweiß bricht ihr aus. »Weg! Weg!«, brüllt sie. »Das Video muss da raus.«

Susanne scrollt die YouTube-Site runter, überfliegt den Textrahmen unterhalb des Abspielpanels. »Aufrufe: 536«, liest sie. »Oh Gott!« Sie sucht einen Namen, eine E-Mail-Adresse. Irgendwo muss doch stehen, wer das Video eingestellt hat. Sie scrollt hoch, scrollt tiefer. Klickt auf »Statistiken und Daten«, findet »Hinzugefügt: 8. April«. Das war gestern. Aber das hilft ihr nicht, sie will jemanden, der verantwortlich zeichnet als Einsteller. Sie scrollt weiter. Rechts oben in der Leiste liest sie: »pretendIdontexist« Sie klickt darauf und findet: »Beitritt: 7. April. Letzter Log-in: Vor einer Stunde.«

Eine E-Mail-Adresse findet sie nicht. Nur den Satz: »Verstoß bei Profilsymbol melden.« Sie klickt darauf und liest. »Du musst angemeldet sein. Du wirst jetzt auf die Anmeldeseite weitergeleitet.«

Das dauert ihr zu lange. Sie öffnet die E-Mail mit dem Link, den Helge ihr geschickt hat. Kopiert seine Adresse und schreibt ihm eine Antwort-Mail: »Ich hab dir nichts getan«, tippt sie. »Bitte nimm das Video wieder raus. Bitte!! Lass uns reden«, schreibt sie, gibt ihm ihre Handynummer. Fügt ein: »Es war doch schön mit uns. Die Nacht mit dir war wunderbar. Aber du kennst doch die Gründe, warum wir keine Zukunft haben.« Dann klickt sie auf »Senden« und fühlt sich besser.
15 Sekunden später macht es »Ping« in ihrem Postfach: Sie liest »Failure notice« in der Betreffzeile und wird blass: Die Mail an Helge ist mit dem Vermerk »undisclosed-recipients« wieder zurückgekommen. Er muss seinen Account gelöscht haben, nachdem er ihr den Link auf YouTube geschickt hat. Susanne nimmt ihr Handy, scrollt durchs Telefonbuch, aber findet Helges Nummer nicht mehr - sie hat sie längst gelöscht. Eine Anschrift hat sie nicht von ihm. Sie waren sich unter »Lovebound« und »Wendigo« im Netz begegnet und hatten beide beschlossen, incognito zu bleiben.
Wieder macht es »Ping« in ihrem Postfach. Eine Mail von Helge! »Wir haben heute Jahrestag, Sannchen«, schreibt er. »Du solltest darüber nachdenken, was du mir nach 365 langen Schweigetagen schenken wirst. Mein spezielles Präsent für dich hast du sicher schon bei YouTube gesehen. Wenn du rumzickst und mit deinen Reizen geizt, wirst du ab morgen Gesprächsthema Nummer Eins in deinem Wohnblock sein. Und was deine Schulfreunde, deine Bekannten und Familienmitglieder bei Stayfriends denken, wenn ich sie auf Bilderreise zu YouTube schicke ... das überlasse ich deiner Fantasie.«
Am Ende der Mail hängt ein Attachment. Susanne zieht es auf die Festplatte und öffnet die Datei - eine Halbtotale, die durch ein zweiflügeliges Fenster fotografiert ist. Hinter diesem Fenster sitzt eine schwarzhaarige Frau mit Pagenschnitt vor einem PC-Monitor. Sie sieht fahrig und aufgelöst aus. Sie trägt dasselbe Kleid, das Susanne trägt. Die Vorhänge des Zimmers sind genauso weit zurückgezogen wie die in Susannes Zimmer. Die Halogenleuchte auf ihrem Schreibtisch hat denselben Schwenkarm wie die Leuchte am Arbeitsplatz von Susanne. Und links neben der Leuchte steht sogar eine Blumenvase mit denselben gelben Petunien wie ihre ...
»Neiiin«, schreit sie - und geht zum Fenster.
Helge steht im Altbau in der gegenüberliegenden Häuserzeile. Steht im Flurfenster auf der 2. Etage und schaut direkt in ihr Zimmer. Susanne wünscht sich, dass alles bloß ein Traum wäre, ein Albtraum - aber es ist keiner! Denn als ihr Handy klingelt und sie den Ruf annimmt, setzt der Mann im Haus gegenüber ein diabolisches Grinsen auf und winkt ihr zu. »Du hast vor 12 Monaten nicht daran

gedacht, wie leicht man Handys orten kann, Schätzchen«, sagt er. »Aber mit MobileSpy konnte ich das und sah dann ein grün blinkendes Pünktchen in der Niemetzstraße 28.« Sein schallendes Lachen tönt wie ein Presslufthammer in Susannes Ohr. »Und jetzt will ich deinen Arsch«, sagt er. »In fünf Minuten - genauso wie vor Jahr und Tag.« Dann legt er auf und verschwindet vom Fenster.
»Das ist kein Scherz«, haspelt Susanne, »das ist jetzt echt.« Helge ist kein Spaßmacher, das war er auch damals nicht. Auch kein Erfüller ihrer Fantasien. Er machte ernst. Er spielte mit ihrer Existenz, spielte abgebrüht mit ihrem Ruf und der Möglichkeit, sie sozial zu vernichten. Susanne fühlt sich ohnmächtig. Sie fühlt sich gedemütigt. »Polizei«, schießt es ihr durch den Kopf. Sie tippt 1-1-0 ein, zögert dann aber, die Verbindungstaste zu drücken. Sie schluckt. Sucht etwas, woran sie sich festhalten kann. Ihre Hand ist schwer wie Blei, als sie zwischen ihren Beinen ankommt. Sie lässt ihre Finger kreisen, holt tief Luft, einmal, zweimal. »Ich ...«, setzt sie an und versucht, ihren gedachten Worten Klang zu geben. Aber sie scheitert, bringt nichts hervor. Hat keine Kraft mehr für ein »... will das nicht.« Ihr Mittelfinger kreist verloren zwischen Vulva und Oberschenkel. 5 Minuten - einen kleinen Tod würde sie sterben. Untergehen mit fliegenden Fahnen.
»Ja!«, seufzt sie resigniert. Und spürt an der Nässe in ihrem Schoß, dass sie längst bezwungen ist. Hört ihren kurzen Atem, fühlt ihren feuerroten Kopf. Denken geht nicht mehr. Sie fühlt die Hitze in ihrem Unterleib, stammelt: »Absurd!«, stammelt: »Völlig irre!« Und merkt, wie Helge längst eingedrungen ist in sie, obwohl er noch gar nicht im Raum steht. Kein Rollenspiel. Keine getürkte Nummer. Alles ist ganz echt, ganz roh, ganz drastisch. Und weil da nichts inszeniert ist, weil sie überdeutlich fühlen kann, was ihr passiert, schlägt ihr Gefühl um, kippt über in bizarre Lust.
»Es ist wahr«, denkt sie, »es ist so gottverdammt wirklich« - und spürt den Kitzel seiner Macht und ihrer Ohnmacht. Diesen seidenen Faden, an dem sie hängt wie eine Marionette. Dieses ausgebuffte Schwein! Er könnte sie in die Gosse treiben. Alles zerstören, was sie im Leben aufgebaut hat. Weil er ihr Schutzschild aufgebrochen hat, ihre Anonymität. Weil sie sich nicht mehr verstecken kann vor ihm. Er könnte ihr ein Messer an die Kehle setzen, ihr Daumenschrauben anlegen - sie hätte keine Chance. Und wieder spürt sie es. Spürt, wie wahr alles ist, wie authentisch. Spürt ganz live und wohlig die Gewalt, die er ihr antut. Spürt, wie er presst - und genießt das Flammenmeer ihrer Geilheit.
Sie zieht sich aus, öffnet die Wohnungstür einen Spalt, so wie damals, kniet sich auf den Boden. Als sie seine Schritte im Hausflur hört, die Stufe um Stufe lauter werden, drückt sie ihr Kreuz durch

und richtet ihren Hintern exakt im Winkel zur Tür aus. Ja! Sie würde sich freikaufen. So, wie er es wünscht: mit ihrem Arsch!
Es dauert eine kleine Ewigkeit, ehe sich die Tür öffnet. Und als Helge dann im Raum steht, sagt er nicht viel - nur zwei Wörter: »Leck mich!« Dann dreht er sich um, schließt die Tür wieder und geht.
Als Susanne 20 Minuten später noch einmal auf YouTube klickt, ist das kompromittierende Video verschwunden.

Tatort »Heimspiel«

Sonntagabend, 21:32 Uhr. Endlich wird es beim ARD-*Tatort* spannend! 13 Minuten vor Schluss steht auf der Kippe, ob der Bruder der Erschossenen der Täter ist oder die Tochter des angeheirateten Mannes.

Ich rätsele mit Kommissarin Lindholm nach der Auflösung des Falls - als Junis, meine Ehe-Domina, mich barsch in meinen Gedanken unterbricht: »Du gehst jetzt nach oben, ziehst dich aus und kniest dich wie üblich vors Bett!« Junis schaut kurz von der Flimmerkiste auf und wirft mir einen herrischen Seitenblick zu. »Sofort!«, setzt sie nach. »Ohne Diskussionen.«

Ich fluche still in mich hinein. So 'ne Kacke! Der sechste *Tatort* in sechs Wochen, den ich nicht zu Ende sehen darf. Das ist doch Mumpitz und hat mit Dominanz nichts zu tun! Aber ich beiße die Zähne zusammen und sage nichts - sonst lässt sie am Ende das Spiel kippen, was sie vor vier Wochen schon einmal getan hat. Da war der schöne Sonntagabend schlagartig zu Ende.

Gefrustet stapfe ich die Treppe hoch ins Schlafzimmer, mache Licht, ziehe mich aus, hole die Handschellen, die Augenbinde und die Knieschoner aus dem Spielschrank, lege sie 20 Zentimeter von der Bettkante entfernt auf den Boden und lasse meine Knie in den Schaumstoff fallen. Mensch, was knackt das in den Gelenken! Da merkt man allmählich doch schon die Jahre! Ich binde das schwarze Tuch um meine Augen, korrigiere den Sitz und reibe noch mal heftig an meiner Nasenspitze, damit sie nicht wieder zu jucken beginnt, wenn das Spiel losgeht. Konzentriert lausche ich nach unten, aber Junis hat den Ton leiser gestellt, sodass ich zwar Stimmen höre, aber die Wörter nicht unterscheiden kann. Ja, sie kann gemein sein. Wenn sie will!

Kaum knie ich, fällt mir ein, dass ich das Odol vergessen habe. Junis hat mich schon beim letzten Mal angewiesen, etwas gegen meinen Atem zu tun, bevor wir mit dem Spiel beginnen, aber man riecht sich ja nicht selbst. Also wieder das Tuch abnehmen, aufstehen und noch mal ins Bad, Odol ins Glas schütten, gut durchspülen. Ein eklig beißender Geschmack! Unten aus dem Wohnzimmer höre ich einen Schuss und einen Schrei. Es muss eine dramatische Wendung gegeben haben beim *Tatort*. Verdammte Scheiße! Für einen kurzen Moment bedaure ich, dass wir keine ganz normale Stino-Ehe führen. Aber was will man machen? Spiel ist Spiel und Ehe-Sklave ist Ehe-Sklave. Also füge ich mich und tröste mich damit, dass Junis und ich schon 14 Jahre verheiratet sind. Da kann nicht alles immer ein Volltreffer sein. Ideen verbrauchen sich nun mal. Und besser

ein laues Spiel als gar keins. Bei vielen anderen Paaren in unserem Alter läuft ja schon lange gar nichts mehr.
Wieder krachen die Knochen in die Knieschoner. Wieder lege ich das Tuch um, schiebe den Stoff etwas tiefer, jucke abermals an meiner Nase und ziehe dann den Knoten fest.
»Kniest du schon?«, höre ich Junis von unten rufen?
»Ja, Herrin«, antworte ich und fingere an den Handschellen, um sie ratschratsch um meine Gelenke zu legen. Bloß nicht zu fest schließen, sonst scheuern sie an den Knöcheln und irritieren meine Erektion. Ich bin da sehr empfindlich geworden!
Das Tuch lässt keinen Lichtstrahl durch und auch das Hören funktioniert nur noch gedämpft. Trotzdem lausche ich nach unten, konzentriere mich auf das undeutliche Stimmengewirr.
»Ich bin bereit, Herrin«, rufe ich. Und als keine Antwort kommt, schreie ich: »ICH BIN BEREIT, HERRIN!«
»Gut«, ruft Junis von unten zurück. »Ist gleich zu Ende. Nur noch drei Minuten.«
Wie gern hätte ich Maria Furtwängler jetzt zugeschaut, wie sie als Charlotte Lindholm in ihrer unterkühlten Art zum schlussfolgernden Finale ansetzt. Wie gern hätte ich noch einmal in ihre blauen Augen geschaut (oder waren sie grün?), ihr breites dominantes Kinn bewundert, in das ich mich heimlich verliebt habe. Bruder oder Ehemann, das ist noch immer offen! Und wer geschossen hat sowieso.
Dann endlich die *Tatort*-Schlussmelodie. Junis macht den Fernseher aus, lässt die Rollläden herunter und geht noch einmal in die Küche. Immer dasselbe Ritual: Sie füllt Wasser in die Kaffeemaschine, öffnet den Küchenschrank, dann die Kaffeedose, füllt zwei Löffel in den Filter, stellt die Dose wieder in den Schrank.
»Ich will Haltung sehen«, ruft sie von unten. »Zieh ja den Bauch ein!«
Ich ziehe meinen Bauch ein, so gut ich kann, als ich ihre Schritte auf der Treppe höre. Ich spreize die Knie etwas mehr und strecke mein Gesäß durch. Aber Junis geht vorher noch ins Bad. Scheppernd schlägt der Klodeckel an den Wasserkasten, dann setzt sie sich und strullert einen lang anhaltenden Schwall ins Becken. Mensch, was zischt das! Da hat sie aber lang eingehalten! Junis zieht ab, dann rauscht die Klospülung gleichzeitig mit dem Wasserhahn des Waschbeckens, weil Junis sich noch die Zähne putzt. Mundhygiene ist ihr viel wert, in dieser Hinsicht kann man ihr nichts nachsagen! Wieder denke ich an Charlotte Lindholm, an ihre rosafarben geschminkten Lippen, die so sinnlich lächeln können. An ihr blondes Haar - und an diesen plötzlichen Schuss, wer immer ihn auch abgegeben hat.
Dann endlich betritt Junis das Schlafzimmer. Und dann - na ja - dann könnte es eigentlich spannend werden an diesem Sonntag-

abend. Doch die Session läuft genauso beschissen weiter, wie sie begonnen hat.
Statt sich auf die Bettkante zu setzen und mich endlich zur Schnecke zu machen, öffnet Junis den Kleiderschrank und legt in aller Ruhe Bluse, Rock und Blazer für morgen früh raus. Dann will sie die Kerzen anzünden, aber das Feuerzeug ist leer und sie geht noch mal runter in die Küche, um ein neues zu holen. In diesem Moment spüre ich, dass die Handschellen unangenehm einschneiden. Außerdem wird es allmählich anstrengend, den Bauch einzuziehen. Als die Kerzen endlich brennen und Junis ihren Pulli auszieht, darf ich zur Begrüßung ihren Arm hochküssen. Ich beginne bei ihrer Hand, aber je höher ich küsse, desto mehr rieche ich ihren säuerlichen Achselschweiß und bedaure, dass sie mit Seife nicht ebenso pingelig ist wie mit Zahnpasta. Außerdem berühre ich mit meiner Schulter kurz ihren Oberkörper und merke, dass sie ihr Unterhemd nicht ausgezogen hat. Als ich mit meinen Lippen an ihrem Oberarm ankomme, beginnt meine Nase trotz aller Vorsichtsmaßnahmen zu jucken.
»Kannst du dein Unterhemd ausziehen?«, frage ich.
»Die Heizung ist abgestellt«, antwortet Junis gereizt, »und nackt ist mir zu kalt.«
Ich scheuere mit meiner Nase an ihrem Hals, um mir Linderung zu verschaffen. Wieder denke ich an Charlotte Lindholm. Dann höre ich Junis gähnen. Und mit einem Mal geht meine Erektion in den Keller.
»Bist du nicht mehr heiß?«, fragt Junis.
»Nee«, antworte ich, »die Handschellen schneiden zu sehr ein. Und knien kann ich auch nicht mehr.«
»Soll ich dich losmachen?«
»Ist besser«, sage ich. Und dann fragt sie, ob ich es mir selbst besorgen wolle oder mich mal hinstellen möchte zwischendurch, um die Knie zu entlasten, oder ob sie besser doch das Unterhemd ausziehen solle - trotz der Kälte. Und ob es mir helfen würde, wenn sie mir verriete, wer der Mörder war. Aber diese Genugtuung will ich ihr nicht geben.
»Nee«, sage ich, dehne das »e« mit sklavischem Stolz und puste die Kerzen aus. »Bloß nicht. Behalt das ruhig für dich.«
Als Junis eingeschlafen ist, rolle ich mich vorsichtig aus dem Bett und schleiche ganz leise die Treppe hinunter. Ich schließe die Wohnzimmertür, gehe zum Fernseher und grinse still in mich hinein. Dann spule ich den Festplattenrekorder zurück, den ich klammheimlich programmiert habe, stoppe ihn bei 21:32 Uhr und drücke auf »Play«.
Ich mag zwar ein Sklave sein - aber blöd bin ich nicht!

Drei-Sterne-Dom

Mein Freund Paul ist Hotel-Dom. Ein Koffer-Dom. Ein rastlos Reisender in Sachen SM. Und weil er bei seinen Sessions stets auf Komfort achtet, nennt er sich ganz unbescheiden »Drei-Sterne-Dom« - ein Gütesiegel, das er sich selbst verliehen hat. »Drei-Sterne-Dom - das macht was her«, sagt Paul, »klingt nach Stil und handwerklichem Können.« Für einen hungrigen Wolf wie ihn ist das wichtig, denn mit bloßem Kettengerassel und drei Gerten im Köcher kann man heutzutage keine Sub mehr aus einer Höhle locken. (Sagt Paul.)
Seit Jahresbeginn hatte Paul 28 Hotel-Sessions in 17 Städten. Immer propere Häuser, immer propere Frauen und immer Doppelzimmer mit Minibar, Haartrockner, Papiergesichtstüchern, Telefon, TV und Safe. »Annehmlichkeiten sind wichtig«, sagt Paul, »denn Subs sind anspruchsvolle Wesen.« Als er noch Zwei-Sterne-Dom war, hat er im *Ibis* und *ETAP* gebucht, aber manche Frauen erschienen dort erst gar nicht. Andere fühlten sich getäuscht und sagten ihm auf den Kopf zu, dass sie sich in solchen Absteigen schlichtweg billig vorkämen. (Armer Paul!)
Doch Paul hat daraus gelernt. »Mit zwei Sternen fängst du Mäuse, aber keine Masos!«, flüstert er mir kalauernd ins Ohr und grinst verschmitzt.
Seine besten Erfahrungen hat Paul in Drei-Sterne-Hotels wie *Goldener Anker, Haus Burgfrieden* oder *Zum Schwan* gemacht - vor allem wegen der Betten dort. »Die sind überwiegend aus massiver Eiche«, schwärmt er, »haben bandscheibenfreundliche Matratzen und Lattenroste, die nicht quietschen.« Außerdem haben sie Kopf- und Fußenden mit gedrechselten Säulen oder Holzknäufen. Jemanden festtüddeln zu können, ist wichtig für Paul, denn Paul ist bekennender Spielzeug-Dom und liebt es, Subbies mit Seilen und Ketten anzubinden. Deshalb mag er auch Zimmer mit schmiedeeisernen Kronleuchtern. Zur Not schraubt er die ab und hängt einen Doppelkarabiner oder ein Kettenschlossglied direkt an den Deckenhaken - einen Steckschlüsselsatz hat er für solche Fälle immer dabei.
Paul liebt auch die Stühle in Drei-Sterne-Hotels, denn die sind dort äußerst solide und deshalb sadomasotauglich. Sie bestehen wie die Betten aus Massivholz, haben hohe Lehnen mit Sprossen und stabile Querstege im Fußgestell. »Was Idealeres für ein Bondage gibt es nicht!«, beteuert Paul und knufft mir freundschaftlich in die Hüfte: »Du weißt doch: Ein nackter draller Körper auf rustikaler Eiche ist nun mal ein geiles Bild für mich!« (Ja, ich weiß, Paul ... Über Geschmack kann man streiten.)

Paul mag Drei-Sterne-Hotels, weil sie nicht ganz so protzig sind. »Drei Sterne liegen genau in der Mitte von fünfen. Und Mittelmaß ist gut«, sagt Paul! Er fühlt sich wohl darin - wie auch in den längs gestreiften Polstersesseln dort. Sämtliche Frauen, die er 3***-dominiert hat, waren zufrieden mit ihm. Keine hat je geklagt - was auch an ihm gelegen hat. (Sagt Paul!)
Nur einmal ist Paul auf die Nase gefallen - bei Session Nr. 22! Da hatte er sich an vier Sternen versucht. Ein Designerhotel war das - *Plaza Kandinsky* in Weimar -, piekfein und nobel. Marie, eine Naturdevote, hatte darauf bestanden. Aber die Session war ein Desaster ...
»Im *Kandinsky* konntest du alles vergessen, was du gelernt hast«, sagt Paul. »Du fandest dort weder den Hauptlichtschalter noch wusstest du auf Anhieb, wie die Steh- und Nachttischleuchten angingen.«
Deckenhaken gab's dort auch nicht, weil überall Niedervolthalogenspots eingebaut waren. Statt schwerer Vorhänge musste Paul Stoffbahnen verschieben, die so dünn waren, dass es nie wirklich dunkel wurde im Zimmer. Was hat er dort gesucht, um einen einzigen Wandhaken zu finden! Aber nirgendwo gab es einen, denn die Bilderrahmen waren im Mauerwerk eingelassen. Nur im Bad fand er einen Haken, aber der hatte eine Spitze, die nach unten statt nach oben zeigte. Kein Seil, keine Kette, die je dort Halt finden konnten!
»FFF«, hatte Marie gesagt, »Form follows function«, worauf Paul verständnislos antwortete: »FFF - Fotze Ficken Fut«. Aber Scherze, die unter die Gürtellinie gingen, kamen bei Marie nicht an. (Armes Paulchen, armes Schwein!)
Auch das Designer-Doppelbett war eine Katastrophe. Die Lattenroste waren unter einem fest vernähten Leinenlaken versteckt, sodass Paul nicht an die Querleisten kam, um Seile daran zu befestigen. Er musste zwei lange Taue unter den Matratzen durchschieben, aber die Matratzen waren zu weich und gaben nach, als er Marie an allen Vieren aufs Bett gebunden hatte. Ein Zappel- und Kaugummi-Bondage war das. Also musste er auf den Knien den Bettrahmen entlangrutschen, um die Seile an den Füßen des Betts zu befestigen. Doch so sehr er auch suchte - es gab gar keine Füße! Blieb der Stuhl als letzte Hoffnung. »Ein Designklassiker«, schwärmte Marie, »ein echter Panton.«
»Ein Hocker wär' mir lieber«, antwortete Paul, denn der Panton war aus einem Stück gefertigt - ein Freischwinger ohne Sprossen, der aus lauter Rundungen bestand, an dem alle Seile abglitten, weil sie ebenso wenig Halt fanden wie an diesem Badezimmerhaken. »Lustfeindliche Feministinnen müssen dieses Zimmer eingerichtet haben!«, fluchte Paul.

In seiner Verzweiflung öffnete Paul eine Tüte Weingummis - Mariechen war eine passionierte Fruchtgummifetischistin - und verteilte den Inhalt wie Wegzeichen auf dem Teppich. Dann setzte er sich auf die Bettkante, nahm das Hundenäpfchen und ließ Marie auf allen Vieren kriechen, um Weingummi für Weingummi mit ihren Lippen vom Boden zu picken und ihm zu bringen. Es war zum Heulen: »Plumps« machte es jedes Mal, wenn das Weingummi auf den Näpfchenboden fiel. Als Paul das Spiel variierte und Marie zuerst die Fruchtgummis mit Himbeergeschmack, danach die mit Ananasgeschmack und dann die mit Kiwi- und Papaya-Aroma bringen ließ, kam sie in Fahrt.
Die Chemie zwischen den beiden stimmte trotzdem nicht. Dafür war sie zu etepetete. (So zumindest empfand es Paul.) Ständig quatschte sie ihm dazwischen, redete von »haptisch gefälligen Brüsten«, wenn er von »griffigen Titten« sprach und von »Streamline-Kurven«, wenn er »Knackarsch« sagte. Was »Haptik« bedeutet, weiß Paul bis heute nicht. Ebenso wenig konnte er deuten, warum sie exstatisch »Red Dot, Red Dot« schrie, als sie endlich kam und sich ihm lustvoll schenkte. (Ich weiß es auch nicht, Paul! Design ist nicht mein Bier.)
Mit dem Griff nach vier Sternen ist für Paul seitdem Schluss. Und auch mit einer Devoten hatte er nie wieder was - die sind ihm zu kompliziert. »Masos kann man leichter handhaben«, sagt Paul, »ein bisschen Kloppe, und schon schnurren sie und fressen dir aus der Hand.«
Nach dem Fiasko im *Kandinsky* hat sich Paul wieder auf drei Sterne konzentriert - diesmal auf Hotelketten wie *Mercure* und *Dorint*. »Egal, in welcher Stadt du bist«, versichert er, »du weißt bei einer solchen Kette stets, was dich erwartet und fühlst dich in jedem Bett direkt zu Hause, weil's immer dasselbe ist. Ein bisschen so wie bei McDonald's ... Und McDonald's ist einfach gut.« (Nein, Paul! Der neue Slogan heißt: »Ich liebe es!« - »Einfach gut« war gestern!)
Aber vielleicht hat Paul ja Recht: dass 3 Sterne reichen. Dominieren ist schwierig und kostet neben Schweiß viel Kopfarbeit. Vielleicht ist man blöd, wenn man sich für eine Session mehr anstrengt als unbedingt nötig. Pauls Frauen haben ja nie geklagt und waren stets zufrieden mit ihm. (Sagt Paul zumindest!)

Tabu

»Bitte nicht die Augenbinde. Bitte nicht!«, sagte sie. »Ich schließe sowieso meine Augen, ganz von allein. Aber manchmal muss ich dringend deine sehen können. Unerlässlich aufschubslos. Und ich weiß nicht einmal, wann und warum.«

Ich liebe Augenbinden. Und ich liebe es, sie einer Frau anzulegen: Ein Tuch, das man zwei- oder dreimal zusammenfaltet und dann im Nacken verknotet. Eine Binde aus Leder, die sich dicht an die Haut schmiegt. Ein dünnes Latextape, das glänzt und leichte Schatten an den Augenhöhlen wirft. Devot sieht das aus, hilflos und ergeben. Ein solches Bild kickt mich. Und ob eine Binde schmal, breit, schwarz oder violett ist, bedeutet einen Unterschied für mich. Wie auch die Tatsache, ob sie nur die Augen bedeckt oder auch die Stirn oder sogar bis zur Nasenspitze reicht. Es macht sogar einen Unterschied, ob ich die Schleife hinten am Haar sehen kann oder ob sie wie ein Stirnband gebunden ist, das keinen Anfang und kein Ende zeigt. Oder ob ich sie im Kerzenlicht sehe oder im Schein einer Stehleuchte und auch, aus welcher Entfernung ich sie betrachte. Nicht zu nah, dass sie vor meinen Augen verschwimmt, und doch weit genug weg, sodass ich das ganze Gesicht sehen kann.

»Wer immer mir das antut mit der Augenbinde«, sagte sie, »muss wissen, dass er mich im selben Moment verliert. Irgendetwas knotet sich in mir zusammen und will dann nichts mehr - gar nichts, auch nicht fühlen. Alles, was geschehen könnte, sei es Schmerz oder Zärtlichkeit, würde abprallen von diesem Knoten, könnte mich nicht erreichen - zumindest nicht so, wie du es dir wünschst.«

Vielleicht mag ich Augenbinden, weil sie die Lippen einer Frau besonders betonen. Rot geschminkte, halb geöffnete Lippen vor allem, die manchmal zittern vor Anspannung. Schüchterne Lippen, denen man ansieht, dass sie sich auf ein Experiment einlassen. Lippen, die Unsicherheit und ein Ringen mit sich selbst zeigen. Ganz ursprünglich sieht das aus, ganz ungestellt und intim. Völlig nackt, völlig schutzlos. Ein Gesicht voller Hingabe. Ganz nah, ganz für mich und erfüllt von schierem Vertrauen. Wenn die Wangen zu glühen beginnen und die Luft durch die Nase strömt und der Oberkörper sich hebt und senkt, immer schneller. Nur diese Atemzüge - sonst Stille.

»Seltsam, dass andere Frauen es anders empfinden«, sagte sie, »wie einen Schutz vor der Welt. Wie eine Sicherheit, eine Hilfe, um ganz in sich hineinsinken zu können - ich weiß ja, dass es so ist. Nur, bei mir ist es völlig gegenläufig.«

Ich mag Augenbinden, weil ich Frauen, die sie tragen, dabei in Ruhe betrachten kann, ohne dass mich ihr Blickkontakt stört. Ich kann sie ansehen und genießen wie ein Kunstwerk, wie eine Skulptur oder ein Gemälde. Nicht geil, sondern bewundernd - ganz im Einklang mit ihrer Sehnsucht. Und natürlich bin ich Voyeur dabei! Voyeur ihrer Lust und Sinnlichkeit. Ich kann eine Frau anschauen und erforschen. Kann mich versenken in sie und mich still an die Schönheit gewöhnen, was man besser kann, wenn sich Blicke nicht kreuzen.

»In deinen Augen werde ich lesen, wenn du ganz bei mir, ganz nah bist, dass du die Führung übernommen hast«, sagte sie. »Das wird mich sicher machen, und ich werde mich klein und verletzlich fühlen - lange vor deinem ersten Schlag.«

Sie hat ein perfektes Gesicht für Augenbinden, vor allem dann, wenn sie ihr Haar hochgesteckt hat und ihr Kinn und ihre zarten Wangen freiliegen. Wenn ihre graublauen Augen melancholisch schauen, sodass ich nicht weiß, ob sie traurig sind oder bloß ein bisschen müde oder sogar verliebt. Eben weil ich noch immer so wenig von dieser Frau weiß, der diese Augen gehören.

»Unter dieser Binde bin ich nicht mehr als ein anonymes Gesicht«, sagte sie. »Nur Nase und Mund. So und nicht anders empfinde ich das, wenn ich blind gemacht bin. Lächeln geht dann nicht mehr. Ein Gesicht ohne Augen. Und das Gefühl - zurückgerutscht irgendwohin ins Tiefe, wie von einem glitschigen Ufer.«

Nein, sie mag Augenbinden nicht. Aber *ich* mag sie! Und deshalb falte ich ein schwarzes Stofftuch auf eine Höhe von etwa fünf Zentimetern, streiche die Falten glatt und ziehe es mit beiden Händen stramm. Lasse die Arme ausgebreitet und halte ihr, die mit nach hinten gehaltenen Händen vor mir kniet, das Tuch dicht vor die Augen. Sie schließt ihre Lider und senkt den Kopf. Und während ich das Tuch bloß halte, erzähle ich davon, dass ich sie mit den Fingerspitzen berühren werde, wenn ich ihr die Binde angelegt habe. Dass ich mit Zeige-, Mittel- und Ringfinger gleichzeitig die Haut ihrer rechten Wange berühren werde. Dass ich nichts anderes tun werde, als nur diese drei Fingerspitzen aufzulegen - um dann die Luft anzuhalten und gebannt zu warten, wie ihre Lippen auf diese erste Berührung von mir reagieren würden, ob ihre Nasenflügel zucken würden und ob ihr Kopf still bliebe oder versuchen würde, sich in meine Hand zu schmiegen.

»Es wird jetzt finster in mir«, sagt sie leise, obwohl ich die Binde in gebührendem Abstand vor sie halte. Für einen Moment denke ich, dass sich ihr innerer Knoten gelöst hat und sich das Gefühl, das sie lähmt, mit einem Mal auflösen wird. »Es ist stockdunkel - und in mir ist nichts, nur diese Welle - eine von diesen großen, die es

in der Nordsee gibt. Die man kommen sieht und dann wegläuft und trotzdem den Strand nicht rechtzeitig erreicht. Auf die man sich nicht schwingen kann, schwimmend, sondern die einen begräbt. Strudelnd, brodelnd. Und man die Arme hoch reißt, Wasser schluckt, kämpft. Alles tut, um da rauszukommen.«
»Ich werde deine Wange hinunterstreicheln«, sage ich ruhig. »Im Schneckentempo, so langsam es geht. Und wenn ich an deinem Kieferknochen angelangt bin, werde ich mit der Seitenfläche meines Daumens deine Lippen berühren. Zuerst die Oberlinie, dann die Unterlinie. Kaum spürbar wird das sein. Wie ein Windhauch. Und dann wird mein Daumen nach links streicheln bis zur Spitze deines Mundwinkels. Und an der Unterlippe wieder zurück, während meine linke Hand deine andere Wange berühren wird.«
»Zweiundzwanzig, dreiundzwanzig«, höre ich sie flüstern. »Vierundzwanzig, fünfundzwanzig, sechsundzwanzig ...«
»Meine Daumen werden deine Nasenflügel hinunterstreicheln, die Furchen entlang, die an deinen Mundwinkeln enden. Und wieder werde ich bloß schauen, werde jede Nuance deines Empfindens mit meinen Augen aufzeichnen und genießen. Ich werde von dir kosten, dich berühren wie eine Skulptur, die man von allen Seiten ertastet. Werde dich Quadratzentimeter für Quadratzentimeter entdecken, ohne dass du selbst sehen kannst, wie bewundernd meine Augen auf dir ruhen. Denn du wirst die blind Gemachte sein, die nur fühlen kann und bloß geschehen lässt in ihrer künstlichen Nacht.«
»Vierundvierzig, fünfundvierzig«, flüstert sie mit noch immer geschlossenen Augen, und ihr Atem geht im Sekundentakt. Ich sehe sie an, während sie mit leiser Stimme weiterzählt: »Achtundfünfzig, neunundfünfzig ...« Und plötzlich kann ich sie in mir spüren. Mit einem Mal bin ich hinabgetaucht unter den Kamm der Welle, bin ganz bei ihr. Und dort angekommen fühle ich, wie sinnlos sie ankämpft gegen das Ungleiche, das stärker ist in ihr. Sie wird dem, was sie gefangen hält, nicht entrinnen können. Die Rettungsboje - sie schwimmt irgendwo draußen auf dem Meer und ist unerreichbar für sie.
Ich lasse die Augenbinde mit jeder weiteren Zahl, die ihren Lippen entgleitet, ein Stück tiefer sinken. Als sie »fünfundachtzig« sagt, habe ich das Tuch ganz klein gefaltet und es neben sie auf den Teppich gelegt. Zärtlich berühre ich ihre Augenlider und streiche mit meinen Fingerspitzen ihre feuchten Wimpern entlang. Dann sieht sie mich an, ganz unerlässlich aufschubslos, und wir berühren einander nur durch Blicke, greifen für einen Moment wortlos in unsere Seelen. Als sie ihre Augen wieder schließt, schließe auch ich meine, fasse ihre Hände, die sie noch immer über Kreuz hinter dem Rücken hält, führe sie zu meinen Hüften und nehme sie in den Arm.

Wir bleiben so, halten uns, atmen Wange an Wange, bis unsere Knie zu schmerzen beginnen. Atmen für eine Weile ineinander. Atmen in die Stille, atmen in die späte Nacht. Atmen einander ein und aus.

Nachher kann man kluge Erklärungen finden für das, was geschehen war. Warum sie wirklich kam, diese Welle - sie wusste es nicht. Wir wussten es beide nicht, und das zählte auch nicht in jenem Moment. Wir fragten auch nie wieder danach, weil es nie wieder eine Augenbinde in unserem Spiel gab.

Kleine Fluchten

Nein, es ist nichts. Es ist nicht mehr und nicht weniger als ein Gedankenaustausch. Ich weiß es ja, und sie hat es deutlich in ihrem Profil geschrieben: »Ich suche niemanden.« Wir mailen bloß. Wir tauschen uns aus. Zwei- bis dreimal pro Woche. Von Zeit zu Zeit eben. Mehr ist wirklich nicht.
Klar hab ich dieses Zappeln im Bauch, wenn ich ihre Zeilen lese. Das ist schon manchmal pures Koffein und schiere Wundertüte! Aber sie schreibt auch so höllisch gut. Das könnte niemanden kalt lassen! Und wenn sie zur Sache kommt, reiht sie Gedanken an Gedanken auf wie an einer Perlenschnur. Das hat eine ganz eigene Melodie - wie ein Chanson, das einem nicht mehr aus dem Kopf geht. Aber sonst ist da nichts. Wirklich nicht.
Außerdem ist sie zwölf Jahre jünger als ich. Da verstrick ich mich in nichts mehr. Weder in sie - noch in ihre Worte. Und dieses Dösen und Nachdenken über sie ist doch ganz natürlich. Würde doch jeder machen. Wer versenkt sich nicht gern in andere und lenkt bisweilen seinen Blick in die Wolken? Und wenn ich gestern dieser Papierschwalbe ihren Nickname auf die Flügel schrieb und sie durchs Büro hab gleiten lassen - meine Güte, ganz so alt bin ich ja doch noch nicht!
Manchmal hat man ein Bild von jemandem. Malt es dann weiter in seinen Fantasien. Lässt sich einfach nur inspirieren. Das ist doch ganz normal! Und wenn man sich über Erotik austauscht, heißt das noch lange nicht, dass man Erotik auch ausleben würde. Immerhin bin ich verheiratet. Und sie ist ja auch in festen Händen - in jeder Hinsicht. Und Gedankenaustausch bedeutet Austausch von Gedanken, nicht mehr und nicht weniger. Und mailen ist kein Betrug!
Nein, nein. Ich hab mich voll im Griff. Und sie sich auch. Wir wissen beide ganz genau, was wir tun. Es sind nur harmlose kleine Fluchten, die für einen Moment Durchzug machen und Frischluft geben! Ein Tanz mit den Möglichkeiten, ein Zauber der ganz besonderen Art. Das Licht in unserem Alltag strahlt dadurch ein paar Lux heller, mehr nicht. Und mal ehrlich: Welche Beziehung stimmt schon hundertprozentig? Schließlich rütteln wir ja nicht an bestehenden Verhältnissen!
Schlimmer wäre es, wenn wir mit unseren Mails irgendetwas kompensieren würden - die Schwachstellen unserer Partner oder diesen seltsamen Stillstand, den es manchmal zwischen zwei Menschen gibt. Oder wenn wir Gefühle ausgleichen würden, die sich in unseren eigenen Beziehungen nicht mehr einstellen wollen oder - noch schlimmer - die nie da waren. Wenn wir das Band ersetzen würden,

das nach einer Weile einfach reißt, oder die Liebe, die am Ende schwach wird wie eine verbrauchte Batterie.
Aber wir mailen ja nur. Tauschen uns bloß aus. Zwei- bis dreimal pro Woche, von Zeit zu Zeit eben. Ein Spiel mit der Nähe aus sicherer Entfernung. Mehr ist da nicht. Jeder von uns ist in festen Händen. Oder?

Der Gastherr

Sie nannte sich »Elevin« - seine Schülerin. Ihr Profilfoto zeigte sie in kniender Position, mit einem umgeschnallten schwarzen Metalltablett, auf dem zwei halb gefüllte Sektgläser standen. Ihre vollen Brüste pressten sich durch die Öffnungen ihres Ledertops, ihre Brustwarzen waren mit Klemmen an den beiden Ketten befestigt, die das Tablett hielten. Ihr Gesicht konnte ich nicht sehen, weil ihr Kopf weit nach vorn geneigt war und von ihrem langen blonden Haar verdeckt wurde. Doch ich musste ihr Gesicht gar nicht sehen, um die Demut und Lust nachempfinden zu können, die sich in diesem Bild zeigte.
In ihrem Profiltext suchte die Elevin einen zweiten dominanten Mann. Ramón, ihr Partner (»attraktive Erscheinung, reif, kultiviert, Akademiker, dominant«), erwartete und verlangte von ihr, im Rahmen der weiteren Ausbildung und Erziehung eine besondere Begegnung vorzubereiten. Erwünscht war die Bewerbung eines stilvollen und höflichen Herrn, dem sie unter seinen Augen zu Willen sein müsste. Dieser Gastherr sollte eine souveräne Persönlichkeit sein, die es verstünde, »einer außergewöhnlichen Dame in einer außergewöhnlichen Situation« zu begegnen. Er sollte den leisen Befehl ebenso zu schätzen wissen wie die ruhige Anordnung, die überlegte Weisung und die bestimmende Geste. »Sie prüfen mich auf meinen Gehorsam«, schrieb sie, »und ich werde Ihnen dienen und auch die klug eingesetzte Gerte zu genießen wissen.«
Ich mailte Ramón an und gab mich in meinem Text kulturbeflissen. Schrieb ihm, dass ich ein Connaisseur sei, ein Augenmensch wie er, der sich mit Gelassenheit und Erfahrung der Herausforderung durch eine attraktive Frau stellen würde, die sich vor ihm erniedrigt. Schrieb ihm, dass ich ein Pendler zwischen bürgerlicher und bizarrer Welt sei. Verriet ihm sogar, dass ich meine Neigungen seit Jahren erfüllt mit meiner eigenen Frau auslebte, sodass ich zwar erotischen Appetit, aber keine Gier an den Tag legen müsste. Als Dominus stünde ich in jeder Geste, in jedem Befehl über mir. Nichts sei deshalb unkontrolliert oder zufällig. Zudem würde ich ein Meer von Zeit mitbringen, weil ich wisse, wie erfüllend es sei, jemanden ganz langsam zum Höhepunkt zu bringen.
Ramón biss an und schrieb mir, dass Stil und Niveau der Schlüssel zu einem tiefen Erleben sei und dass er diesen Stil in meiner Mail gefunden habe. Jedes falsche Wort, jede ungelenke Geste könne dem Augenblick abträglich sein, den es besonders vorzubereiten gilt, »wenn eine Frau zwei Autoritäten dient und bedient«. Ob ich ihm und der Elevin zuliebe einen dunklen Anzug tragen könnte, wenn

wir gemeinsam »den Prüfungskanon anwenden« würden, fragte er. Und ob ich ihm einen Nachweis über meine gesundheitliche Unbedenklichkeit beibringen könnte. Und welchen Ort ich für ein erstes Gespräch vorschlagen würde.
Wir trafen uns in einem Café in der Fußgängerzone des Eifelstädtchens Monschau. Ramón kam pünktlich und hatte ein gewinnendes, sympathisches Lächeln. Ein früh pensionierter Banker war er, ein 55-jähriger Ökonom, der von Aktien sprach, von Hedgefonds und Derivaten, dann von Museen und Vernissagen schwärmte, später von Büchern und schließlich von Jazz. In Montreux war er gewesen, ebenso wie auf den Leverkusener Jazztagen. Dee Dee Bridgewater hatte er live gesehen, Aziza Mustafa Zadeh und Charlie Haden auch.
Als er auf die Elevin zu sprechen kam, nahm seine Stimme etwas Weiches und Sanftes an. Und als er spürte, dass das Eis zwischen uns geschmolzen war, nahm er seine Brieftasche aus dem Sakko, zog ein halbes Dutzend Fotos heraus und zeigte mir eines nach dem anderen. Und jedes kommentierte er: »Die Elevin kniend mit verbundenen Augen. Die Elevin mit gespreizten Beinen und hinter dem Kopf verschränkten Händen. Die Elevin mit einem schwarzen Ballknebel im Mund. Die Elevin mit einer schlanken Gerte zwischen den Zähnen.« Es war ein ehrlich gemeinter Lobgesang auf eine außergewöhnliche Frau, den ich in diesem Café vernahm, und doch war es ein bisschen wie auf einem Viehmarkt.
Ob ich mir vorstellen könne, sie zu berühren, fragte Ramón. Als ich nickte, bohrte er weiter und fragte: »Wo genau?« Seine sanften, graugrünen Augen nahmen einen geilen Glanz an, als ich ihm beschrieb, wie meine Hände zärtlich über den Körper seiner Sklavin streicheln und wo meine Lippen sie überall küssen würden. Ich weiß, worauf Voyeure anspringen und erzählte ihm vom Feuer, dass ich in der Elevin entzünden würde. Beschrieb ihm das Aufkeimen ihrer Leidenschaft, das Verlangen in ihren Augen, malte in schillernden Farben ihre Lust. Und dass ich sie auffordern würde, auch meine Lust anzustacheln. Und dass Ramón dann ins Spiel eingreifen würde und wir sie abwechselnd hätten. Und dass wir den Höhepunkt hinauszögern würden, so lange, bis es quälend für die Elevin würde, so quälend, dass sie um Erlösung betteln würde. Dass sie zwei Herren dienen würde - einem Youngster wie mir und einem reifen Mann, obwohl sie den Youngster vielleicht viel lieber und nur für sich allein hätte. - Das kickte ihn.
Ramón lächelte versonnen und spürte, wie sehr die Chemie zwischen uns stimmte. Und als er sein Handy nahm, sich durch die Menüs klickte und mir dann das Display mit Videoszenen der kriechenden und schwanzleckenden Elevin zeigte, da wusste ich, dass

ich gewonnen hatte, denn ohne mich würde seine Lust nur eine halbe sein. Ich jubelte still, den Job als Gastherrn in der Tasche zu haben, denn die Elevin war schön und naturdevot. Aber im selben Moment beugte sich Ramón über den Tisch und flüsterte mir zu: »Würde es Sie stören, wenn der Ehemann der Elevin ebenfalls zuschauen würde?«
Ich war perplex! Dass Voyeure kleine Triebtäter sind, die das Objekt ihrer Begierde immer wieder suchen und finden müssen, bis sie geifernd ihre erlösende Befriedigung finden, das wusste ich. Dass sie wie Kleinkriminelle immer wieder an den Ort ihrer Schandtaten getrieben werden und durch Schlüssellocher spähen - selbst wenn die Türen weit offen stehen -, das wusste ich auch. Aber dass jemand gleich drei andere Menschen für seine Lust mitbenutzen wollte, das war mir neu.
Ramón spürte meine Irritation, weil er hochsensibel war. »Ich werde selbstverständlich mitmachen bei unserem Spiel«, sagte er abwiegelnd. »Der Ehemann würde sich lediglich diskret im Hintergrund halten.« Das »lediglich« machte mich noch zorniger, als ich schon war, und wieder kam mir das Bild vom Viehmarkt in den Sinn. Wer in diesem Spiel gab dem anderen eigentlich was und wie viel? Nein - ich würde aussteigen. Aber wollte das nicht tun, ohne Ramón einen Denkzettel zu verpassen.
Mein erster Gedanke war, mich blöd zu stellen und ihm zu erzählen, dass ich nur im Dunkeln einen hoch bekäme. Dass ich es nur bringen würde, wenn das Licht gelöscht sei und er und der Ehemann zwar zuhören, aber nicht zuschauen könnten. Das wäre eine feine Qual für die beiden. Inständig würden sie um Licht betteln. Aber dann fiel mir etwas viel Gemeineres ein.
»Ich möchte Ihnen den Vortritt lassen beim eigentlichen Akt«, sagte ich zu Ramón. »Die Vollendung soll allein bei Ihnen liegen; ich selbst möchte verzichten.« Ramón ließ sich in seinen Kaffeehausstuhl zurückfallen, dass die Lehne ächzte. Ein klagend lang gezogenes »Neeein!«, entfuhr ihm, und seine Augen schauten mich fragend an. »Die Elevin ist eine stolze, selbstbewusste Frau«, stieß er hervor. »Es würde ihr Selbstwertgefühl verletzen, wenn wir ihr begegneten, ohne dass der Akt mit Ihnen in Vollkommenheit vollzogen würde.« Er sah mich flehend an. »Ich möchte und darf ihr nicht das Gefühl der Minderung geben.«
»Für mich ist es anders«, erwiderte ich ruhig. »Für mich ist nicht der Höhepunkt das Ziel, sondern der Weg dahin. Einen Fick wird's deshalb von mir nicht geben!« - Sprach's und stand auf.
Ramóns Augen erloschen binnen einer einzigen Sekunde - als hätte ich einen Eimer Wasser auf glühende Kohlen geschüttet. Einen so traurigen Blick hatte ich in meinem ganzen Leben noch nicht ge-

sehen. Aber einen solchen Arschtritt hatte ich im Leben auch noch niemandem vor Ramón erteilt.
Der Elevin schickte ich wenige Tage später eine Mail und bat sie unverblümt um ein Treffen zu zweit. Sie akzeptierte - und wir verabredeten uns in einem Hotel in Aachen, verbrachten eine wunderbare Nacht miteinander. Am nächsten Morgen lag sie Kopf in Armbeuge neben mir und gestand, dass sie in Wahrheit noch nie einen Gastherrn gewollt habe. Bei allen früheren Treffen dieser Art habe sie sich angewidert gefühlt, innerlich kalt und als Frau entwertet. Sie habe solche Zeremonie nur deshalb über sich ergehen lassen, damit ihr Partner nicht zu einer anderen gehen oder - schlimmer noch - sie verlassen würde.

Trio bizarr

Es war Sommer, und es war heiß in der kleinen Dachsuite des Hotels. Aber Colette gefiel das Ambiente. Sie mochte die freiliegenden Dachsparren, die fremdartige Atmosphäre.
Sie stellte den Metallkoffer, in dem sich Spielutensilien befanden, wortlos vor ihrem Mann André auf dem Boden ab. Er wusste, was zu tun war, nahm die Leggins aus Latex und das schwarze Gummihemd aus dem Koffer und legte beides an. Unter ihren strengen Blicken zog André das Gummi so stramm wie möglich, bis es eng und glatt auf seiner Haut lag. Aber sie war nicht zufrieden und drückte ungeduldig die kleinen Falten glatt, presste die Luftbläschen, die sich hier und dort noch unter dem Latex befanden, seinen Rücken hinunter, bis sie am unteren Ende des Hemds heraustraten. »Du sollst makellos aussehen«, sagte sie.
Langsam rollte sie die langen schwarzen Latexhandschuhe auf, stülpte sie über Andrés Finger und zupfte das Gummi vorsichtig die Arme hinauf. Oben angekommen verschloss sie die Handschuhe in Höhe seiner Achseln mit Doppelklebeband. Mit sicheren Griffen legte sie um seine Handgelenke gepolsterte Ledermanschetten und zog die Gurte stramm. »Steig auf den Koffer«, befahl sie und schob ihn unter Andrés Füße. Als er sich daraufgestellt hatte, zwang Colette ihn, sich auf die Zehenspitzen zu stellen, machte die Hanfschnüre, die sie vorher um die Deckenbalken gewunden hatte, an den Ledermanschetten fest und zog das Seil fest zu. Als sie den Koffer wegschob, sackte André in seine Fesseln. Obwohl sie durch sein Körpergewicht nachgaben, konnte er nur mit den Fußballen den Boden berühren. »Das wird unangenehm für dich werden«, sagte Colette lächelnd, »aber ich will es so«. Sie holte den Penis-Knebel mit der oval geschnittenen ledernen Mundplatte aus dem Koffer und legte ein Schaumgummistück um den Einsatz. Mit einem kräftigen Ruck zog sie die Schnalle des Ledergurts bis zum Anschlag zu. Andrés Kiefer wurden durch den eingearbeiteten Penis weit auseinander getrieben, sodass er gezwungen war, den Gummischwanz tief in seinen Mund aufzunehmen. »Jetzt bis du stumm, mein Lieber«, sagte sie. »Und du wirst es für eine Weile bleiben.«
Langsam und mit lasziven Bewegungen begann Colette, sich vor André auszuziehen, ließ die Kleider von ihrer Haut auf den Teppich gleiten und behielt am Ende nur noch ihren schwarzen hautengen Latexbody an, der im Schritt offen war. André schaute ihr gebannt zu und genoss ihren Körper, ohne dass er die geringste Chance hatte, ihn zu berühren. Colette zog selbstversunken ihre schwarzen

Nylons an, ihre langen Latexhandschuhe, ihr Lederhalsband und am Ende die High Heels mit den langen, dünnen Stahlabsätzen. Vielleicht anderthalb oder zwei Meter von André entfernt stehend, schlang sie eine Kette um einen der Balken und ließ das Ende herunterbaumeln, hielt ihre Hände hoch und korrigierte die Länge der herunterhängenden Kette, bis das letzte Glied etwa ihre Fingerspitzen erreichte. Dann befestigte sie mit einer Öse ein Paar silberne Handschellen daran.
André begriff nicht sofort, aber im selben Moment, als seine Augen einen fragenden Ausdruck annahmen, sagte sie: »ER hat das so befohlen, Schatz ...« Sie machte eine Pause, las die Überraschung in seinen Augen. »Du weißt, dass ER wiederkommen wollte. Und du weißt auch, was ER zum Abschied gesagt hat. Wenn wir möchten, dass ER unsere Erziehung fortsetzt, müssen wir bereit sein. Jederzeit, wann immer ER es will.« Sie fingerte nach der wattierten Augenbinde. »ER ist wieder in der Stadt und hat heute Mittag angerufen«, fuhr sie fort. »In zehn Minuten wird ER hier sein, und ER will uns beide an den Dachbalken hängen sehen - ohne jede Möglichkeit der Selbstbefreiung.«
Sie schnallte die Augenbinde an ihrem Hinterkopf zu. »ER würde uns auspeitschen, wenn wir IHM nicht gehorchen würden. Und niemals mehr wiederkommen, wenn ER uns nur in einem einzigen Detail anders vorfinden würde, als ER es am Telefon befohlen hat.« Colette tastete mit ihren behandschuhten Fingern nach den Handschellen, stellte sich auf die Zehenspitzen und klickte sich ohne zu zögern an der Stahlkette fest. André zerrte an seinen Fesseln, versuchte, den Hanfschnüren wenigstens ein paar Millimeter Spiel abzugewinnen, aber nur die Knoten zogen sich ein wenig zusammen, und das gab nicht genügend her, um die Fußballen zu entlasten und die Fersen auf den Boden zu bringen. Ausgeliefert standen sie sich gegenüber.
In 10 Minuten würde ER kommen. Falls ER pünktlich wäre ... André sah auf Colette, tastete mit stummen Augen ihren bloßgelegten Körper ab, den sie IHM für vogelfrei erklärt hatte. Sie wand sich leicht in ihrer Fesselung, genoss sie, und an dem feuchten Glanz ihrer Schamlippen konnte André erkennen, was in ihrem Kopf vorging. Die Minuten krochen, und das Ticken der Zimmeruhr gab einen gespenstischen, kühl hämmernden Ton - Minuten, in denen die beiden an Hanfschnüren und Ketten hingen wie Beutetiere im Spinnennetz.
Und dann kam ER. In seinem schwarzen Lederanzug wirkte ER wie ein Wesen aus einer fernen, bizarren Welt, und seine Augen, die André durch die Schlitze der Halbmaske sehen konnte, mit der ER seine Identität schützte, sprühten vor Triumph. Ohne ein Begrü-

ßungswort ging ER auf Colette zu, nahm ihr die Augenmaske ab und küsste sie. Seine Hand streichelte Colettes Brüste. Sie wand sich in ihren Fesseln, und ein Stöhnen, das wie eine Mischung aus Protest und Genuss und der Bitte nach mehr klang, entglitt ihrem Mund. Sie sah IHN mit einer seltsamen Mischung aus Angst und Lust an und schien zu ahnen, was ER vorhatte. Und sie irrte sich nicht: In ihr schwarzes Halsband hakte ER eine Hundeleine aus Leder. An ihren Fußgelenken brachte ER eine kurze Stahlkette an, die ihr nur Trippelschritte erlauben würde. Erst dann löste ER ihre Handschellen. Colette fiel augenblicklich zu Boden. Ihre Arme waren eingeschlafen und auch ihre Füße waren taub. Sie wand sich am Boden, zog ihre Beine eng an den Körper, rieb sich Hände und Arme, um ihre Blutzirkulation wieder anzuregen. Wie ein hilfloses Bündel lag sie zusammengekauert auf dem Teppich, erschöpft und außer Atem, und doch schien sie gerade jetzt darauf zu warten, von IHM weitergetrieben und noch tiefer gedemütigt zu werden.
Barsch zog ER sie vom Boden hoch und dirigierte sie auf alle Viere. Dann schlug ER mit einer kurzen geflochtenen Peitsche auf ihren Hintern ein, bis sie vor IHM herkroch und sich bereitwillig an der Leine durch den Raum führen ließ. ER schlug unnachgiebig, schien sie wie eine Hündin dressieren zu wollen, wortlos und nur durch die Kraft seines teuflischen Instruments.
Colette genoss diese Tortur. Sie stieß jedes Mal kurze lustvolle Schreie aus, wenn die Peitsche auf ihren Hintern klatschte. Und schaute dabei mit einem seltsam verklärten Blick zu André hoch. Ihr weißer Arsch war steil nach oben gerichtet, als sie zwischen Andrés Beinen ankam. Mit schnellen Griffen band ER zwei Seile um Andrés Fußgelenke, verknotete sie fest und zog die Füße hoch, dass sie fast Andrés Po berührten. So eng wie möglich zog ER die Schnüre um die Oberschenkel und ließ André dann frei in seinen Fesseln hängen.
»Kriech unter seine Knie«, befahl ER Colette. Sie gehorchte. Mit ihrem Rücken stützte sie Andrés Knie und fing so das Gewicht seines Körpers auf. Zum ersten Mal seit Minuten waren Andrés Handgelenke entlastet, und erst jetzt fühlte er, wie taub seine Glieder geworden waren. Er bewegte vorsichtig seine Finger, um Blut in die Hände zu pumpen, aber die Stricke hatten sich wie Stahlbänder um die Handgelenke gelegt und reagierten nur allmählich auf den verminderten Druck.
ER lächelte und setzte sich auf das Hotelbett, zündete sich eine Zigarette an. Die Hundeleine hielt ER in seiner linken Hand, zog sachte daran und gab wieder nach. ER spielte mit Colette - und sie schien unschlüssig, wie sie reagieren sollte. Sie drückte ihren Rücken nach unten, schob ihn aber wieder unter Andrés Knie.

»Ich werde euch Musik machen«, sagte ER. »Dann erträgt es sich leichter«. Aus der Gesäßtasche seiner Lederhose zog ER einen iPod, auf den ein kleiner Lautsprecher gesteckt war. Es dauerte ein paar Sekunden, ehe leise ein Spinett einsetzte und Geigen zu einem Leitmotiv ausholten, das Colette als Ennio Morricones *Spiel mir das Lied vom Tod* erkannte.
»Wisst ihr, wie die Filmszene dazu endet?«, fragte ER spöttisch. Ohne eine Antwort zu erwarten, stellte ER sich vor die beiden und zog die Hundeleine stramm. »Komm«, sagte ER zu Colette und zog das »o« bewusst lang, dehnte dieses eine Wort wie einen geheimen Code. »Komm, kleine Hündin.«
Für einen kurzen Moment hielt Colette inne, aber dann zog ER so energisch an der Leine, dass sie keine Chance hatte, sich zu widersetzen. André fühlte ihre weichen Pobacken an seinen Kniescheiben vorbeigleiten, bis er wieder frei an den Balken schwebte. ER lächelte und schaute Colette fest in die Augen. Sein Lächeln war spöttisch und von einer überlegenen Art, wie sie es kaum zuvor gesehen hatte. Würde ER sie peitschen? Oder André? Oder beide gleichzeitig? Doch während ER die Leine in seiner Linken hielt, öffnete ER mit der rechten Hand seine Hose, ließ sie zu Boden gleiten und streckte Colette sein pralles Glied entgegen. »Einen schönen, langen Abschiedskuss!«, befahl ER und zog ihr Gesicht mit der Leine zu sich heran.
André wand sich in seinen Fesseln, als Colette mit ihren Lippen das Glied des Fremden umschloss. ER schaute zu André und lächelte. »Wenn die Musik zu Ende gespielt hat, werde ich gehen. Und deine Frau darf dich befreien.« Mit einem Ruck zog ER Colette von seinem Schwanz weg zu sich hoch und küsste sie leidenschaftlich. Aus seiner Gesäßtasche nahm ER einen USB-Stick und steckte ihn Colette zwischen die Zähne: »Hierauf findet ihr Anweisungen, wie ich euch das nächste Mal sehen möchte.«
Dann ging ER. Colette rührte sich keinen Millimeter, sah auf die Tür, die blitzschnell hinter IHM zugeschlagen war, und ließ die letzten Takte der Filmmusik verklingen, den Stick zwischen den Lippen haltend wie ein abgerichtetes Tier.

Der Seelengreifer

Man muss nicht reich sein, um eine Frau rumzukriegen. Man muss auch nicht jung oder attraktiv sein. Man muss sie nur annehmen und belassen - das ist der ganze Trick. Glaubst du nicht? Dann lies: Du gehst morgens gegen zehn in ein Einkaufscenter, suchst dir dort ein Café und setzt dich mit zwei Tischen Abstand einer der aufgedonnerten Frauen gegenüber, die dort selbstverliebt Frühlingsluft schnuppern. Du erkennst sie an ihren makellosen Frisuren und ihrem gestylten Outfit. Sie sitzen stets dort, wo man sie nicht übersehen kann - in der ersten Reihe oder unweit der Rolltreppen. Glaub mir - sie warten nur darauf, dass du sie ansprichst. Also trau dich! Nimm dir keine Schöne, sondern eine, die nur mittelmäßig attraktiv ist. Am besten eine, die verhärmt aussieht, etwas seelengeschunden. Du kennst diesen Typ Frau doch, oder? Das sind diejenigen mit Ringen unter den Augen vom Weinen oder mit einer aufgequollenen Beruhigungstablettenhaut.
Du setzt dich zwei Tische entfernt von der Dame hin, die du dir ausgeguckt hast, bestellst einen Cappuccino und behältst die Auserwählte in deinem Blickfeld. Wenn sie dich ansieht - und das tut sie schneller, als du denken kannst -, lächelst du und wartest auf ihr Gegenlächeln. Beim ersten Lächeln tust du nichts, sondern wartest auf ihr zweites Lächeln. Sobald es gekommen ist, stehst du auf, nimmst Tasse und Untertasse und setzt dich an ihren Tisch.
Wenn du Max heißt, sagst du »Ich bin Max«, und wenn sie Helena heißt, wird sie antworten: »Ich bin Helena«.
Dann gehst du sofort und ohne Vorwarnung in die Vollen und greifst ihr in die Seele. »Sie sehen traurig aus. Bedrückt sie was?«, fragst du. Und setzt nach: »Ich habe Sie vorhin beobachtet und gedacht, dass Sie irgendwas mit sich herumschleppen, das vielleicht besser raus sollte.«
Dann schweigst du und lässt sie kommen. Bei manchen dauert es länger, bei anderen klappt es sofort. Jeder Mensch will reden. Auch Helena will das, denn sie möchte loswerden, was da Dunkles und Unglückliches in ihrem Leben passiert ist. Und du bist dafür da, deine Ohren weit aufzusperren und den Mund zu halten. Du lässt dir zum Beispiel erzählen, wie Helena einen Italiener geheiratet hat und von ihm schwanger wurde, obwohl beide sich nur kurz kannten. Hörst dir an, dass sie im Leben keine Mutterliebe erfahren hat und deshalb Liebe nicht weitergeben kann. Dass sie für Kinder nur das empfindet, was sie selbst bekommen hat: Abneigung, Hass und Aggression. Du hörst ihr zu, wenn sie ohne mit der Wimper zu zucken erzählt, dass sie abgetrieben hat.

Du sagst nichts, auch wenn sich dir der Magen umdreht. Du willst sie ja vögeln - das ist dein Ziel.
Du lässt sie gegen ihre Familie wettern, die von der Schwangerschaft wusste, aber keine besseren Sätze für sie übrig hatte als: *Dann siehst du, wie es mir damals mit dir ergangen ist. Ich wollte dich auch nicht.* Du hörst dir an, was der Stiefvater sagte: *Das ist allein Frauenschuld. Wenn Frauen keine Pille vertragen, müssen sie eben auf Sex verzichten oder die Konsequenzen tragen.* Du quetschst dir eine Träne in die Augen, wenn Helena ihre Mutter zitiert, die ihr nach der Abtreibung sagte: *Eine Kindesmörderin will ich nicht im Haus haben.* Und unterdrückst ein makabres Lächeln, wenn du hörst, dass der Großvater sagte, sie hätte ja einen *deutschen Mann* heiraten können und keinen *Spaghettifresser*.
Du lässt Helena reden wie am Fließband, das ist wichtig. Du nimmst dich völlig zurück in dem, was du über dich zu sagen hättest und hörst stattdessen nur zu. Nickst bisweilen wie ein Wackeldackel oder schüttelst betroffen den Kopf, wenn auch Helena den Kopf schüttelt. Hakst nach, bohrst dich unmerklich fragend tiefer oder bestätigst sie in dem, was sie tat und dachte.
Du sagst: »Nein, Helena, für mich ist das kein Problem, dass Sie einen Italiener geheiratet haben. Ich steh auf multikulti.«
Oder: »Wenn Sie als Kind keine Mutterliebe empfangen haben, sollten Sie wirklich kein Kind großziehen. Dass man dann abtreibt, ist doch nur logisch.«
Und vor allem sagst du: »Nein, es trifft Sie keine Schuld.« Denn merke: Schuld will Frau nicht sein an ihrem Dilemma. Schuld sind immer andere.
Stell dich darauf ein, dass es immer die gleichen Geschichten sind, die du in solchen Cafés hörst - Lebensgeschichten, die hoffnungsvoll beginnen, aber jäh mit einem Absturz enden: Einschläge, Schuldvorwürfe, Existenzängste. Da musst du die Zähne zusammenbeißen und durch! Um dich geht es sowieso nie in solchen Gesprächen, sondern stets um die Frauen, die dort sitzen - so lautet nun mal die Regel. Sie benutzen dich als Abladeplatz für ihren Seelenmüll und merken es nicht einmal. Du aber bist klüger und weißt, wohin der Hase läuft, lässt solche Monologe geduldig über dich ergehen und springst bewusst dort ein, wo andere längst abgesprungen sind. Dadurch erweckst du den Eindruck, dass du dich kümmerst. Und Kümmern ist das, was solchen Frauen am meisten fehlt.
Du brauchst Geduld in solchen Cafés, das sollte dir klar sein. Du musst Zeit mitbringen, um Hemmschwelle für Hemmschwelle zu Fall zu bringen und immer tiefer zu dringen. Wenn du durchhältst, weiterhin nichts von dir zu erzählen, sondern nur fragst und zuhörst, wirst du zum Ziel kommen. Bis dahin wirst du dir

Details von Trennungen anhören oder auch von Betrug. Betrug ist immer schlimm, weil Frauen extrem eifersüchtig sind. Lass diese Geschichten geduldig über dich ergehen und schüttele den Kopf, wenn Helena zum Beispiel sagt: »Er hat mir finanziell geholfen, ich habe ihm vertraut, habe ihn geliebt. Aber schon nach sechs Monaten hat er mich betrogen, es immer wieder bestritten und Lügen mit Lügen beantwortet.«
Irgendwann wird sie zum entscheidenden Punkt kommen und über ihre Sexualität reden. Von da an musst du gut die Ohren spitzen. »Im Bett hat er zunehmend an mir rumgemäkelt«, wird sie dir vielleicht gestehen. Und wenn sie was mit SM zu tun hat, wird sie sagen: »Dass ich zu viele Zärtlichkeiten von ihm wollte, dass ich nicht schmerzgeil bin, das hat er mir immer und immer wieder vorgeworfen.« Sie wird dir erzählen, dass sie noch nie für voll genommen wurde. Inzwischen habe sie schon solche Komplexe, dass sie sich nur noch bei jemand Fremdem ohne Erfahrung fallen lassen könnte. Denn nur so ein Mann würde ihr nicht das Gefühl geben, wieder etwas falsch zu machen. Sie wird zu weinen anfangen und sagen: »Sobald ich verletzt werde, sobald ich das Gefühl habe, belogen zu werden, oder beleidigt werde, mache ich innerlich zu.«
Wenn Helena solche Dinge sagt (nicht wörtlich, aber so ähnlich), berührst du kurz ihre Schulter und bestellst noch zwei Cappuccini. Du drückst ihre Hand und streichelst sie - aber nicht zu fest -, du darfst nicht aufdringlich wirken, sondern musst Anteil nehmend bleiben. Machst du alles richtig, wirst du Sätze hören wie: »Immer soll *ich* mich ändern, soll ich so werden, wie andere mich gerne haben wollen.« Oder: »Ich musste mich laufend kritisieren und maßregeln lassen - von meinem Arbeitgeber, von meinen Liebhabern und manchmal auch von deren Freunden. Aber wenn ich selbst mal Kritik geäußert habe oder über meine Probleme reden wollte, hieß es: *Es interessiert mich nicht* oder *Halt die Klappe, du hast Sendepause*. Ich will das nicht mehr. Ich will mir nicht mehr sagen lassen, dass mit mir etwas nicht stimmt.«
Wenn Helena dann sagt: »Ich bin nicht falsch. Was mir nur fehlt, sind Hände, die mich im Spiel so zart berühren, dass ich sie kaum spüre«, dann hast du gewonnen. Du fragst: »Hände, die Ihre erogenen Zonen erforschen, ohne immer nur Ihre Brust zu berühren und ohne Ihnen nach zwei Minuten zwischen die Beine zu greifen?« Und sie wird antworten: »Ja. Solche Berührungen wünsche ich mir. Erst wenn mein Körper dazu bereit ist, kann ich auch Schmerz ertragen. Was mir fehlt, ist ein Vorspiel mit Geduld und Zeit und Zärtlichkeiten, die nicht enden wollen.«
Helena hat sich jetzt weit auf gemacht für dich und hat dir signalisiert, wonach sie sich sehnt. Zahle deshalb die Cappuccini so

schnell wie möglich. Leg 10 Euro auf den Tisch und verlasse das Café. Nimm Helenas Hand und geh mit ihr zum Parkhaus. Lass sie auf dem Beifahrersitz deines Wagens Platz nehmen und fahre mit ihr zu deinem Appartement. Sobald du die Wohnungstür aufgeschlossen und wieder zugemacht hast, küsst du sie. Sei gewiss, dass sie dir binnen 5 Minuten schenken wird, was du dir in deinen kühnsten Träumen ausgemalt hast.
Du nimmst, was du bekommst - leben musst du ja nicht mit Helena. Wenn die Session mit ihr vorbei ist, lässt du sie wieder fallen, denn du bist Dom und kein Therapeut. Morgen geht sie eh wieder ins Café, setzt sich an ihren Stammplatz und wartet, bis ein anderer sie sich greift. Der muss nicht reich sein. Der muss auch nicht jung oder attraktiv sein. Der muss sie nur annehmen und ihr das Gefühl geben, ihr Hafen zu sein. Das ist der ganze Trick.

Böse

Mein Ford Transit steht auf dem Parkplatz an der Auffahrt zur A3. Durch das kleine Fenster im Laderaum beobachte ich den Mann im schwarzen Lederdress, der an der straßenabgewandten Seite des Parkplatzes auf und ab geht und nervös das Terrain absucht. Es ist 22:50 Uhr und stockfinster. Der Mann kam vor 5 Minuten mit seinem 3er-BMW, machte den Motor aus und stieg sofort aus. Nun geht er zielstrebig auf den Steintisch mit den sechs Stühlen zu, der von einem Müllcontainer verdeckt ist. Aber er findet nicht, was er sucht. Denn das, was er zu finden hofft, besitze ich.
Der Ledermann geht quer über die Wiese zum kleinen Grünstreifen aus Sträuchern und Blumenbeeten. Er leuchtet mit einer Taschenlampe den Boden ab, bückt sich, um besser sehen zu können, steht dann wieder auf, bückt sich drei Meter weiter erneut und verharrt eine Weile in dieser Stellung, als würde er angestrengt lauschen. Dann ruft er: »Duppy!?« Und setzt - als riefe er einen Hund - mit doppelter Lautstärke nach: »Duppy!!« Aber er bekommt keine Antwort. Er wird auch keine bekommen, so oft und so laut er ruft, denn Duppy - seine platinblonde Sklavin - liegt gefesselt in meinem Ford Transit.
Der Ledermann geht zu seinem BMW, zündet sich eine Zigarette an und beobachtet den Parkplatz durch die Windschutzscheibe. Er dreht seinen Kopf kurz in Richtung des Parkstreifens, wo mein Ford neben sechs anderen abgestellten Autos steht. Dann macht er eine Dose Cola auf und trinkt einen Schluck. Er weiß, dass dies ein bevorzugter Parkplatz ist, wo Paare ihre Wagen abstellen, wenn sie sich zu SM-Partys in Privatlocations chauffieren lassen. Er weiß auch, dass auf diesem Parkplatz oft Sklavinnen übergeben werden, die sich anderen Männern zur Verfügung stellen müssen. Er weiß das genauso wie ich. Aber was er nicht weiß, ist, dass ich ihm Duppy vor der Nase weggeschnappt habe.
Duppys Hauptherr hat die Blondine um 22:35 Uhr aus seinem VW-Golf gezerrt, ihr die Hände mit einem Seil auf den Rücken gebunden, ihre Augen mit einem breiten Latextape umwickelt und sie dann zum Steintisch neben dem Müllcontainer dirigiert, wo er sie mit gespreizten Beinen stehen ließ. Dann rief er den BMW-Fahrer an, gab ihm Bescheid, dass er »das Tierchen« abholen könne, und brauste davon. 2 Minuten später bin ich aus meinem Ford gestiegen, habe Duppy wortlos zu meinem Transit geführt, sie in den Transportraum steigen lassen und sie dann mit Chloroform betäubt. Jetzt liegt sie bewusstlos auf der Ladefläche. Damit sie nicht friert, habe ich ihren Körper in eine Wolldecke gewickelt.

Duppy ist schön. Sie mag um die fünfundzwanzig oder sogar jünger sein. Sie hat volle sinnliche Lippen, die selbst im Dunkeln noch rot leuchten. Ihr blondes Haar fällt in Fransen über ihre geschlossenen Augen. Ich könnte mich ungestört an Duppy bedienen, aber Duppy hat Glück: Ich bin kein Sadist, sondern nur böse. Deshalb reizen mich die perversen Spiele nicht, die SMler auf diesem Parkplatz spielen. Was mich interessiert, ist das dumme Gesicht des Ledermanns, der jetzt zu seinem Handy greift und die Nummer des Golf-Doms eintippt. Was mich antörnt, ist das Spielverderben, das Kaputtmachen von Erwartungen, mein Arschtritt, der den Ledermann um seine heiße Nummer gebracht hat.
Ich kann ihn nicht reden hören im Innenraum meines Transits, aber ich weiß, dass er den Golf-Dom jetzt fragt, wo die Sklavin, die ihm versprochen wurde, denn hin sei. Er habe alles abgesucht, aber die Frau sei weg. Ich nehme mein Nachtsichtglas und stelle auf die Ratlosigkeit des Ledermanns scharf, auf die Enttäuschung, die seiner Geilheit gefolgt ist und die ihm nun ins Gesicht geschrieben steht. Weide mich an den Sorgenfalten, am Bammel und der Panik. Denke daran, dass die Angst nicht nur den Ledermann, sondern auch den Golf-Dom erfasst. Spüre, wie die Szene mich erregt, weil das Chaos, das ich angerichtet habe, punktgenau seine Wirkung entfaltet. Mein vergiftetes Blut beginnt warm zu fließen.
Meinen ersten bösen Gedanken hatte ich mit acht Jahren. Da ließ ich auf dem Stoppelfeld hinter unserem Haus einen Drachen in den Herbsthimmel steigen, während von Westen ein Sportflugzeug heranflog. Ich verspürte plötzlich eine unbändige Lust, das Flugzeug vom Himmel zu holen, und ließ Seil ab, so viel und so schnell ich konnte. Aber als alle Schnur abgewickelt war - vielleicht 300 Meter oder mehr -, hatte sich der Drachen zu meinem Leidwesen noch immer nicht im Rotor der Maschine verfangen. Sechs Jahre später war ich dann erfolgreicher. Da hatte ich mich in einem Hochsitz am Waldrand eines Modellflugzeugplatzes verschanzt und sandte mit einem Störsender immer dann eine bestimmte Frequenz aus, wenn eine der kleinen Maschinen auf dem höchsten Punkt war. Die stürzte dann trudelnd zu Boden, während sich der Besitzer des Flugzeugs, der es in vielen Stunden zusammengebastelt hatte, vergeblich an seinem Funkgerät verrenkte, um zu retten, was nicht mehr zu retten war.
Seit diesen Modellflugzeug-Crashs war ich fasziniert davon, etwas zu tun, das anderen Leid und Verstörung bereitete. Ich trieb mich in Drogeriemärkten herum, tauschte dort wahllos Bilder von Fototüten aus oder mischte Aktaufnahmen, die da gar nicht reingehörten, unter die Bilder. Manchmal tauschte ich bei *Rossmann* die Tuben von Haarfärbemitteln aus und tat *Kastanie* oder *Polycolor*

Schwarz in die Packung von *Polycolor Blond*, malte mir aus, wie die Frauen kreischten, wenn sie sich später mit einer anderen Haarfarbe als der gewünschten sehen würden.
Manchmal rief ich nachts in fremden Hotels an und wählte statt der -0 eine -12 oder -14 hinter der Hauptnummer. So holte ich wildfremde Gäste aus dem Tiefschlaf und wies sie mit verstellter Stimme an, sich sofort und noch in Nachtkleidung an der Rezeption einzufinden, da das Hotel eine Feuerübung durchführe. Dann wieder schlich ich mich in Arztpraxen und tat Zucker in die Döschen mit Pisse, die Patienten dort morgens auf der Spüle deponierten.
Ich tat noch vieles, was böse war, aber irgendwann war es nicht mehr genug, mir bloß vorzustellen, wie die Menschen, die ich drangsalierte, sich quälten. Ich wollte sehen, was ich angerichtet hatte. Wollte zugucken und das Leid anschauen. Wollte mich live an den Reaktionen aufgeilen. Und so fand ich diesen Parkplatz an der A3.
Der Ledermann geht ein letztes Mal den Parkplatz ab. Er öffnet den Container, verschwindet in den Gebüschen, läuft zur Einfahrt des Parkplatzes, schaut hinter die parkenden Autos, legt sich auf den Bauch und schaut darunter, auch unter den Transit. Wie Blinde-Kuh-Spielen ist das: heiß, heiß! Doch wie dicht dran der Ledermann an seiner Sklavin ist, das ahnt er nicht - dafür ist er zu blöd. Er ruft »Duppy« in allen Variationen, die seine Stimme zulässt: zärtlich, verlockend, unwirsch. Er schreit am Ende, weil er ahnt, dass er sich vergeblich müht und aus der erhofften Session nichts werden wird. Kalt, kalt, kalt! Am Ende ist der Zweitherr heiser und schleicht wie ein begossener Pudel zu seinem Auto zurück. Er nimmt sein Handy und telefoniert noch einmal mit dem VW-Golf-Dom. Dann dreht er den Zündschlüssel um, startet den Motor und fährt mit quietschenden Reifen davon.
Nun wird passieren, was immer passiert, wenn ich Sklavinnen stehle: Der Golf-Dom wird noch einmal kommen und ebenso gründlich den Parkplatz absuchen, wie es der BMW-Dom getan hat. »Wo ist sie? Wo ist sie hingegangen?«, wird er sich fragen. Dann wird er die Landstraße in beiden Richtungen abfahren und verzweifelt Ausschau nach Duppy halten. Und weil er sie nicht findet, wird er erneut zum Parkplatz zurückkommen und noch einmal alles absuchen. Die Polizei wird er nicht einschalten, davor haben sie alle zu viel Muffe. Da warten sie lieber bis zum anderen Morgen. Kann ja sein, dass Duppy dann klingelt und mit durchgescheuerten Handgelenken vor der Tür steht und sagt: »Tschulligung, Meister, ich hab gestern Angst bekommen und bin weggelaufen.«
Mein Schwanz ist hart, als ich ihn aus meinem Hosenschlitz ziehe. Ich schaue in Duppys Engelsgesicht. »Wenn du magst, kannst du

mich markieren.« Diesen Satz hatte mal eine der Frauen da draußen gesagt, als sie von einem Fremden abgeholt wurde. Und meinte wohl, dass der sich an ihr befriedigen könne, auf ihre Strümpfe spritzen oder ihr seinen Saft ins Gesicht schleudern dürfe. »Markieren« - als sei sie eine Hirschkuh und er ein Dambock. Ich kann das nicht! Frauen zu besudeln, ist einfach nicht mein Ding.
Als ich an der Blechwand unterhalb des Fensters abspritze, liegt Duppy noch immer träumend auf der Ladefläche. Ich öffne die Flügeltür des Transits, steige aus dem Laderaum, setze mich ins Führerhaus und fahre die Landstraße Richtung A3 entlang. Kurz vor der Autobahnauffahrt kommt mir mit geschätztem Tempo 130 der VW von Golf-Dom entgegen. Ich grinse still, als der Wagen an mir vorbeirauscht, genieße den aufgelösten Blick des Fahrers, biege dann auf die Autobahn ab, um drei Abfahrten später wieder auf die Landstraße zu fahren. An einer Bushaltestelle setze ich den Blinker und parke meinen Transit auf dem Seitenstreifen.
Duppy ist noch immer betäubt, aber sie atmet schon lauter. Es wird nicht mehr lange dauern, bis sie aufwacht. Ich trage sie aus dem Wagen, lege sie vorsichtig ins Gras hinter der Bushaltestelle, gebe ihr einen Abschiedskuss und streichle noch einmal über ihr Haar. Dann schneide ich ihr die Fesseln auf und lege ihr eine präparierte Packung *Polycolor Blond* in die Handtasche. Darauf habe ich einen Zettel geklebt: »Als Dank für die zauberhafte Nacht.«

Vergissmeinnicht

Kurz bevor diese Welle kommt, nimmt ihr Blick eine seltsame Trübung an. Sie kann den Moment spüren - so wie ich ihn sehen kann - und hält sich deshalb mit beiden Händen an mir fest, krampft ihre Fingernägel in meinen Arm und schaut so herzzerreißend, als berührte sie mich zum letzten Mal. Ihre Pupillen weiten und verengen sich, tanzen in immer kürzer werdendem Rhythmus hin und her, während sie von Erinnerungen in die Tiefe gezogen wird. Ich halte sie, auch wenn ich weiß, dass meine Nähe ihr nicht helfen kann. Ich halte sie fest und presse sie mit beiden Armen an mich. Streichle ihr über die Wange, wenn sie erst zu wimmern und dann zu weinen beginnt, ehe ihr Schluchzen in unkontrolliertes Schreien umschlägt. Ich halte sie, wenn sie fällt, und die Flut von Bildern und Tönen sie unter sich begräbt.
»Ja«, schreit sie. »Ich werde es mir machen. Und du wirst bestimmen, wie viel ich bekomme.« Sie zuckt und verzieht ihren Mund zu zwei lüsternen Halbkreisen. »Ich werde mich selber schlagen, und du wirst mir zusehen dabei.« Sie stammelt: »Das Weiß meiner Bluse zerreißt.« Sie presst mich an sich und flüstert: »Du zählst die Schläge, bei denen ich schreie, und lässt alle die aus, bei denen ich zu mogeln versuche.«
Sie streckt ihren Körper aus, während sie flüstert und ihre Fingernägel tiefer in meine Haut vergräbt. »Schlucken«, murmelt sie und stammelt wirr: »Meine Haare! Wenn ich gefesselt bin, hängen sie mir in der Stirn, und ich kann nichts dagegen tun.«
Ich versuche, sie wachzurütteln, aber ohne Erfolg. »Auf? Wachen?«, fragt sie mit entrückter Stimme und korrigiert sich im nächsten Augenblick. Bettelt: »Nein, weiter!«, und keucht in mein Ohr: »Bitte, bitte, nicht in die Mitte.«
Sie sinkt tiefer, ihr Körper wird immer schwerer und heißer in meinen Armen, während ihr Atem flach und schnell geht. »Nein. Nein, nein!«, ruft sie mit rauer Stimme. »Nur Traum, nur ein Traum.«
Ich weiß nicht, ob sie sich in diesem Augenblick darüber bewusst ist, wo sie sich befindet. Ich fasse sie an beiden Schultern und schüttle sie: »Katja«, rufe ich. »Katja!« Aber sie nimmt mich nicht wahr, ist ganz in ihre eigene Welt versunken.
»Gleich ... Gleich wird es in meinen Mund fließen, und ich werde schlucken, verschlucken«, murmelt sie.
»Fickstück« brüllt sie. »Schreib mir das mit Filzstift auf die Haut: F-I-C-K-S-T-Ü-C-K.« Und raunt: »Ich bin verdorben. Ja!«
Dann endlich Stille. Ab und zu zuckt ihr Körper noch unwillkürlich, ihre Lippen kräuseln sich, aber kein Geräusch mehr, kein Schreien,

kein Stöhnen mehr, nicht einmal ein Seufzen. Während die Gegenwart ganz leise ihren Weg findet, von unten nach oben und von überall in sie hinein, schlägt Katja die Augen auf. Es ist vorbei!
Katja leidet seit ihrer Kindheit unter dem, was man ein perfektes Gedächtnis nennt. Sie ist ein »Vergissmeinnicht«, wie sie es zynisch nennt. Sie kann nichts vergessen. Nicht aus Bitterkeit, nicht aus Groll, sondern weil sie ein Gehirn hat, das wie eine Festplatte funktioniert, ein Gedächtnis, das nicht nur ihre sexuellen Erlebnisse speichert, sondern jeden Ort, jedes Gespräch und jedes Gefühl. Wenn Katja sich morgens die Haare föhnt, rast ihr Gehirn durch die Vergangenheit. Ist es ein 5. August, erinnert sie sich an jeden 5. August ihres Lebens. Ist es ein Streit, an den sie denkt, flackern in ihr alle Streits auf, die sie im Leben hatte, und sie fühlt die Wut, hört die gemeinsten, verletzendsten Dinge, die jemand zu ihr gesagt hat und die sie selbst sagte. Ihr Gedächtnis macht dabei keinen Unterschied zwischen einschneidenden Erlebnissen und Banalitäten. An den Todestag von Willy Brandt, an die Bilder der *Challenger*-Explosion oder den Tag der Trennung von ihrem ersten Freund erinnert sie sich genauso gut wie an den jeweiligen Wochentag, ihre Zahnarzttermine, das Wetter - oder ob sie an einem Tag Rühreier oder Tomatensuppe aß. Nur die Stopp-Taste für ihre Symptome hat sie bislang nicht gefunden.
Bis sie 18 war, hat Katja mit niemanden über ihre besondere Fähigkeit gesprochen. Und auch mir hat sie ihre Gabe, von der ich bis heute nicht weiß, ob sie ein Fluch oder Segen ist, lange verschwiegen. Erst als diese Erinnerungskrämpfe zunahmen - die »Wellen«, wie Katja sie nennt -, hat sie sich mir offenbart. Wir gingen zu einem Neurologen, aber der konnte Katja nicht helfen. Er führte die Veränderungen in ihrem Gehirn auf ein Kindheitstrauma zurück, aber wie sie ihre Erinnerungen steuert - vor allem, wie sie zu blocken wären -, darüber konnte er nichts sagen. Nur dass ihre Erinnerungsschübe automatisch kommen, dass sie irgendwo einsetzen, dann hin- und herspringen und Katja zu tyrannisieren beginnen. »In ihrem Kopf ist eine zweigeteilte Leinwand«, schrieb der Neurologe in seinem Gutachten. »Die eine Hälfte zeigt das Hier und Jetzt. Auf der anderen laufen ununterbrochen Bilder und Töne aus ihrer Vergangenheit - ob sie will oder nicht.«
Das Fatale ist jedoch: Katja erinnert sich nicht nur - sie fühlt dabei auch so echt, als würde sie alles noch einmal erleben. Sie kann Freude empfinden, verliebt sein, aufgeregt oder zufrieden. Und im nächsten Moment wieder deprimiert, melancholisch oder verängstigt sein, wenn sie sich an Enttäuschungen, Verletzungen oder eine Trennung erinnert. Und da sie Masochistin ist, empfindet sie auch den Schmerz wieder. Sooft sie sich an eine Session erinnert, fühlt

sie wieder den Rausch, die Lust, ihre Orgasmen. Und ist erschöpft, wenn diese Erinnerungswellen drei- oder viermal hintereinander über sie hereinbrechen, weil es eben kein bloßes Vorüberziehen von Erinnerungen ist, sondern ein intensives Wiedererleben. Das ist Katjas Problem, aber das kann sie dem Arzt nicht sagen.
Ich kann Katja nur helfen, indem ich versuche, sie im Hier und Jetzt zu halten, sie so sehr in Beschlag zu nehmen, dass sie nicht in ihre Vergangenheit zurückkippt. Ich füttere sie ständig mit neuen Reizen, überfrachte sie mit intensiven Situationen, die sie ganz fordern, in denen sie mit Leib und Seele aufgehen kann - was auf sexueller Ebene auch funktioniert.
Ich muss Katja immer wieder aufrütteln, sie permanent wach halten. Nur dann ist sie davor gefeit, nach hinten zu fallen und sich zu erinnern. Das Problem ist nur, dass jede neue Erfahrung in dem Augenblick für Katja zur Erinnerung wird, wo sie gerade vorüber ist. Deshalb hat sie inzwischen Angst vor jeder neuen Session mit mir, so sehr sie sich auch danach sehnt.
Ich habe Katja lieben gelernt in den 17 Monaten, die ich sie kenne. Habe versucht, die komplizierten Vernetzungen ihrer Wahrnehmungen zu verstehen, habe mich in ihre Welt ziehen lassen und lerne täglich, diese Welt neu zu sehen durch die Art, wie Katja sie sieht und mit ihrer Sicht die Zeit anhält. Wie und wo wir uns kennenlernten zum Beispiel - das schnellt aus ihr heraus wie Funken aus einem Feuerwerkskörper. »Du schmecktest nach Zahnpasta, als wir uns küssten«, sagt sie. Und erzählt dann in schillernden Farben von uns - von der Polenta mit Hasenkeule im *4Cani*, vom blanchierten Gemüse, das hochkant am inneren Rand der weißen Schüssel aufgestellt war. Erinnert sich an jedes winzige Detail und sagt: »Ich piekste mit meiner Gabel nach deinem Kohlrabi, aber du warst schneller.« Lacht und sagt: »Am Spiel deiner Finger sah ich, wie unsicher du warst.« Erzählt von dem Preisschild unter ihrem linken Pumps, das ich später in ihrem Schlafzimmer abknibbelte. Memoriert den Preis auf dem Etikett, nennt die Farbe der Schuhe, die Marke der Firma. Malt dann minutiös mit Worten aus, wie wir auf ihren Futon sanken, beschreibt den Lichtkegel der Stehleuchte, die Bilder an der Wand, summt das Lied, das im WDR 2 lief. Beschreibt, wie wir uns auf die Seite legten, die Augen schlossen und was sie fühlte, als plötzlich Himmel war.
Katjas Gabe ist vom Erleben bestimmt. Wer immer ihre Welt streift, geht darin nicht mehr verloren. Was all den Menschen, die sie lieben und die sie selbst liebt, die Sicherheit schenkt, niemals vergessen zu werden. Aber auch die, die ihr Böses angetan haben, werden nicht aus ihrem Gedächtnis getilgt werden - weil Katja einfach nicht vergessen kann.

Valentina

Als ich sie zum ersten Mal sah, war ich achtzehn und machte gerade mein Abitur. Sie war geschätzte fünfundzwanzig, stand nackt bis auf ihren Riemenbody und ihre schenkelhohen Stiefel auf einem Reiterwagen und hatte ihre Linke gebieterisch in die Hüfte gestemmt. In der Rechten hielt sie vier lange Zügel, die an den Oberarmen zweier Männer befestigt waren, die auf allen Vieren vor ihr herkrochen und den Wagen zogen, auf dem sie stand. In ihrem Gesicht, das vom nachtschwarzen Haar ihrer Pagenfrisur eingerahmt war, spiegelte sich unbändige Lust zu herrschen.

Immer wieder schaute ich in ihr markant geschnittenes Gesicht, das wie eingefroren erschien: wie sie den Kopf zur Seite legte, die Augen halb geschlossen, und mit ihrer siebenschwänzigen Peitsche zum Schlag ausholte. »Shrak!« Ihr Mund, der nur einen winzigen Spalt geöffnet war, die in arroganter Verachtung leicht angehobene Oberlippe. »Shrak! Shrak!« Ihre Hand, die entschlossen den Griff der Peitsche hielt. Ihr nach hinten gebogener Körper, der ihre Brüste aufreizend spannte, während sie schrie: »Ihr ekelt mich an!« Und dann blindlings um sich schlug: »Shtak! Shwak! Swosh!«

Das Problem war nur: Es gab sie nicht wirklich, sondern lediglich als Bild auf Seite 194 in Andreas C. Knigges Buch *Sex im Comic*, das ich damals für ein Referat brauchte. Und so sehr ich in diesem Buch auch suchte, um mehr über sie zu erfahren - ich fand nur den Namen des Zeichners, der in der Bildlegende stand: Guido Crepax.

Knapp zwei Jahre später sah ich sie dann wieder - auf dem Gästeklo eines Freundes. Während ich dort mit heruntergelassenen Hosen saß und durch die knisternd-dünnen Seiten des *2001*-Versandkatalogs blätterte, sprang mir plötzlich wieder dieses Bild mit dem Reiterwagen und der Pagenkopf-Frau entgegen. Mein Glied schwoll binnen Sekunden an und ich konnte nicht mehr pinkeln. Aber das machte nichts, denn endlich hatte ich ihren Namen! »Valentina« stand in dicken Lettern auf dem Cover des Buches, das neben dem Reiterwagenbild abgedruckt war. Und endlich konnte ich lesen, worum es sonst noch ging in dem Comic: um sexuelle Ausschweifungen und Fesselspiele, um bizarre Träume und sadomasochistische Fantasien. Mit zittrigen Händen riss ich die Seite aus dem kleinen Katalog und bestellte anderntags von zu Hause das Buch per Nachnahme. Aber als nach mehr als zwei Wochen endlich Post vom *2001-Versand* kam, fand ich nur einen Brief mit dem Hinweis, dass »Valentina« nicht ausgeliefert werden konnte, weil die Bundesprüfstelle für jugendgefährdende Schriften es auf den Index gesetzt hatte.

So frustriert ich war, so fieberhaft forschte ich weiter nach Valentina - doch die Suche war schwer, weil es damals noch kein Internet gab. Ich suchte nach Valentina, sooft ich in einer Buchhandlung war, ein Antiquariat betrat oder in einem Comicladen stöberte. Nachts vor dem Einschlafen faltete ich manchmal die ausgerissene Katalogseite auf und schaute sehnsüchtig in Valentinas Gesicht, kam mir vor wie ein Söldner in einem fernen Land, der sich am Bild seiner Liebsten aufrichtet und es vielversprechend mit in seine Träume nimmt.
Als ich es längst aufgegeben hatte, Valentina zu finden, entdeckte ich sie in einem Sexshop gegenüber der Bonner Universität. In einer Freistunde zwischen zwei Seminaren stöberte ich dort in den Regalen mit Pornoheften und erkannte Valentinas sinnlichen Mund, der unter einem zerlesenen Stapel von alten »Club Caprice«-Ausgaben auf einem rosa eingefärbten Hochglanzcover hervorlugte.
Als ich das Buch in die Hand nahm und es aufschlug, donnerte mein Herz. Und es geriet aus dem Takt, als ich Valentinas zierlichen Körper darin sah, der in traumhaft engen Korsagen steckte, in hautengen Overalls mit Stiefeln, die so sündhaft hoch und eng waren, dass man glaubte, sie würden ihr die Waden zerreißen. Und immer wieder Nacktbilder von ihr - Hunderte von Schwarz-Weiß-Zeichnungen, die so echt wie Fotos erschienen und mehr Platz für Fantasien ließen, als jedes reale Abbild es hätte tun können. Zu Hause onanierte ich mich durch den Comic, bis ich wund war. Und wurde viele Monate lang rückfällig, weil ich stets neue Details in den erotischen Zeichnungen fand.
Seit jenen zweisamen Stunden mit Valentina suchte ich sie auch real. Einmal - spätabends im Juli - sah ich sie in Düsseldorf auf der Kö. Da saß sie an einer Ampel auf dem Beifahrersitz in einem Porsche Cabrio und trug schwarze glänzende Schaftstiefel an nylonbedeckten Beinen, die sie lasziv übereinandergeschlagen hatte. Nur einen Moment lang schaute sie hoch zu mir und traf mich mit ihrem niederknüppelden Blick mitten ins Herz.
Ein andermal sah ich sie beim Orthopäden. Da rief sie mich als Sprechstundenhilfe in Kabine 7. Und weil sie Valentina so ähnlich sah und ihr Gesicht mich elektrisierte, setzte ich mich nach der Diagnose des Arztes noch einmal ins Wartezimmer und verharrte dort so lange, bis sie wieder aus der Tür kam und nach Herrn und Frau Soundso rief. Für diese Momente, in denen sie nur für Sekunden im Türrahmen stand und ihre schwarzen Haarspitzen wie Pfeile nach vorn wippten, blieb ich über eine Stunde lang auf dem harten Holzstuhl sitzen - bis ich mich endlich sattgesehen hatte an ihr.
Monate später sah ich Valentina auf einem Fetischball. Sie stand dort auf der Bühne und peitschte einen Sklaven gnadenlos aus.

Dann wieder sah ich sie als Velma Kelly im Musicalfilm *Chicago* und war seitdem Fan von Catherine Zeta-Jones. In einem Kölner Programmkino bewunderte ich sie als Louise Brooks im Hollywoodschinken *Beggars of Life*. Aber da war ich schon mit Britta verheiratet - einer Blondine, die Hochsteckfrisuren mochte und ein Kind von mir wollte. Statt einen Reiterwagen zu ziehen, schob ich plötzlich einen Kinderwagen und saß fortan auf Abenteuerspielplätzen in der Region oder rutschte im »Phantasialand« auf einer motorbetriebenen Galeere in künstliche Unterwelten hinab.
Nach Valentina suchte ich seitdem nicht mehr - und begegnete ihr trotzdem! Denn der Comic lag noch immer in der Nachttischschublade in unserem Schlafzimmer. In diesem Zimmer stand eines Abends auch Britta - mit schwarzer Kurzhaarperücke, langen Schaftstiefeln und nackt bis auf einen ledernen Riemenbody. Band mich ans Bett, zog den Ledergürtel aus meiner Hose und schlug mich windelweich. Vor einen Reiterwagen hat sie mich nie gespannt, aber wenn wir auf SM-Partys gehen und sie die Winde auf der Streckbank einen Klack weiter nach hinten dreht, dass mir fast die Sehnen reißen, oder wenn sie den Keil am Spanischen Reiter blitzartig nach oben kurbelt, dass meine Füße den Bodenhalt verlieren, dann hat sie diesen Blick - diese bedrohlich wirkenden, halb geschlossenen Augen. Und diese arrogante Mundstellung, die verächtlich angehobene Oberlippe, den herablassenden, dominanten Zug um ihre Mundwinkel. Wenn ihre Hand dann den Stiel der Bullwhip umschließt und sie ausholt ... wenn sie den Kopf etwas neigt, ihren Körper nach hinten biegt, dass ihre Brüste sich aufreizend spannen und sie mit voller Wucht zuschlägt - »Shtak! Shwak! Swosh!« - in diesen Momenten spüre ich, angekommen zu sein. Weil ich die Frau gefunden habe, die ich jahrelang suchte.

Leichte Beute

Sie fackelte nicht lange.
»Ich habe deine Anzeige gelesen«, schrieb sie, »und nun sitze ich hier, bin total fasziniert und feucht, aber eben auch völlig ahnungslos und unerfahren. Seit ich 14 bin, weiß ich, dass ich eine masochistische Ader in mir habe, hatte aber nie einen Partner, mit dem ich das ausleben konnte.«

Sie war grottenehrlich.
»Mein Mann kann damit leider überhaupt nichts anfangen«, gestand sie. »Aber du weißt vermutlich selbst, wie schwierig das ist ... Irgendwann kommt es immer mal wieder hoch in einem. Und in einer solchen Phase bin ich derzeit.« Ohne um den heißen Brei herumzureden, erzählte sie mir von Büchern, die sie erregt hatten, breitete in zarten Pinselstrichen ihre Träume vor mir aus, schrieb mir von Willenlosigkeit, Zähmung und Unterwerfung und dass sie jemanden suchte, der ihr liebevoll zeigte, wo es lang ging. »Catch my dreams. Ich muss wahnsinnig sein ...«, mailte sie mir und hängte ein Aktfoto von sich an, das mir die Sprache verschlug.

Sie stand noch am Anfang.
»Ich weiß nicht, wie viel Schmerz ich eigentlich vertrage«, schrieb sie. »Ich glaube, nicht viel. Ich weiß nur, dass es manchmal ganz bestimmte Bilder sind, die mich reizen, und dass es fürs Erste genügen könnte, wenn du mich schlägst oder fest an meinen Brustwarzen spielst.« Und dann schwärmte sie von *Neuneinhalb Wochen*, »weil dieser Film so gekonnt zeigt, wie man jemanden sexuell abhängig macht. Wie Mickey Rourke den Körper von Kim Basinger neu entdeckt und sie in ihren Träumen versinkt, immer in Aufregung ist, weil sie nie weiß, was er wieder Neues von ihr erwartet.«
Mir gefiel ihre direkte, unkomplizierte Art und dass sie in puncto SM so unbescholten war. Das setzte mich nicht unter Druck und machte es zu einem leichten Spiel mit ihr.

Sie war begeisterungsfähig.
»Ich habe geschafft, was du verlangt hast«, schrieb sie: »In diesen Laden zu gehen, die Halsbänder zu betrachten und mir eines auszusuchen, das dir an mir gefallen könnte. Zu Hause habe ich es mir dann angelegt, habe mich vor den Spiegel gestellt und mir vorgestellt, wie erregend du es finden würdest, mich so zu sehen. Wie sich deine Lust steigern würde, wenn du die Leine einhakst und

ich dort stehe - nackt, mich drehend, damit du mich betrachten kannst: Meine Hände hinter dem Rücken gebunden, bereit, mich deiner sanften Gewalt zu ergeben, mich fallen zu lassen, zu fliegen und aufgefangen zu werden von dir.«

Sie konnte kluge Fragen stellen.
»Ist es nicht so, dass man nur noch schwer zurück kann, wenn man sich auf so etwas einlässt, auf das wir beide uns gerade einlassen? Dass die Grenzen fließend werden? Es schwierig wird, Dinge zurückzuhalten, vor allem dann, wenn Gefühle dazukommen? Kann es sein, dass man Trennungen vornimmt? Dass man sagt: Bis hierhin und nicht weiter? Ich weiß das alles nicht, aber von meiner Seite wird es solche Beschränkungen nicht geben. Wenn ich mich auf dich einlasse, dann ganz und nicht nur ein bisschen. Das hat nichts damit zu tun, dass ich meinen Mann nicht liebe und kein schlechtes Gewissen hätte ... Aber wenn Gefühle dazukommen - und das ist bei mir passiert -, dann kann ich nicht anders. Schon jetzt spüre ich dich abends in meinem Ehebett, merke, dass mein Kopf ganz woanders ist. Dass ich mir Szenarien ausmale, wie es mit uns sein wird oder sein könnte, und dass ich Probleme habe, mit meinem Mann noch ‚normalen' Sex zu haben.«

Sie war wie ein Vulkan.
Als wir uns trafen, war es ein Sog, der immer stärker wurde, je länger wir in diesem Weinlokal saßen. Ich ließ mich anziehen von ihren Augen und ihrem Mund, der beim Lachen zwei kleine kokette Grübchen in den Wangen erzeugte. In ihrem Gesicht stand von Beginn an unbändige Lust! Als ich ihr im Hotel endlich das Halsband anlegte, ihr die Hände auf den Rücken band und sie aufs Bett warf - noch mit Schuhen an und gänzlich im kleinen Schwarzen -, da ging ihr Atem so schnell, wie ihr Herz schlug. Diese ganze aufgestaute Lust, diese Spannungen der letzten beiden Wochen kulminierten binnen Sekunden - als explodierte etwas. »Fick mich!«, schrie sie. »Schlag mich. Erreg dich!«
Ich ließ mich nicht zweimal bitten, legte nicht mal Musik auf, zündete nicht die Kerzen an. Ließ mich einfach mitreißen von diesem sinnlichen Strom. Und schlug und fickte sie, als wären Himmel und Hölle eins.

Sie war hin und weg.
»Ich bin noch immer total aufgewühlt«, schrieb sie mir am anderen Morgen, »konnte die ganze Nacht an nichts anderes denken, als daran, was das für ein wunderbar befreiendes, erotisches Erlebnis mit dir war. Ich hätte nie gedacht, dass es so sein könnte und dass

ich mich da so reinstürzen würde - ich der große Kopfmensch, die Denkerin und Planerin! Plötzlich waren alle Gedanken verschwunden und ich konnte nur noch empfinden - all die Gefühle, die ich so lange fühlen wollte und die über mich hereingebrochen sind wie eine Flutwelle. Es war so schön zu spüren, wie auch du es genossen hast, wie es auch aus dir herausgebrochen ist. Wie sensibel du auf mich eingegangen bist! Wie gefühlvoll du es gesteigert hast, als du spürtest, dass ich so weit bin. Du hast es damit wunderschön für mich gemacht.« Und dann schrieb sie: »Wir müssen uns wiedersehen, unbedingt! Die kleine Tür, die wir einen Spalt geöffnet haben, schreit nur danach, weit aufgerissen zu werden.«

Sie sah mich wieder.
Sie sah mich vier Wochen lang, in denen wir uns Session für Session um den Verstand vögelten. Nächte, in denen wir aus uns schlüpften, in uns tauchten und uns weich ineinander setzten - Haut an Haut. Nächte, in denen wir forderten, was uns möglich war, und genossen, was wir fanden. Ihr Finger, der sich plötzlich in meinen Mund drängte und mit meiner Zunge spielte. Ihr Parfüm, das die Luft erfüllte, wenn sie auf mir saß mit hochgeschobenem Rock. Was haben wir probiert und experimentiert! Was haben wir in all den Nächten an Lust und Verlangen aus uns herausgeholt! Wie viel Dunkles haben wir ins Licht gezerrt, wie viel Obszönes! - Es war die Spielbeziehung meines Lebens!

Sie machte ernst.
»Ich weiß nicht, wie ich es dir schreiben soll. Eigentlich wollte ich dich anrufen, wollte es dir persönlich sagen oder es dir zunächst gar nicht erzählen, wollte unsere nächsten Treffen noch genießen, aber das geht jetzt nicht mehr. Deshalb mache ich's kurz: Ich war gestern Morgen beim Frauenarzt, weil ich noch immer diese Beschwerden in den Brüsten und im Unterleib hatte. Dachte, das käme von unseren wilden Sessions, aber dem war nicht so: Ich bin in der 6. Woche schwanger! Und das, obwohl ich erst seit Kurzem die Pille abgesetzt habe. Es muss wohl bei unserem ersten Treffen passiert sein, ein echter Volltreffer also.
Was machen wir jetzt, lieber Dom? Vermutlich bist du genauso schockiert wie ich, oder? Obwohl: Eigentlich bin ich nicht wirklich schockiert, denn als ich im Ultraschall gesehen habe, wie dieses winzige Herz schlägt, habe ich mich auch schon in es verliebt. Mehr will und mehr kann ich dir im Augenblick nicht schreiben. Bitte lass alles auf dich wirken ... und ruf mich dann an.«

Sie wusste, was sie wollte.

Zwanzig Wörter

Zwanzig Wörter sind nicht viel! Zwanzig Wörter kann man in zwei Sätze packen und ohne Atem zu holen aussprechen. Zwanzig Wörter kann man an zwei Händen abzählen, wenn man die Finger ausstreckt und von links über die Daumen nach rechts zu zählen beginnt und von dort wieder zurück. Zwanzig Wörter sind so wenig wie zwanzig Hiebe auf einem nackten Arsch. So wenig wie der Inhalt einer Schachtel »Mon Chérie« oder einer Packung Zigaretten. »Verzeih meine Fehler« besteht zum Beispiel aus drei Wörtern. »Entschuldige mein respektloses Verhalten« aus vier Wörtern. »Verzeih, dass ich es verbockt habe« aus sechs Wörtern. »Vergiss meine anmaßende Art und vergib mir« aus sieben Wörtern. Und »Verzeih meine Überheblichkeit, meine Aufdringlichkeit und mangelnde Einfühlung für dich« sind schon zehn Wörter.

Mit zwanzig Wörtern kann man jonglieren wie ein Akrobat und immer wieder an Sinn und Bedeutung feilen. Und wenn man gut drauf ist, fließen die Wörter ganz von allein, sprudeln wie aus einer Quelle, die einen Bach speist: »Ich werde mich in Bescheidenheit und Unterwerfung ergeben« oder »Ich werde Zurückhaltung üben und mich dir geduldig fügen«. Oder »Zerbrich den Spiegel, den ich dir fälschlicherweise vorgehalten habe.« Zwei Espressi und ein halbes Stündchen Bedenkzeit - und ich könnte die schönsten Entschuldigungen der Welt erfinden!

»Jeden Tag erwarte ich eine Mail von dir«, hat sie geschrieben. »Eine ganze Woche lang! In der Betreffzeile findet sich lediglich *Bitte/Danke* und eine fortlaufende Nummerierung. Jede dieser Mails enthält nicht mehr als zwanzig Wörter. Sie beginnt mit *Bitte, Rita ...* und endet mit *Danke, Rita!* - bleiben noch sechzehn Wörter für deine Geschwätzigkeit. Inhaltlich hast du in jeder der sieben Mails die Gelegenheit, dich für deine Dreistigkeit zu entschuldigen, Besserung zu geloben und Hingabe und Gehorsam zu versprechen. In wohl gesetzten Worten - Tag für Tag punkt 22 Uhr.«

Zwanzig Wörter sind ein faires Angebot. Es hätten ja auch vierzig oder fünfzig sein können. Rechnet man zwanzig Wörter auf einen Tag um, sind das 0,83 Wörter pro Stunde. Ich hätte also 60 Minuten Zeit, um nicht mal ein ganzes Wort zu formulieren. Und könnte ich mich überwinden, ihr Spiel mitzuspielen, wäre sie ja auch zu einem Treffen mit mir bereit. »Eigentlich hatte ich geplant, dich in der kommenden Woche zu besuchen«, hat sie ihrer Mail als PS angehängt. »Aber so wird das alles nichts.« Nein - so wird das nichts. Es sei denn, ich quälte mich durch die kleine fiese Psycho-Hölle, in die sie mich unerwartet gestoßen hat.

Du glaubst, ich schaffe das nicht, oder? Mich siebenmal vor dir zu erniedrigen? Ich weiß doch, dass du mich beschämen willst. Ich weiß doch, dass du mir weh tun willst. Und ich weiß auch, wie sehr du mein Hadern genießt, mein stilles Winden. Vielleicht sogar meinen Hass. Und weiß auch, wie sehr du darauf hoffst, dass ich am Ende über meinen eigenen Schatten springe. Es für dich tue. Oder sogar für mich!

7 × 20 sind lächerliche 140 Wörter, die uns voneinander trennen. Sieben Mailchen an mein Mädchen, sieben Mailchen an Madame. Nur: Ich habe mich seelennackt gemacht vor dir in den letzten Wochen. Habe mich dir preisgegeben in meinen Sehnsüchten und Obsessionen. Bin auf zartleisen Füßen gegangen dabei, weil ich dir mein Vertrauen geschenkt habe. Und jetzt bin ich schutzlos. Denn jetzt hast du mich verletzt und Salz in mein Wundfleisch gestreut. Was willst du lesen, Rita?

»Ich habe den Bogen überspannt und komme durch sieben beschämende Mails an dich zur Besinnung.«

»Ich habe Fehler gemacht und arbeite intensiv und aufrichtig an ihrer Korrektur.«

»Durch dich bin ich gestutzt und am Boden, aber auf dem richtigen Weg.«

»Ich will nie wieder anstrengend und geschwätzig sein.«

Oder vielleicht: »Ich habe meine Lektion gelernt und mich aufrichtig in Demut, Hingabe und Gehorsam geübt.«

Oder: »Erst du hast mir den Weg gezeigt und mich besiegt.«

Wärst du wirklich stolz auf mich, wenn du das liest? Könntest du mich achten, wenn ich diesen Irrsinn für dich aufschriebe? Es ist so künstlich! Es ist so aufgesetzt und durchschaubar.

Und ich sag dir auch, was es ist, das mich so wütend macht: Dieses Warten auf dich - es hatte so sehr mit Vorfreude zu tun, mit Hoffen und Wünschen und mit tanzenden Bildern in meinem Kopf. Und auch mit Vertrauen und Glauben.

Doch eines mag ich nicht, und mochte es noch nie im Leben: wenn jemand hü sagt und dann hott. Wenn jemand mich sehnen macht und dann abrupt mein Gefühl von heiß nach kalt dreht. Denn das ist kein Spiel mehr, sondern einfach nur böse. Oder plump. Oder dumm.

Und nicht nur das ist es. Nicht nur, dass du mich weich kochen und verunsichern willst, um mir vor Augen zu führen, dass ich nichts bin und du alles. Ich kann auch nichts fühlen dabei. Ich spüre nichts. Spüre diesen stillen Gehorsam nicht, wenn ich vor meinem PC sitze, um 7 × 20 Wörter durch den Fleischwolf zu drehen.

Ich spüre dabei weder, dass du mich führst, noch dass ich devot oder erregt bin. Ich fühle einfach gar nichts. Nur Leere. Und wenn

ich schriebe »Nimm mich an. Ich habe gelernt und fühle Demut«, dann würde ich lügen.
Ich weiß ja, dass du wissen willst, ob ich mich dir unterordnen könnte. Das Wollen und Können steht außer Frage, doch mehr als das fehlt mir die Fantasie, dich in meinem Kopf zu akzeptieren. Du wärst weit weg, wenn ich dir zwanzig Wörter schriebe. Du wärst irgendwo, aber nicht in mir drin. Und das müsstest du sein, wenn es zünden sollte.
Zwanzig Wörter sind nicht viel! Aber sie sind alles, wenn sie einem nichts sagen. Und deshalb kann ich sie dir nicht aufschreiben, nicht mal ein einziges. Denn jedes Wort wäre eines zu viel für dich. Ich hab dich gemocht, vielleicht sogar ein bisschen geliebt. Ich habe dir in 244 674 Anschlägen fünf Wochen lang mein Herz zu Füßen gelegt. Aber für das, was ich dir jetzt schreibe, genügen acht Wörter.
»Bitte Rita, leck mich am Arsch! Danke, Rita!«

II. Augenweide

Hampel-Dom und Wünsche-Sub

Ich pass schon auf, Schatz! Ich weiß ja, dass dir die Arme einschlafen, wenn ich sie zu hoch hänge. Ist es so besser? Oder darf ich doch noch ein Stückchen höher? Schöner sähe das ja aus, weil dein Körper dann gestreckter ist. Ich mag das, du weißt ... Nein, nicht? Gut, dann hänge ich sie wieder tiefer. Die Manschetten etwas lockerer? Sie drücken an den Kanten? Okay. Dann mach ich am besten alles noch mal los, weil ich dann problemloser an deine Handgelenke komme.

Nein, den Knebel hab ich nicht mitgenommen. Ich weiß ja, dass du Knebel nicht magst. Da kriegst du Panik. Und das mit der Folie über deinem Mund mach ich auch nicht wieder. Nichts, was einengt - auch kein Halsband. Und Masken sowieso nicht, weil dein Haar darunter klatschig wird. Hab keine Sorge, Schatz, vertrau mir einfach! Ich bin Gentleman, auch als Dom - und deshalb wird dir nichts geschehen.

Brustwarzenklemmen? Die nehm' ich schon lange nicht mehr mit zu einer Session. Weder die mit Zacken noch die ohne Zacken noch die verstellbaren, die nur so aussehen als ob. Ich weiß doch, dass dich allein die Vorstellung daran abturnt. Dildos auch nicht, nein. Plugs ebenso wenig. Alles, was man einführen kann, ist nicht dein Ding. Du bist eben keine Spielzeug-Sub, sondern ein filigranes Elfchen. Ein verwöhntes Hypersensibelchen, dem man pausenlos den zickigen Arsch versohlen könnte - wenn man es denn dürfte.

Nein, ich schlag dich nicht feste! Du kannst mir absolut vertrauen. Wirklich! Ohrfeigen sind tabu wegen deines Kindheitstraumas. Das hab ich schon nicht vergessen. Und auch die Peitsche bleibt im Koffer, weil sie nicht flächig trifft und dir deshalb weh tut. Und wenn schon die Gerte, dann allenfalls mit dem Bändchen an der Spitze ein bisschen fächern. Den Flogger vielleicht, aber nur ganz sachte - so, als würde ich Fliegen damit verscheuchen. Ich bin ein Sanfter! Einer mit Seele - du kennst mich doch inzwischen.

Ich schlag dich nicht, weil ich ein Sadist bin oder dir deine Zicken austreiben will. Ich lass dich auch nicht irgendwas beichten und dich für deine Sünden büßen. So einer bin ich nicht. Ich schlag dir weder auf den Rücken noch auf die Innenseiten der Schenkel. Ich schlag dir mit meinen Händen auf die Arschbacken - und das auch nicht wirklich hart. Du sollst ja keine Angst vor mir haben und keine Schmerzen. Und auch Striemen oder sonstige Spuren will ich nicht auf deiner Haut hinterlassen. Ich schlag dich so, wie wir es verabredet haben: Dass ich aufhöre, sobald du »Aua« sagst. Und wenn das alles nicht ausreicht, dann bleibt ja noch ein Codewort - sagen wir

»Erdbeertörtchen«. Geht nicht wegen deiner Allergie? Gut, dann nehmen wir »Apfeltörtchen«.
Ich sag nicht »Fotze« zu dir, nein. Das würde ich nie tun. Auch nicht »Schlampe« oder »Fickstück«. Du magst keinen Dirty Talk, ich hab's längst kapiert, auch keine derbe Sprache. Das wäre wie Güsse kalten Wassers für deine Lust! Schade eigentlich, denn ein »Schwanz« ist was anderes als ein »Glied«.
Ich fasse dich nicht grob an und rühr' nicht in dir rum wie ein Proll. Du weißt, ich hab Kultur und bin Ästhet. »Schwebende Fingerspitzen« heißt das Klingelwort, ich weiß es doch. Und bei aller Lust und Leidenschaft - in deinen Wuschelgarten geht es nur über den langen schmalen Pfad der Zärtlichkeit. Klar darfst du mich »Liebster« nennen! Tu's nur, wenn es dich hemmungslos macht. Ich weiß, dass man ein bisschen lieben muss für guten SM, ich bin ja nicht mehr klein!
Du bist nicht schüchtern, nein. Du bist lediglich verhalten. Alles eine Frage des Augenblicks! Irgendwann wirst du dich schon fallen lassen können. Kommt Zeit, kommt Rat. Und dass ich einen Weg finden werde, um dein Feuer zu entfachen, diese Hoffnung geb' ich nicht auf, wirklich nicht. Das macht es ja gerade so spannend: Dass ich deine Lust noch immer suchen muss und du sie mir immer nur ein bisschen zeigst - ein Fingerhütchen voll. Das ist mir viel, viel lieber als eine, bei der gleich die Post abgeht. Ich suche keine »Matratze« - wie kommst du darauf?! Es geht mir auch nicht um meinen Schwanz und um einen schnellen Fick, es geht allein um dich, Liebste. Ich achte dich - Ehrenwort. Als Mensch wie als Sub. Oder hab ich jemals von dir verlangt, dass du ihn in den Mund nimmst? - Siehste! Und in den Arsch gefickt hab ich dich auch noch nie. Will ich auch gar nicht.
Du schwitzt? Soll ich dein Korsett besser aufschnüren? War wohl doch zu eng, oder? Schade eigentlich, denn die Wespentaille stand dir gut. Aber wenn dir schwindlig wird ... Die Schuhe auch ausziehen? Weil sie drücken? Klar sind die Absätze irre hoch. Aber ich dachte, du magst High Heels. Sollte 'ne Überraschung sein für dich! Aber wenn dir die Zehen einschlafen ... Ich zweifle nicht an dir, nein! Du bist schon goldrichtig, Liebste. Du bist nicht falsch - nur jetzt nicht wieder die Nummer mit den Selbstzweifeln! Nur keine Tränen, Mimöschen. Wir haben noch so viele Sessions vor uns, da kommt es auf die eine vergeigte nicht an. Wirklich nicht.
Du machst jetzt Pipi und dann gehen wir essen. Und natürlich dominiere ich dich im Restaurant weiter! Bist ja meine Sklavin. Ich werde auswählen, was du essen darfst, aber nur solche Speisen, die du auch magst. Saure Nierchen mit Stampfkartoffeln zum Beispiel nicht - und Leber mit gebackenen Zwiebelringen auch nicht. Und

weil ich weiß, dass du keine bist, der man nur aus Dominanzgehabe einen Nachtisch versagen sollte, wenn sie einen Nachtisch haben möchte, wird's auch ein Dessert geben - einen Ricottapudding vielleicht oder eine Ananas-Kokos-Terrine oder einen Rahmstrudel mit Beerenkompott. Na siehste - jetzt kannst du sogar wieder lachen. Ein guter Dom muss eben Intuition haben. Und Toleranz. Und starke Nerven. Glaubst du denn wirklich, ich würde dich je zu irgendwas zwingen, das du nicht willst?

Augenweide

Your ooown, dröhnt es aus den Lautsprechern, *per-so-nal Je-sus.* Ewald schreit der Bedienung hinter der Theke »Zwei Mineralwasser!« zu, weil Mineralwasser im Eintrittsgeld enthalten ist und man sich an den Gläsern fürs Erste gut festhalten kann. Er kennt niemanden auf der Party im Dungeon, und auch Gretchen sieht kein bekanntes Gesicht. *Some-one to hear your pray-ers, some-one who ca-res,* schmachtet der Leadsänger von Depeche Mode. Ewald wippt dazu im Takt mit seinem rechten Fuß.
Links von Ewald und Gretchen steht ein Paar, das 15 Jahre jünger ist als die beiden. Rechts von ihnen schaut ein bleicher Rothaariger aus der Gothic-Szene versonnen auf die weiße Wand hinter der Bar. Den Haarstrang an seinem Kinn, der gut 30 Zentimeter lang ist, hat er an drei Stellen mit Zwirn zu einem Zopf zusammengeknotet. In der Ecke unter den Lautsprechern sitzt ein grauer Wolf mit Dreitagebart. Er trägt ein kariertes Hemd mit Lederweste und exhibitioniert selbstbewusst seine Plauze. Seine Partnerin hat sich in ein enges Korsett gezwängt, aus dem ihre Titten quellen. Neben ihr steht ein spindeldürrer Nackter im Lederharnisch, dessen Schwänzchen in einem Keuschheitsgürtel aus Plexiglas steckt. Die Leine seines Halsbands endet zwischen Daumen und Kölschglas eines schmächtigen Gay-Doms. Hinter den beiden steht eine Blondine in transparentem grünem Latexganzanzug; von ihr sieht Ewald nur das Dekolletee und die Schultern. Sie lächelt Ewald an, aber das tut sie bei jedem. Sie weiß, dass sie auf Männer wirkt, und ihr Partner - wie sie ein Beau - weiß das auch.
Ewald und Gretchen trinken ein zweites Mineralwasser, und Ewald raucht aus Verlegenheit eine Lights von seiner Liebsten mit. Aus einem Nebenraum wird eine halb nackte Sklavin mit schwarzer Augenbinde und rotem Ballknebel in Richtung des Knotenbarts geschubst. Ihr Herr, der einen edlen schwarzen Anzug trägt, geht dicht hinter ihr, hält sie mit beiden Armen an den Schultern fest und lässt sie auf hohen Pumps über die Fliesen staksen. Dann nimmt er seiner Gefährtin Knebel und Augenbinde ab und zieht eine Packung Zigarillos aus dem Jackett. Wortlos greift die Sklavin zu, zündet einen Zigarillo an und kniet sich hin. Sie senkt den Kopf, hält die Hände wie eine Betende in die Höhe und platziert den brennenden Zigarillo kerzengerade zwischen ihren Fingerspitzen, um sie ihrem Meister anzureichen.
Gretchen bekommt glänzende Augen, aber Ewald schüttelt den Kopf. Nein, das könne er nicht. Nicht hier. Nicht vor den Augen der anderen.

Im Spielraum, den der Veranstalter der Party »Wohnzimmer« nennt, setzen sich Ewald und Gretchen auf das Holzpodest, warten dort zusammen mit sechs anderen Leuten, dass sich an den beiden Andreaskreuzen und den Folterstühlen vor ihnen was tut. Aber bis auf eine Frau, deren Kopf und Arme jemand in einen Pranger steckt und dann ihren Arsch vertrimmt, tut sich nichts. Von »Wohnzimmer« kann auch nicht die Rede sein, weil der Raum weder eine Tür noch einen Vorhang hat. Jeder kann in die Nischen, wo die Streckbänke, Käfige, Kreuze, Bondagegestelle und ein Spanischer Reiter aufgestellt sind, ungehindert reinschauen. Da hilft auch das dezente Kerzenlicht nicht. Eigentlich wollten Ewald und Gretchen hier spielen - zum ersten Mal in der Öffentlichkeit. Eigentlich wollten die beiden mal raus aus ihren vier Wänden. Aber so hatten sie sich das nicht vorgestellt.
Ein Mann in violettfarbenen Lack-Overknees setzt sich neben Gretchen. Ein Transvestit sei er nicht, sagt er. Und bi auch nicht. Er trage eben nur fürchterlich gerne Heels. Als Gretchen lächelt und mitfühlend nickt, rückt er ihr näher. Sie erfährt, wo er schon überall »spezielles Outfit« bestellt hat und wo man es am günstigsten bekommt. Und wo man als Mann in Heels - ohne Blicke zu riskieren - den besten Auslauf hat. Bei Ikea könne man ihn ab und zu Gehen üben sehen, sagt er. Und auch in Baumärkten trage er seine Stiefel; bei Obi und Praktiker sei er bekannt wie ein bunter Hund. Ewald schaut der Stiefelträger kaum noch an, sondern widmet sich ausschließlich Gretchen. Ewald lässt ihm sein Glück und fixiert »Sklave Willy«, der nackt in einer Ecke kniet und seinen halbsteifen Schwanz wichst. Nicht zu heftig, damit er nicht kommt, aber auch nicht zu wenig, damit er nicht schlaff wird.
Ewald und Gretchen sind froh, als die Bühnenshow beginnt, die angekündigt war. Ein Solo-Sklave, der sich für Geld eine Domina gemietet hat, wird von einer in die Jahre gekommenen Lady auf die Bühne gezerrt. In Nullkommanix ist »Sklave Bruno« - das hat sie ihm mit Lippenstift zweizeilig auf die Brust geschrieben - ans Kreuz gebunden und wird dann ausgiebig mit Wachs und noch wesentlich ausgiebiger mit Gertenhieben malträtiert. Weder streichelnde Hände noch irgendwelche Worte zwischendurch. »Wie ein Schwein, das geschlachtet wird«, denkt Ewald und drückt Gretchens Hand. Gretchen drückt heftig zurück, als die Lady Brunos Slip zerschneidet und sein erigierter Schwanz plötzlich in Richtung der Zuschauer aus dem Höschen schnellt. Brunos rechte Hand wird losgebunden und er muss sich selbstbefriedigen. »King Kong«, flüstert Ewald Gretchen zu. Sie nickt und schaut weg, als Bruno mit lustverzerrtem Gesicht und laut stöhnend seinen Erguss durch die Luft schleudert.

Zu Hause bindet Gretchen Ewald immer an den Treppenpfosten im Korridor. Umwickelt seinen Hals mit einem breiten Latextape und macht ihn unverrückbar an der Längsstange fest, die von der Decke bis zum Boden reicht. Wie oft hat Ewald in den letzten Jahren an diesem Pfosten gestanden! Seine Arme in einem Fesselsack, seine Arme in Folie, seine Arme nach hinten gezogen, bis die Sehnen fast zu reißen drohten. Sein Kopf in einem Riemengeschirr, von Gretchen so weit hochgezogen, bis es in Ewalds Halswirbeln knackte und er auf Zehenspitzen stehen musste, seine Beine zu zittern begannen und er nachts Krämpfe bekam, sodass er aus dem Bett springen musste, um seine Füße auf den Boden zu drücken und gegen den Krampf anzugehen. Manchmal dachte Ewald, dass er irgendwann an diesem Pfosten verrecken würde. Dass ihm die Blutgefäße platzen würden oder er einen Gehirnschlag bekäme.
Wenn Gretchen Ewald lange genug an diesem Pfosten im Korridor malträtiert und liebkost hatte, ging sie irgendwann ins Wohnzimmer. Ewald hörte dann das Klappern im Schrank. Dann das Quietschen der Gäste-WC-Tür. Glas schepperte an Keramik. Dann Stille. Danach ein kaum vernehmbares Strullen. Dann der dumpfe Ton vom Abzupfen des Toilettenpapiers. Dann erneut ein Scheppern. Ewald hörte das Klappern an der WC-Spülung, dann das Rauschen des Wassers. Dann das Klackern ihrer Absätze auf den Bodenfliesen. Wenn Gretchen wieder vor ihm stand, hatte sie ein halb oder manchmal auch drei Viertel gefülltes Sektglas in der Hand. Sie lächelte dann biestig und küsste Ewald, hielt ihm das Glas vors Gesicht und schaute in seine Augen, bis seine Pupillen sich weiteten und wieder zusammenzogen.
Die Lady drückt Bruno eine *Kleenex*-Rolle in die Hand und befiehlt in einem menschenverachtenden Ton: »Mach deine Sauerei ja gut weg.« Dann steigt sie von der Bühne, bekommt Applaus von den Zuschauern und verschwindet in Richtung Bar. Bruno kriecht auf allen Vieren und kratzt mit der Metallkante der Kehrschaufel das Wachs vom Boden. Ab und zu wischt er die Spuren seines Spermas mit den *Kleenex*-Tüchern auf, dann kratzt er erneut und fegt das Wachs mit einem Handfeger in die Schaufel.
Bruno hat alles sauber gemacht. Gretchen und Ewald gehen in einen Nebenraum und essen Bananen. Die sind ebenso kostenlos wie das Mineralwasser.
Auf der Couch hinter den beiden liegt ein Paar, das sich befummelt. Der Mann küsst die Brüste der Frau, leckt ihre Scham, spielt mit ihrer Muschi, die von einem Dutzend schwerer Stahlringe durchstochen ist. Aber die Dame verzieht keine Miene. Sie hat die Augen geschlossen und scheint zu warten, dass irgendetwas in ihr passiert. Aber was auch passieren mag: Man sieht es nicht in ihrem Gesicht

und auch nicht an ihren Körperreaktionen. Der Mann nimmt einen kleinen Dildo aus seinem Koffer und stochert in ihrer Muschi herum. Aber wieder verzieht die Dame keine Miene. Sie liegt steif wie ein Brett da, und es regt sich immer noch nichts.
Ewald öffnet den Reißverschluss von Gretchens Latexhose und schiebt seine Hand hinein, suche ihre Perle. Er küsst seine Frau und spürt, wie sein Schwanz erigiert. Ist stolz, dass er nach all den Ehejahren nur vom Küssen noch einen Ständer kriegt! Nein, er will nicht spielen heute. Er kann das auch nicht. Nicht hier. Gretchens Hand greift in Ewalds Slip und holt seinen Schwanz raus. Die beiden streicheln sich, halten sich Haut an Haut. Sie küssen sich weiter - und halten dann inne.
Das Paar auf der Couch hat sein Vorspiel beendet und steht auf. Der Mann legt die Frau auf einen Barhocker und bringt ihren Hintern in Position. Dann zieht er seinen Schwanz aus der Hose und tritt hinter sie.
Gretchen zieht Ewald aus dem Raum. »Hausmarke?«, fragt sie. Ewald lächelt und sagt erleichtert: »Yes, Miss Pérignon. For your eyes only!«
Zu Hause zündet sich Gretchen eine Zigarette an, nimmt einen tiefen Zug und bläst Ewald den Rauch ins Gesicht. Dann führt sie den Rand des Glases an seine Lippen und bringt es in Schräglage. Der Sekt ist warm, als er in Ewalds Mund läuft. »Schluck«, sagt sie. »Jetzt!« Und flüstert: »Was bist du schön, wenn du hörig guckst!«

Blaue Lilien

Parkplatz Frankfurt-Westend. »Ich will einen heroischen Abschiedskuss, filmreif und ohne Tränen!«
»So, wie Meg Ryan und Billy Crystal sich in *Harry und Sally* küssen?, fragst du.
Ich nicke, und du rutschst auf dem Beifahrersitz meines Wagens in Schräglage, machst dich ganz lang, legst deine Arme um mich. Als unsere Lippen sich berühren, ist das wie Himmel. So, wie es das ganze Hotelwochenende über Himmel war, wann immer wir uns küssten.
Ich sehe Tränchen in deinen Augen, als du ausgestiegen bist und noch mal durch das Seitenfenster meines Wagens schaust. Meine Hand krabbelt ins Leere und deine wirft mir einen Kusshauch zu. Dein Blick ist ganz in dich gekehrt - eine Mischung aus Liebe und Traurigkeit, und mir ist, als würdest du selbst aus dieser Entfernung noch in meine Seele greifen. Was wäre, wenn ich jetzt aussteigen würde? Wenn ich dich zurückhielte? Wenn ich dich abhielte zu gehen?
Da hupt jemand hinter mir und macht Zeichen, dass ich endlich fahren solle. Als ich aus der Parkbucht rückwärts setze, sehe ich dich nicht mehr im Menschengetümmel, und als ich auf die Hauptstraße einbiege und mich wieder umdrehe nach dir und dich immer noch nicht finde, wird mir plötzlich speiübel. Abschied folgt auf Abschiedskuss - und danach ist erst mal nichts, ist es höllenschwarz, herrscht für Sekunden finstere Nacht nach gleißendem Frühlingssonnenschein. Mein Mund ist dermaßen trocken, dass ich eine Mineralwasserflasche aus der Reisetasche fingere, die so durchgeschüttelt ist, dass ihr Inhalt zischend durch den Wagen spritzt: auf Lenkrad, Hose und Armaturen.
Frankfurt, Bockenheimer Landstraße. Ich stelle mein Navi auf »Heimatadresse Hannover« und lege Norah Jones in den CD-Player. Mir ist nach Blues. Mein Nacken und meine Schultern schmerzen vom langen Auf-dem-Bett-Liegen und Kinn-Abstützen. Haben wir am Samstag wirklich sieben Stunden am Stück auf diesem Hotelbett verbracht? Haben wir in den letzten zwei Nächten nur neun Stunden geschlafen? Haben wir die Welt da draußen hinter bordeauxroten Jalousien einfach außen vor gelassen?
Noch 327 Kilometer. Ich fingere eine Lakritzschnecke aus der *Haribo*-XXL-Tüte im Handschuhfach und bleibe auf der rechten Spur, weil es sich hinter Lkws, die nur mit 90 km/h fahren, besser dösen lässt. Ich sehe dich in meiner Erinnerung nackt auf dem Holzstuhl, der mitten in Zimmer 252 steht - die Schnellspanner um deine Fußgelenke, die Hände hinter der Lehne festgezurrt. Ich sehe deine

Haut zwischen Strumpfabschluss und Mieder, sehe deinen glatt rasierten Venushügel und habe plötzlich den Geschmack deines Honigs auf meiner Zunge. An meinen Fingerspitzen kann ich dich noch riechen.
Noch 272 Kilometer. Ich schiebe Rammsteins »Herzeleid« ins CD-Fach, gebe Track 6 ein: »Du riechst so gut«. Mir ist nach fetzig und laut! Ich mache die Dose mit Erdnüssen auf und öffne die zweite Flasche Mineralwasser. Sehe mich den Flogger prüfen, dessen rostbraune Wildlederschnüre durch meine Hand gleiten. Sehe dich über die Lederbank gebeugt - dein Hintern erwartungsvoll nach oben gereckt. Ich fühle meinen Finger in deine Nässe tauchen, bin sprachlos, wie feucht es dort ist. Ich sehe deinen schwarzen Slip über den weißen Heizungsrippen hängen, wo er für die Fahrt ins Restaurant trocknet.
Noch 216 Kilometer. Ich öffne den Becher *Corny KnusBits Schoko,* weil mir nach 100 Gramm salzigen Erdnüssen nach Ballaststoffen und Spurenelementen ist. Als ich Enyas »A Day without Rain« einlege, piepst mein Handy - SMS von dir: »Du warst wunderbar! Ganz traumverloren noch. Ohrläppchenbiss und Sternchenkuss.«
Du warst auch wunderbar - und als Enya singt *Who can say / where the road goes / where the day flows,* werde ich sentimental. Gebe mich den Nachbildern hin, die wie Kaskaden an mir vorbeirauschen: Du auf dem Hotelbett, versunken in weißen Kissen. Wir streicheln uns, halten uns - Kopf in Armbeuge -, reden und küssen uns mundwund. Albern herum, dass ich deinen »Ausbildungsstand« nicht überprüft habe. Und dann drückst du mich. Weil du spürst, wie himmelweithoch ich über solch dominanten Mätzchen stehe.
Noch 179 Kilometer. Ich steuere einen Parkplatz an und mache eine Pinkelpause. Während ich an einen Baum uriniere, fällt mir der Antworttext für meine SMS ein: »Die Welt leuchtet golden auf der A5 - dank dir! Merci retour. Du warst alles, was sein kann, Conny.« Ich tippe den Text ins Handy, zünde mir eine Zigarette an und genieße auf dem Display meiner Digiknipse die Fotos, die ich von dir gemacht habe: Du in diesem roten Korsett, du nur für mich! Du von hinten, du von vorn. Wir vor dem Spiegel, mit Selbstauslöser. Wie sehr hab ich dir gehört in diesen Minuten. Und wie sehr hast du *mir* gehört!
»Du warst wunderbar!« - Warum dreht man sein Leben nicht nach einem solchen Satz? Warum fährt man nach einem solchen Wochenende lethargisch nach Hause und bescheidet sich mit einer Flut von Nachbildern statt jemanden fühlen, riechen und schmecken zu wollen? Wie eingefahren ist man, die Autobahn in Richtung Heimat aufzufahren, anstatt die nächste Ausfahrt zu nehmen und einfach umzudrehen? Wie feige!

Noch 124 Kilometer. Ich esse zwei *Bountys* und spüle hinterher die Kokosflocken mit Mineralwasser aus den Zahnzwischenräumen. Madeleine Peyroux läuft - »Careless Love«; mir ist nach einer Frauenstimme im Ohr. Wie charmant du mir gestanden hast, dass du »ein bisschen älter« bist als die Zahl, die da in deinem Profil steht. »Ein Jahr? Zwei Jahre? Oder gar drei?«
»Irgendwo dazwischen«, sagtest du. Aber so sehr ich auch drängte, du konntest es nicht über dich bringen, »Zweiundvierzig« zu sagen. Als käme es auf Jahre an, wenn man liebt!
Weißt du, was es wirklich ist zwischen uns, das so zieht? Es ist das Gefühl, dich in mir spüren zu können und mich aufgehoben zu fühlen in dir, während wir voreinander, nebeneinander oder übereinander liegen und unsere Lippen aus einem Meer von Zärtlichkeit trinken.
Rasthof Seesen. Noch 76 Kilometer. Ich brauche einen Kaffee. Die Kassiererin sieht bleich aus und ihre Zigarette verqualmt im Aschenbecher. Offenbar auch eine, die am Wochenende zu wenig Schlaf hatte! Ich suche einen Platz am Fenster und stelle mein Tablett unter die tief hängende Pendelleuchte, deren Licht sich in meiner Tasse spiegelt. Neue Textmitteilung: »Du bist nicht weg, Liebster. Kann auch nicht sein, denn es fühlt sich nicht so an.«
Als ich die Snackbar verlasse, streckt mir ein Mädchen einen Strauß blauer Lilien entgegen. »Bring Blumen mit«, sagt sie. Ich zögere, weil der Strauß schon voll erblüht ist; spätestens morgen würde er zu welken beginnen. »Komm, nimm sie mit«, sagt das Mädchen und hält mir die Lilien unter die Nase. »Deine Frau wird sich freuen. Frauen mögen Blumen.«
Meine Frau ... die sitzt 76 Kilometer vor mir, Kindchen. Und Hannah mag gelbe Ranunkeln! Was weißt du schon von Frauen? Und von Männern? Ich nehme den Strauß und zahle, lege ihn in den Fußraum vor dem Beifahrersitz. Frauen mögen Blumen. Aber Blumen brauchen Wasser! Wie Seelen Worte brauchen.
Noch 20 Meter. Ich parke am Waldrand vor meinem Haus, esse die beiden letzten *Corny KnusBits Schoko*, sehe von hier aus die Lichter in unserer Küche brennen. Bereite mich innerlich auf das Umschalten auf Hannah vor, auf ein gespieltes »Hallo« und einen Begrüßungskuss - als wäre nichts gewesen.
Alles war im Lot, alles im Griff. Ein bürgerliches Leben mit doppeltem Sicherheitsnetz! Und dann kamst du ... Eine letzte SMS an dich: »4 Stunden und 37 Minuten lang nur an dich gedacht, Sternchen. Ganz erfüllt & glücklich. Angst, gleich die Tür aufzuschließen ... Back home?«
Stolkgasse. Hannover. Als ich rückwärts in die Parkbucht vor unserem Haus fahre, steht Hannah vor der Tür. Ich zögere, aus dem

Auto zu steigen und packe die Papierreste der vertilgten *Bountys*, die leere *Haribo*-Tüte, die leeren Dosen und Mineralwasserflaschen zusammen, um Zeit zu schinden. Die Reisetasche lasse ich noch im Auto. Hannahs Augen sehe ich erst, als sie in den Korridor tritt und die Wandleuchte ihr Gesicht anstrahlt. Vor diesem Moment habe ich mich gefürchtet seit dem Abschiedskuss in Frankfurt-Westend: vor dem ersten Blick in die Augen meiner Frau - den ersten Augen nach dir.

Als Hannah mich anschaut, weiche ich ihr aus. Keine Umarmung, kein Kuss - ich kann das nicht. Auch keine Antwort auf ihre Frage, wie das Seminar war, wie die Fahrt war, wie Frankfurt war. Nur mich selbst schaue ich an - im Korridorspiegel. Blicke mir lange schweigend in die Augen. Dann gehe ich in die Küche, hole eine schlanke Vase aus dem Schrank, lasse Wasser hineinlaufen und gehe damit zum Auto zurück. Ich nehme die Lilien, stelle sie in die Vase und zwänge die Vase zwischen Strümpfe, Hemden und Sweatshirts in meiner Reisetasche, bis sie einen festen Stand hat. Im Rückspiegel sehe ich Hannah, die verloren an der Tür steht. Ich setze mich hinters Steuer, lege Rosenstolz ein - »Das große Leben«.

Noch 347 Kilometer. Ich lasse den Motor an und fahre zurück nach Frankfurt. Bring dir Blumen mit.

Der Schuhfetischist

Ich liebe sie. Ich bin ihr verfallen seit dem Tag, an dem ich sie sagen hörte: »Du weißt gar nicht, wie blitzblank man die Seele eines Mannes putzen kann, wenn man nur die richtige Bürste und die richtige Schuhcreme hat.« Wie sie strahlte bei diesem Satz. Wie kundig sie lächelte und dabei auf ihre schwarzen Pumps zeigte, aufreizend die Beine übereinanderschlug und mit dem Fuß wippte - als hütete sie ein tiefes Geheimnis.

Ich habe sie ein Dutzend Mal besucht seitdem. Und jedes Mal saß ich mit Herzklopfen in ihrem Studio, wo sie auf weißen Bodenfliesen mit ihren Stilettos den Takt vorgab und mich lehrte, dass Schuhe Lockvögel sind, die nicht »piep«, sondern »klack« machen. »Klack, klack, klack.« So wie heute ...

Maritta auf ihrem Ledersessel, in einem hautengen Kostüm, schwarzen Nylons und knöchelhohen Stiefeletten aus schwarzem Leder, die mit Dutzenden von Ösen und Haken geschnürt sind. Auf dem Freischwinger - ihr dicht gegenüber - sitze ich, ganz so, wie sie mich sehen wollte: mit korrektem Anzug, korrekt gebundener Krawatte und korrekt geschnittenem Haar. Auf meinem Schoß ihre rechte Stiefelette, ganz warm und weich. Und an der Spitze ihres Schuhs kratzt dezent die Auftragbürste mit schwarzer Creme, die ich langsam von der Vorderkappe über das Blatt bis zur Ferse gleiten lasse, bemüht, keinen Millimeter des Leders auszulassen. Wie eine Reliquie halte ich ihren Fuß, ganz behutsam - als sei er aus Porzellan.

Auf dem Boden zwischen den Freischwingern ein geöffneter Kasten aus Zedernholz - mit Polierbürsten aus Rosshaar, einer Schmutzbürste, weichen Tüchern und verschiedenen Sprays mit Schaum und Pflegemitteln - für Wildleder, Nappaleder und Lackleder. Kein Wort, kein Satz fällt zwischen mir und Maritta, nur Blicke ab und zu, die wie Pfeile schwirren. Ihr Lippenstift leuchtet wie ein Ampelsignal, das auf Warten steht. Hin und wieder schnellt ihr Kopf nach vorn und lässt ihre Haarsträhnen verführerisch nach vorn wippen.

Ich tupfe die Borsten in die Schuhcreme und reibe den Schaft hoch, drehe zärtlich ihr Gelenk - nach links, nach rechts. Hebe ihren Fuß an, um an den Absatz zu kommen, beuge mich zum Boden, um die Bürste abzulegen und das Poliertuch zu nehmen und die Creme penibel aus der Ritze zwischen Sohle und Oberleder zu wischen. Maritta beobachtet mich mit wachsamen Augen - als würde sie Buch über mein Tun führen und Noten vergeben für Hingabe, Haltung und Glanz. Ich falte das Tuch zu einem Ballen und poliere das

Leder in kreisenden Bewegungen, so blank, dass sich die Konturen der Deckenleuchte darin zu spiegeln beginnen.
»Schuhe müssen eng sein«, unterbricht Maritta endlich die Stille. »Du weißt das gut, oder?
Ich schaue sie an und meine Augen zwinkern verständig. »Sehr eng«, sage ich. »Vielleicht sogar eine halbe Nummer *zu* eng.«
»Dass die Haut ein wenig übersteht am Rand?«
»Ja«, antwortete ich und lächele versonnen. »Und sich leicht wölbt und rötet!«
Maritta hat in all unseren Begegnungen viele kluge Dinge über Füße und Schuhe gesagt: Dass der zweite Zeh länger sein muss als der große, nur ein bisschen - worüber ich vor ihr nie nachgedacht habe. Dass Schuhe Affären anzetteln können und Ehen gerettet haben. Dass Schuhe eine Art Soufflé sind, nur eben mit Sohlen darunter, oder dass sie nicht irgendetwas sind, das man dazukauft, sondern immer der Anfang von etwas - und manchmal auch nur der Anfang und nichts sonst.
So vieles habe ich gelernt durch sie in all unseren Begegnungen: Was ein Zehenpflock ist und wer ihn erfunden hat. Dass die Textzeile »Put on your red shoes and dance the blues« von David Bowie stammt. Dass Kurtisanen auf hohen Chopinen standen und es Schuhe von Louboutin gibt, deren Sohlen stets hellrot lackiert sind, ganz gleich, welche Farbe das Oberleder hat.
»Na!«, zischt Maritta plötzlich scharf und unterbricht mich in meinen Gedanken. Erstaunt schaue ich sie an. »Ich putze ganz vorsichtig um die Ösen herum«, antworte ich.
Maritta macht eine drohende Kopfbewegung nach vorn, dass ihre pechschwarzen Strähnen wie zwei Pfeile auf mich zielen. »Dass mir keine Schuhcreme in die Ösen und an die Haken kommt und auch keine auf das Schuhband!« Dann schweigt sie wieder. Schweigt und genießt die Stille, die sich zwischen uns auftut. Eine lange Minute vergeht, in der meine Hand sich unsicher in die eine und dann in die andere Richtung bewegt, ehe sie unschlüssig auf dem Leder an Marittas Knöchel zur Ruhe kommt. »In kleinen Bögen um die Ösen herumwischen«, trichtere ich mir ein. »Haken und Ösen nur touchieren.«
Vorsichtig bewegt sich meine Hand, ganz zaghaft strecke ich meinen Zeigefinger aus, tupfe damit in die Schuhcreme - nicht ohne einen fragenden Blick auf Maritta - und reibe dann mit der Kuppe des Fingers über das Leder neben den Ösen.
Doch wieder herrscht Maritta mich an. »Bist du begriffsstutzig?«, schreit sie und rammt den Absatz ihrer Stiefelette in meinen Oberschenkel. Ich zucke zusammen und sehe mit einer Mischung aus Schuld und Unterwürfigkeit zu ihr hoch.

»Nimm Daumen und Zeigefinger und zieh das Schuhband vorsichtig heraus«, befiehlt Maritta, »aber putz dir die Schuhcreme vorher gut ab von der Hand!«
Ich wische meinen Zeigefinger sauber, öffne die Schleife am Schaft der Stiefelette und ziehe Haken für Haken und Öse für Öse das Schuhband heraus. Marittas Bein entblättert sich wie das Innere einer Banane, deren Schale man langsam nach unten zieht. Wie aus Geschenkpapier packe ich ihren Fuß aus, ganz kontrolliert und andächtig, um die Bilder so lange genießen und auskosten zu können, wie es irgendwie geht.
Fast in Zeitlupe umfasse ich am Ende auch die Ferse der Stiefelette und ziehe daran, um endlich Marittas Fuß zu sehen, endlich ihre Zehen, deren Nägel so rot lackiert sind, dass sie durch ihren Nylonstrumpf hindurchschimmern.
Maritta legt ihr Bein wieder auf meinen Schoß und drückt es fest durch, dass die Muskeln ihrer Wade und auch ihre Ferse kurz über den Stoff meines Anzugs reiben.
»Du kannst jetzt deine Hand in die Stiefelette stecken«, sagt sie mit sanfter Stimme. »Es ist bestimmt schön warm darin.«
Ich nicke stumm und vergrabe ein Viertel meines Arms in dem Schuh. Ich nehme das Putztuch von meinem Schenkel und verteile noch etwas Schuhcreme auf dem Leder. Ganz friedlich geschieht das; ganz glücklich und bei mir selbst bin ich. Und empfinde es so, wie Maritta es oft gesagt hat: dass sie eine Seelenputzerin sei.
»Vergiss die Lasche nicht«, mahnt Maritta mit jetzt fast zärtlicher Stimme. Ich nicke und schaue sie schweigend an.
»Du weißt, dass ich dir mit meinem Schuh ein Stück von mir selbst gebe?«, fragt sie.
»Ja«, antworte ich.
»Du weißt, dass das sehr intim ist, was ich tue und dass ich das nicht jedem gewähre, der mich besucht?«
»Ja«, antworte ich mit hörbar demütiger Stimme.
»Du weißt, dass es Göttinnen sind und nicht Menschen, die solche hohen Schuhe tragen?«
Wieder nicke ich. »Weil sie nicht gehen, sondern schweben auf ihren Absätzen wie Engel.«
»Du bist mir dankbar?«
»Ja.«
»Wofür bist du dankbar?«
»Für die Nähe, die ich empfinden darf«, sage ich beschämt.
»Und wofür noch?«
»Für den Aufschub, den du mir gewährt hast.«
Ich sehe Maritta an und zögere. »Dass ich deinen Schuh ...« Wieder stockt meine Stimme und ich schaue verlegen zu Boden, ehe ich

weiterspreche, »... erst putzen musste, ehe ich meine Hand in ihn stecken durfte.«

»Dann zeig mir, ob du gelernt hast«, sagt Maritta und rekelt sich in ihrem Freischwinger, um auch ihr linkes Bein in meinen Schoß zu legen. »Aber vorher darfst du mir den rechten Schuh wieder anziehen und zufädeln. Und dann ...« Sie hält mitten im Satz inne und schaut mich mit unschuldigen Augen an, »und dann ... vielleicht ... klack, klack.«

Matador

Diesmal war er von Norden gekommen. War den Sommer über abgetaucht und meldete sich erst wieder bei ihr, als er schon in der Stadt war. Gab ihr Bescheid, wo und wann er sie sehen wollte und ließ ihr nicht mehr als 10 Sekunden Zeit, um »ja« zu sagen. Diesmal überrumpelte er sie und erwischte sie kalt.
Diesmal hatte er sich ausgesponnen aus ihrem Seelennetz, hatte sich dieses überbordenden Füreinanders und Blindverstehens entledigt, das tagein nachtaus über Wochen zwischen ihnen gewachsen war und das am Ende seine Dominanz zu ersticken drohte. Diesmal hatte er sich ihr entzogen. Hatte sie abgelegt - wie eine Armbanduhr oder einen Handschuh. Diesmal war er ihr einfach ausgebüchst. Und je mehr er sich aus dem Seidenpapier gewickelt hatte, in das sie ihn so unmerklich eingepackt hatte, desto mehr spürte er, wie aus seinen Streichelfingern wieder Führungshände wurden.
Diesmal hatte er es geschafft, sich vor einer Session mit ihr nicht wortreich in Sackgassen treiben zu lassen und quälend auszuloten, worauf sie gerade stand oder nicht. Diesmal hatte er sich durchgesetzt gegen sie, ohne sich von ihren Stimmungsschwankungen unter Druck setzen zu lassen. Kein Hin, kein Her mehr, kein watteweiches Abfedern ihrer egozentrischen Launen. Diesmal hatte sie gespürt, wie das ist, wenn man sie wie Seiten in einem Buch einfach umblätterte und dann unausgelesen weglegte. Wenn es kein *Oder* mehr gab und kein *Vielleicht*. Und vor allem kein *Wann*. Diesmal war sie bescheiden geworden in ihrer maßlosen Selbstüberschätzung.
Als sie sich wiedersahen, waren ihre Augen alles andere als Spiegel und Fenster, in denen sie sich auf altvertraute Weise erkannten. Diesmal waren sie einander fremd geworden, kniffen die Lider zusammen, spähten wie Jäger und Gejagte durch die schmalen Schlitze, damit der eine nicht die Reaktionen des anderen vorwegnehmen konnte.
Diesmal spürte sie, dass Augen ein Gewicht haben und dass Pupillen wortlos in die Knie zwingen konnten. Und doch ergab sie sich nicht. Gebärdete sich eine Weile wie ein Stier, der auf die wirbelnde Muleta zurennt - mal rechts vorbei, mal links vorbei am roten Stoff, sodass er dachte: Ja, komm nur! Greif an. Lauf dich müde und bring deine Füße um ihre Leichtigkeit. Lass dich provozieren von mir! Lass mich deinen Nacken mit Banderillas spicken, deren stählerne Widerhaken sich in deine Haut verbeißen. Dreh dich, du Tier, und spring! Verrenk dir den Rücken, die Muskeln, die Sehnen. Und Kopf runter! Tief gesenkt. Ich will dich verbeugt und dein Haupt schwer wie Blei, denn du weißt doch, dass ein Degen nicht lang genug ist,

um das Herz zu treffen, wenn er dort hineingestoßen wird, wo er hineingehen soll: hoch oben zwischen deine Schulterblätter.
»Estocada!«
Diesmal erhob sie ihre Arme nicht, legte sie nicht um ihn, sondern machte sie lang, als ob sie aus Gummibändern bestünden, und tastete nach Bodenhalt, während sie in die Hocke ging. Diesmal landete sie, bevor sie flog; schaute auf zu ihm - von ganz unten, wo ihre Lippen den winzigen Schieber des Reißverschlusses an seiner Hose suchten, um ihn dann mit ihren Zähnen - Blick noch immer hoch zu ihm - Millimeter für Millimeter tiefer zu ziehen.
Estocada! - Das ruft der Matador, bevor er den Stier tötet.
Als er in sie eindrang, wusste sie, dass die Nacht, die ihnen bevorstand, nach seiner Uhr gestellt würde und nicht nach ihrer. Wusste, dass ihr schwarz würde vor Augen, wenn sie ihre Lider öffnete. Wusste, dass der Kaffee danach wie Grüntee schmecken und der Rhein von Xanten nach Basel fließen würde. Weil er diesmal aus der Ferne gekommen war und nicht aus der Nähe.
Was die Erde ist? - Eine Scheibe!
Wie viel 2 plus 2 sind? - 5!
Wer das Ricola erfunden hat? - Die Norweger!
Als ihre Augen sich unmerklich mit Tränen gefüllt hatten und seine Hände endlich ihre Wangen berührten, da spürte sie den feinen Unterschied, der zwischen dem »nun« und dem »bisher« lag. Denn sie hatte sich ihm nicht geschenkt wie sonst, sondern hatte sich nehmen lassen - durch jeden Schlag, durch jede Streicheleinheit und jedes geflüsterte schmutzige Wort von ihm. Und so waren es nicht Tränen aus Schmerz, sondern Tränen aus ganz anderen Gründen, die er von ihren Wangen küsste. Mit so viel Glück und Weh für sie, dass sie es gerade noch ertragen konnte. Mit so viel Halt, dass sie nicht unterging. Mit so viel Nähe, dass sie nicht fiel.
Als sie sich schlafen legten, waren sie im Gleitflug gelandet. Hatten sich losgelassen und festgehalten. Lagen Mund in Halsgrube, Arm in Arm. Und träumten in der Nacht beide denselben Traum: Dass er ein Zirkusdompteur sei und sie die Schneetigerkatze Simsala, die durch einen brennenden Reifen sprang, sich vor ihm aufbäumte und ihr riesiges Maul aufriss. Und dann - war es übermorgen oder gestern? - fauchte sie ihm etwas ins Ohr, das wie »Get away« klang. »Come on, let's get away, because the world is a lousy, lousy place.«

Blind Date

»Bin ich schön?«, fragte sie mich und zog dabei das »ö« provozierend in die Länge. »Bin ich schön?«
Ich antwortete nicht, weil ihr Gesicht von einer Ledermaske verborgen war, die bis zu ihrem Hals reichte. Außerdem war es dunkel im Zimmer, sodass ihr Kopf nur schemenhaft erkennbar war. Lediglich eine Wandleuchte warf den Lichtkegel auf ihren nackten Körper und lenkte meine Augen auf ihre Brüste, auf das zarte helle Weiß ihrer Haut, auf die stählernen Ringe an ihren erdbeerroten Warzen. »Bin ich schön?«, fragte sie - so sanft, dass es mir tief ging und mein Schwanz allein durch den Klang ihrer Stimme erigierte.

Ich setze den Blinker, als ich auf der A3 »Rasthof Hösel 1200 m« lese. Ich brauche einen Kaffee! »Rasten macht Reisen schön«, steht über der Eingangstür. Im Bistro läuft das Frühprogramm von RTL, und es riecht intensiv nach Rührei. Am Büfett liegen rosafarbene Lachsbrötchen neben geöffneten Marmeladendosen. Eine Schüssel mit geeistem Fruchtsalat leuchtet zwischen Quark und Müsli. Mohnstangen schmiegen sich an knusprige Weckchen und warme Brioches an goldgelb glasierte Milchbrötchen. Ich nehme ein Croissant und stelle den Teller auf das graue Plastiktablett, das von unzähligen Spülgängen zerkratzt ist. RTL blendet Sexspots ein: Ein knallroter Frauenmund haucht eine Nullneunhundert-Nummer. Eine monströse Zunge leckt langsam im Kreis und wird aus dem Off von einem zweistimmigen Stöhnen begleitet.

Das Blind Date in einem Hotel war ihre Idee gewesen. Sie hatte darum gebeten, eine Maske tragen und am Anfang nur schauen zu dürfen - ihre Augen auf mich gerichtet und meine Augen auf sie. Eine Weile nur, damit wir uns ausreichend lange aneinander gewöhnen könnten.
Sie erwartete mich im Sessel unter der Wandleuchte; für mich war der Stuhl ihr gegenüber gedacht. Ihre Hände und Unterarme steckten in schwarzen Lederhandschuhen, die an den Gelenken Falten wie ein kleines Gebirge warfen. Ihre Beine waren in weiße Overknees geschnürt, von denen sich schwarze Bänder im Zickzack zu den Schenkeln hochschlängelten. Ein Edelstahlpiercing blinkte an ihrer glatt rasierten Scham. »Bin ich schön?«

Ich drücke auf »Kaffee schwarz« und schiebe die Tasse blitzschnell zur anderen Seite, weil der heiße Strahl aus dem rechten statt aus dem linken Metallstummel schießt. Zwei Euro für einen 0,2-

Liter-Zahnputzbecher! Medium könnte ich brauchen - egal, was es kostet. Blumentopfformat oder Scheuereimer. Die Kassiererin sieht bleich aus, und ihre Zigarette verqualmt im Aschenbecher. Auch eine, die sich die Nacht um die Ohren geschlagen hat!
Im Fernseher hüpfen Frauenbrüste auf und ab, Riesendinger, die so prall mit Silikon gefüllt sind, dass sie durch das Hüpfen nicht einmal erschüttert werden. Eine Mädchenstimme schreit verzweifelt »Ich bin geil!« und quiekt anschließend »Ruf! Mich! An!«

Ja - sie war schön! Wie am Computer entworfen erschien ihr Körper, perfekt in seinen Proportionen, makellos. Und meine Augen glitten voller Erwartung über ihre Haut, saugten jeden Quadratzentimeter ihrer Schönheit auf. Meine Seele tankte sich voll mit ihrer Aura, und ich genoss es wie ein Kind, sie die Nacht über nur für mich haben zu dürfen. Genoss das Spiel mit der Zeit, das Warten. Das Spiel mit den Augen als Aperitif. Mit jedem Blick und jeder weiteren Erkundungsreise spürte ich, wie ich mich jünger fühlte und wacher. Ja - sie war schön. Und gehörte zu jenen Frauen, die auch im Alter noch schön sein würden.

Ich suche mir einen Platz am Fenster, wo keiner sitzt und stelle mein Tablett unter die tief hängende Pendelleuchte, deren Halogenspot sich nun in meinem Kaffee spiegelt. Ich schiebe den fremden Unterteller zur Seite, auf dem jemand Zigarettenkippen ausgedrückt und mit der Asche kleine Bahnen rund um den Tellerrand gezogen hat. Ich nehme meine Kaffeetasse und umschließe sie mit beiden Händen, spüre die Wärme. Endlich bin ich mit mir allein!

Sie war schön - ohne Zweifel. Eine Frau mit Ausstrahlung. Und ich war mir sicher, dass sie es liebte, Männer zu erotischen Junkies zu machen, um sie danach nie wieder von der Nadel zu lassen. Ihre behandschuhten Hände glitten lasziv zu ihrem Schamhügel, streichelten zärtlich die Haut, begannen unmerklich, das Gewinde des Edelstahlstifts zu lösen, mit dem ihre Schamlippen verschlossen waren. Wie oft mochte sie gehört haben, dass sie anziehend sei, begehrenswert. Dass man sie wiedersehen wolle - um jeden Preis. Dass es anders mit ihr gewesen sei als mit jeder anderen Frau zuvor. Dass sie atemlos machen, dass sie verwandeln, verzaubern, verstören könne. So sehr, dass man keinen Vergleich fände mit irgendeiner anderen. Ja - sie war schön! Auch für mich. Bis zu diesem einen Moment ...

In meine Augen schießen plötzlich Tränen, perlen schnurgerade die Wangen hinunter, tropfen auf den Holztisch. Ich lasse es raus.

Ich lasse es zu und weine. Ich schluchze, weil man das Schluchzen nicht hört in diesem Rasthof, wo ununterbrochen Stimmen hallen und Durchsagen aus der Küche sich mit dem Geplärre aus dem Fernseher und der Fahrstuhlmusik aus den Deckenlautsprechern vermischen. Ich flute die Dämme und trockne - weil ich kein Taschentuch habe - meine Tränen mit dem Teig des halb gegessenen Croissants, stippe auf mein Kinn, meine Wangen und am Ende ganz vorsichtig unter die Augenlider.

Mit einem Mal hatte sie den Abstrahlwinkel der Wandleuchte verändert - mit einer kurzen Handbewegung - und das grelle weiße Licht von ihren Brüsten auf ihre Maske gelenkt. Augenblicklich fiel mir ein Satz ein, den sie am Telefon gesagt, aber den ich nicht ernst genommen hatte, weil er so beiläufig klang: »Erschrecken Sie nicht, wenn Sie mit dem Schrecken nicht vertraut sind.« Doch dann sah ich, was sie gemeint hatte: diese tiefe Delle in ihrer Maske, die von der rechten Stirnhälfte bis hinunter zum Wangenknochen verlief - so makellos senkrecht und gleich tief, als hätte man ihr vorsätzlich und planvoll mit einer Eisenstange die Knochen eingedrückt. Entsetzt klebte ich an ihren Lippen. Aber sie fragte nicht. Nicht mal: »Bin ich trotzdem schön?«
Meine Augen huschten über die Maske und suchten nach einer Nase. Aber es gab keine; nicht die winzigste Erhebung, nicht die Hoffnung auf eine optische Täuschung oder den kindischen Trick einer Illusionistin, die gleich aufstehen, sich ausladend verbeugen und sagen würde: »Alles nur Spaß.«

Ein altes Mütterchen schleppt sich durch die Eingangstür des Bistros und schaut sich um. Als unsere Blicke sich treffen, kommt sie auf mich zu, streckt mir einen Zettel hin, auf dem in krakeliger Schrift steht: »Komme aus Kosovo für Essen«. »Bittäh! Bittäh!«, krächzt sie unter ihrem schmuddeligen Kopftuch und fasst mit ihrer faltigen Hand an meine Schulter. Große braune Zigeuneraugen schauen mich an, falsche Blicke, die mitleidig tun. In mir steigt Ekel auf, aber ich habe keine Lust, sie abzuwimmeln und Tiraden von Flüchen über mich ergehen zu lassen. Ich nehme 2 Euro aus meinem Portemonnaie und stecke sie in den Beutel, den die Alte mir gierig unter die Nase hält. »Dankäh! Dankäh!«, krächzt sie. Dann nimmt sie die Hand von meiner Schulter und bettelt beim Nächsten weiter.

»Willst du mich sehen?«, fragte sie mich. Und ehe ich antworten konnte, schoss mir ein Bild aus Schülertagen durch den Kopf: Drei Kriegsveteranen, die in einer düsteren Spelunke um einen Tisch herum saßen und Skat spielten. Einer der Krüppel hatte dort, wo normalerweise das Ohr sitzt, eine tiefe Narbe. Aus ihr ragte ein Metallschlauch heraus, der sich über seinen Armstumpen bog, um sich dann, knapp oberhalb seines amputierten Beins, auf den Tisch zu schlängeln, wo er in ein Hörrohr mündete, das wie ein winziges Grammofon aussah. Ein Auge des Krüppels war ausgeschossen und schwarz. In seiner Wange klaffte ein Loch, das den Blick auf seine Zähne freigab.

»Willst du mich sehen?«, wiederholte sie ihre Frage. Ihre Stimme klang flehend.

Ich stellte mir Gesichter von Verbrennungen vor, die schrecklicher aussehen mussten als ein Gesicht ohne Nase, Unfallopfer, die in brennenden Autos eingeklemmt waren, Köpfe ohne Haare, Gesichter ohne Ohren. Haut, die schwarzbraun verfärbt war und ledrighart von der Jodsalbe, die sie ausgetrocknet hatte. *Der englische Patient*. Napalm, Vietnam. Niki Lauda. World Trade Center, 11. September. Frauen in Bangladesch - Opfer von Säureattentaten. Operationsnarben mit fleischroten Fetzen von gezüchteter Spalthaut.

»Es gibt Schlimmeres und Entsetzlicheres«, dachte ich - und nickte. Erst verhalten, dann entschiedener und am Ende entschlossen.

»Ja, ich will dich sehen!«

Zögerlich führte sie ihre Hand auf den Scheitelpunkt der Maske, raffte mit Daumen und Zeigefinger ein Stück Leder zusammen und zog dann mit einem beherzten Ruck die Maske nach oben. Sie hatte die Augen geschlossen, als ich sie ansah, und bemerkte deshalb nicht, wie ich meinen linken Zeigefinger zwischen die Zähne steckte und fest darauf biss, um nicht zu schreien.

Lüstchen stirbt

Als ich sie im Aufwachraum der Intensivstation sah - bleich und wächsern wie eine Leiche -, begann ich hemmungslos zu weinen. Sie atmete gottlob, aber ich spürte intuitiv, dass sie sterben würde: meine Lust. Mir wurde schlecht, und ich lief aus dem Zimmer, kotzte hemmungslos auf den Flur und ließ mich anschließend von einer Krankenschwester in den Arm nehmen und trösten. Als ich meine Brille abgenommen hatte, sah ich innen auf den Gläsern Dutzende von kleinen Spritzern getrockneter Tränen.
Der Arzt sagte: »Sie hat sich verbraucht. Wie ein Darm, der sich nicht mehr entleert. Wie eine Leber, die nicht mehr arbeitet. Wie eine Bauchspeicheldrüse, die einfach ausfällt.« Und als ich ihn fragte, wie lange sie noch zu leben hätte, zuckte er hilflos mit den Schultern: »Vielleicht zwei, vielleicht auch drei Tage. Womöglich auch weniger.«
»Keine Hoffnung?«
»Nein«, sagte der Arzt. »Ihre Lust wird ausfallen. Sie trennt sich von Ihnen, wie eine Raketenstufe sich abtrennt, wenn sie ausgebrannt ist.«
»Kann man denn nichts tun? Kann man nicht operieren? Nicht wenigstens Medikamente verabreichen?«
»Nichts, was sie wieder gesund machen würde«, befand der Arzt. »Wäre die Lust ein Herz, könnte man transplantieren, vorausgesetzt, es gäbe eine Spenderlust. Aber die Lust ist kein Organ, sie ist ein Gefühl - etwas sehr Sensibles. Und bei Gefühlen ist die Medizin machtlos.«
Traurig ging ich zurück in den Aufwachraum, wo Lüstchen noch immer schlief, setzte mich ans Bett und nahm ihre Hand. Seltsam war das: einem Teil meines Ichs gegenüberzusitzen, das über all die Jahre tief in mir war und sich jetzt erst zeigte, wo es dem Ende zuging. Aber noch verstörender war, dass Lüstchen genauso aussah wie ich - nur viel jünger. Mit vollem schwarzem Haar noch, gertenschlank und wunderschön. So, wie ich mit achtzehn aussah, als ich noch alles vor mir hatte. So, wie ich immer bleiben wollte: attraktiv, betörend, begehrenswert - und potent. Doch so schön Lüstchen war, so kreidebleich war sie auch - so fahl und weiß wie die Wand, an der das Kopfende ihres Bettes stand. Sie hatte die Augen geschlossen und atmete ganz flach. In ihrer Nase steckten zwei dünne Plastikschläuche, die in einem grünen Metallkasten endeten, der sie mit zusätzlichem Sauerstoff versorgte. Ihr linker Arm war mit einem Perfusor verbunden, der in regelmäßigen Intervallen eine gelbe Flüssigkeit in ihre Vene pumpte.

Als ich am anderen Morgen wieder an Lüstchens Bett saß, hatte man sie in ein Einzelzimmer gelegt und das Licht gedimmt. Lüstchen hatte die Augen jetzt geöffnet und erkannte mich sofort, aber ihr Blick wirkte stumpf und müde. Ich schwenkte das mitgebrachte Schälchen mit frischen Erdbeeren aufmunternd hin und her und reckte die Flasche Traubensaft aus dem Reformhaus wie einen Siegerpokal zur Decke.
Mut wollte ich ihr machen, sie auf Victory einstimmen, aber sie murmelte nur »Hallo, Großer« und winkte ab. »Lass die Mätzchen«, sagte sie. »Du brauchst nicht zu hoffen.«
»Doch, doch«, sagte ich aufmunternd, »du wirst schon wieder! Du musst! Du hast bisher immer ...«
»Diesmal nicht«, widersprach sie, und ihre Stimme klang trotz ihrer Schwäche sehr energisch. »Diesmal ist der Revolver leer.«
Ich erhob keinen Einspruch, weil ich an der Klangfarbe ihrer Worte hören konnte, dass sie meinte, was sie sagte. Lüstchen konnte man nichts vormachen, dafür kannten wir uns zu gut.
»Du musst nicht traurig sein«, sagte sie. »Wir beide - wir hatten doch mehr als drei Dutzend wunderbare Jahre miteinander. So viel Spaß, so viele fabelhafte Orgasmen.«
Lüstchen öffnete den Traubensaft, goss ihn bis zur Hälfte in ihre Schnabeltasse, nahm einen Schluck und lächelte verschmitzt: »Ich zumindest war zufrieden mit dir. Denn ohne dich und all deine Frauen, ohne deine versauten Fantasien und deinen hungrigen Schwanz wäre ich nicht die geworden, die ich bin. Du warst mein Leben, Großer! «
So ein Quatsch! Als wäre *sie* es, die sich bedanken müsste. *Ich* war es doch, der all die Jahre durch sie gebrannt hat. Und sie war es, die mir all die Leidenschaft geschenkt hat, die meinen Trieb fütterte und es immer wieder zünden ließ. Während ich mitunter sogar freiwillig einen Gang zurückschaltete, hat sie mich immer wieder angemacht und meine Lust mit betörenden Bildern entfacht.
»Was mache ich denn ohne dich?«, fragte ich traurig.
»So viel, wie du fürchtest, wird sich nicht ändern«, sagte sie.
Ich schwieg und schaute sie nachdenklich an.
»Kannst du dich noch an dein allererstes Mal erinnern? An die Nacht mit Steffi?«
Ich nickte.
»Siehst du sie noch vor dir? Hörst du die Musik, die während der Session lief? Hörst du Steffi schreien, als sie kam?«
Ich nickte.
»Das alles wird bleiben«, tröstete sie mich. »Die Bilder, die Töne, die Erinnerungen. All das geht nicht fort. Was mit mir geht, ist lediglich das Ziehen in deinem Bauch und in deinem Schwanz. Nur

die Lust wird gehen, sonst nichts! Selbst die Gefühle werden dir erhalten bleiben.«
Ich nahm Lüstchens Hand und schaute sie flehend an. »Aber du bist doch alles!«, sagte ich. »Du bist mein Lebenselixier, mein Motor. Warst es immer schon.«
»Dafür wird anderes bleiben«, erwiderte sie. »Dein Blick für das Schöne, deine Tränen, dein Lachen, deine Sehnsucht. Die Liebe auch!«
Jetzt nahm auch Lüstchen meine Hand und strich zärtlich über meine Finger: »Hab keine Angst«, sagte sie. »Wenn du lernst loszulassen, wirst du begreifen, dass niemand alles sein kann. Vergiss mich einfach, wenn ich nicht mehr da bin. Und ersetze mich durch etwas anderes.« Sie machte eine Pause und trank noch einen Schluck aus ihrer Schnabeltasse. »Melancholie wäre ein schönes Gefühl für dich. Sie geht durch und durch, wenn man sie fühlt - und sie würde gut zu dir passen.«
Dann zwinkerte sie mir zu, strich mir zärtlich über die Wange und schloss die Augen: »Danke, Großer!«
Ich rückte so nah es ging an ihr Bett, faltete Lüstchens Hände und hielt sie mit meinen warm. Ihr Atem ging bedenklich flach, und auch ich schloss meine Augen. Doch statt Dunkelheit sah ich Bilder - so bunt und so satt, als säße ich mitten in einem Kinosaal. Von allen Seiten begann es zu funkeln und zu leuchten - selbst Töne konnte ich hören. Und spüren konnte ich: Wie das damals an diesen Tauen in der Turnhalle war, als mein Pilli plötzlich steif wurde und ich vor Wohlgefühl da nicht mehr runterwollte. Und wie ich irgendwann zu Karneval die Enge dieser Wollstrumpfhose unter meiner Cowboylederhose genoss. Und wie ich Jahre später mit einer Latexleggins unter der Stoffhose in einem Restaurant saß und mich nicht aufs Essen konzentrieren konnte, weil die Erektion nicht wegging. Ich spürte den Schmerz des allerersten Gertenhiebs noch einmal, den mir Ricarda mit voller Wucht über die Oberschenkel zog. Spürte, wie das war, als Helen den Reißverschluss meiner ersten Ledermaske zuzog und ich trotz meiner Atemnot glaubte, ich sei im Himmel. Wie das war, als Lady Susann mich in ihrem Studio kopfüber an den Beinen aufhängte. Wie das war, mit einer Morgenlatte in einem Keuschheitsgürtel aufzuwachen. Wie das war mit diesem Doppeldildoknebel und diesem Vakuumbett.
Ich sah Barbaras trockene Lippen, als sie kurz vor dem Orgasmus stand. Ich sah noch einmal Mandys Apfelbrüste. Ich sah mich in Wollsocken onanieren, spürte, wie meine Brustwarzen fast abrissen, als Conny zwei 300-Gramm-Gewichte in die empfindliche Haut zwickte. Ich schmeckte den Slip von Rita. Ich schmeckte den Honig von Sandra. Ich hörte *A little bit of Monica in my life, a little bit of*

Erica by my side. Ich hörte mich bis hundertzweiundzwanzig zählen, ich hörte mich betteln und bedanken, ich hörte mich schreien und wimmern ... Lüstchen hatte alles gespeichert: jedes Bild, jeden Ton, jede Sekunde meines Lebens. Sie war ein Abbild von mir. Als ich meine Augen wieder öffnete, lag Lüstchen im Sterben. Und hatte dieses Lächeln auf den Lippen, das Todgeweihte haben, wenn sie spüren, dass sie am Tor der großen Freiheit anklopfen. Ich blieb noch neben ihr sitzen und hielt ihre Hände. Aber die sah ich schon nicht mehr, weil Lüstchens Körper mehr und mehr an Farbe verlor - erst das Schwarz, dann die Rot- und Brauntöne, dann die Kontraste. Sie verblasste unter meinen Händen und ging still ins Nichts. Als ich noch einmal ihre Wange zum Abschied streicheln wollte, konnte ich sie kaum finden, denn ihr Körper war transparent geworden. Als schließlich die Bettdecke, die noch über ihr lag, auf das Laken durchsackte, da war Lüstchen tot. Kein Geräusch, nichts. Nur das monotone Pumpen des Perfusors.
Ich stand auf, ging ans Fenster und kämpfte mit den Tränen. Die Krankenschwester, die inzwischen das Zimmer betreten hatte, bemerkte ich erst, als sie mit Sagrotan die Metallteile an Lüstchens Betts besprühte und es mit jedem Spritzer »zisch« machte. Gedankenverloren beobachtete ich sie und schaute auf ihre langen rot lackierten Fingernägel, die unter den grünen Latexhandschuhen hindurchschimmerten - vor allem dann, wenn sie mit dem Zeigefinger auf die Sagrotanflasche drückte und das Latex sich deutlich spannte. Ich dachte: Warum müssen Krankenschwestern ausgerechnet Latexhandschuhe tragen? Und solche Kittel? Und warum verbietet man ihnen nicht, sich die Lippen karminrot zu schminken?
Die Schwester sah, dass ich sie beobachtete und fragte, um das unbehagliche Schweigen zu brechen: »Glauben Sie an Wiedergeburt?« Dabei lächelte sie mich zweideutig an, als wollte sie sagen: »Wenn ich hier fertig bin, reden wir weiter.«
Mir stockte der Atem, als ich ihre Stimme hörte. Und für einen Moment schien sich alles um mich herum zu drehen. So unauffällig wie möglich ließ ich meine rechte Hand in die Hosentasche gleiten, fingerte vorsichtig nach schräg unten und ertastete ungläubig, was ich dort spürte. Und mehr als ein emphatisches »Ja« konnte ich dann nicht erwidern.

No-Name-Sub

Er hat sie aufrecht stehend an die zwei Meter hohe Designerheizung im Hotel gebunden, die wie eine Sprossenleiter aussieht. Hat lange schwarze Seile über Kreuz hinter die waagerechten Rohre und über ihren Körper geführt und sie dann extrem fest gezogen. Sie kommt nicht los, so sehr sie sich auch windet.
Er hat die Heizung auf Stufe 3 gestellt und ihr gedroht, dass er sie rösten würde wie ein Spanferkel. In seinen Augen hat sie lesen können, dass es ihm ernst ist. »Ich will deinen Nachnamen wissen«, hat er gesagt. »Bloß ›Katja‹ - das reicht mir nicht! Und ich will hören, wo du wohnst: Postleitzahl, Ort, Straße, Hausnummer.«
Ruhig und bestimmt geht er auf sie zu. In seiner Hand hält er eine siebenschwänzige Lederpeitsche. »Du hast die Wahl«, sagt er und wartet.
»Ich kann nicht«, antwortet sie, »und du weißt warum«. Er schlägt zu: einmal, zweimal, fünfmal, zehnmal - fest und beißend. Schweiß läuft ihren Rücken hinunter, und ihre Zehen tänzeln auf den Fliesen, als stünden sie unter Starkstrom.
Er tritt zwei Schritte zurück und starrt sie an. Sie ist kreidebleich im Gesicht und hat die Augen geschlossen, um den Schmerz mit sich selbst auszumachen. Sieht nicht, wie er zu einem dünnen Stock greift und weit ausholt. Sie schreit, als er auf ihre Schultern schlägt, heult auf. Kurze, harte, schnell aufeinander folgende Hiebe prasseln auf ihre Schenkel, auf ihre Waden, auf ihre Oberarme - immer wieder. Zwanzig Mal, rechts, links, rechts, links, dreißig Mal. Sie atmet schneller, keucht, heult. »Deinen Namen!«, raunt er ihr ins Ohr. »Nachname und Adresse - und alles wird gut.«
Als sie immer noch schweigt, stellt er die Heizung um eine Stufe höher. Er hätte sie auch fünf Stufen höher drehen können oder zehn, das hätte keinen Unterschied gemacht - und auch keinen Sinn. Denn er weiß ja, dass sie ihren Namen nicht nennen kann. Weil sie ein Doppelleben führt, das nicht auffliegen darf. Er ist erfahren genug, um zu verstehen, dass sie ihre Privatsphäre schützen muss, dennoch macht es ihn zornig, dass sie ihre Identität von Beginn ihrer SM-Beziehung an verschwiegen, sie nicht mal beim Sex preisgegeben hat, obwohl sie seinen Namen - Fabian - samt Adresse kannte.
Er nimmt ihre Handtasche und schüttelt den Inhalt auf den Boden. Ein Labello ohne Hülle fällt heraus, ein Kuli mit DB-Logo, ein Vibrator mit Chromkappe, eine Schachtel mit *Fisherman's Friend*, ihr Lippenstift, ihr Handy, ihr Portemonnaie. Er will sich vor ihr keine Blöße geben und kramt deshalb nicht nach ihrem Personalausweis;

sie ist zu clever, als dass sie ihn mit zu einer Session nehmen würde. Stattdessen nimmt er ihr Handy und scrollt im Menü »Gewählte Nummern«.
»Wer ist dein Cover?«, fragt er und drückt sie mit dem Oberkörper gegen die Heizungsstäbe. Als sie aufschreit, drückt er noch fester. »Die Nummer!«
»Die mit der Vorwahl 03831«, wimmert sie und windet sich nach vorn, um mit ihrem Rücken von den heißen Stangen wegzukommen.
Fabian stellt die Heizung auf Stufe 5 und wählt die Handynummer.
»Was hast du vor?«, schreit sie.
»Deinen Cover quälen«, sagt er trocken.
Am anderen Ende der Leitung meldet sich eine verschlafene Frauenstimme: »Ja ... bitte?«
»Ich hab deinen Schützling in meiner Gewalt, Mäuschen«, raunt er. »Du kannst jetzt tätig werden.« Dann presst er die Namenlose gegen den Heizkörper, dass ein markerschütternder Schrei durch die Telefonleitung gellt.
»Maaarion!«, hört er die Verschlafene kreischen.
Aber er sagt nur: »Ich schlitze ihr die Haut auf. Ich häute sie.« - und legt auf.
»Marion ...!?« - Na warte!
Fabian holt das breite silberne Klebeband aus seinem Spielkoffer, wickelt es dreilagig um den Mund der Namenlosen, dass sie keinen Mucks mehr von sich geben kann, und stellt - weil es eh keinen Sinn macht - die Heizung wieder auf Stufe 3 zurück.
»Ich werde dir jetzt erzählen, was passiert«, sagt er.
»Dein Cover wird die Polizei anrufen. Sie wird meinen Namen und die Adresse des Hotels nennen. Man wird die Rezeption anrufen. Man wird in fünfzehn Minuten mit Blaulicht vorfahren. Man wird dieses Zimmer stürmen. Und man wird mich vermutlich verhaften.« Er zündet sich eine Zigarette an und bläst ihr den Rauch ins Gesicht. »Ich aber werde die Tür verbarrikadieren, sodass niemand rein kann. Man wird also die Feuerwehr holen und mit Leitern in den 4. Stock hochfahren. Wird mit Präzisionswaffen im Anschlag durch dieses Panoramafenster ...« - er zeigt mit seiner Linken nach rechts auf das Fenster und zieht die Vorhänge mit einem Ruck beiseite - »... auf mich zielen und sich dreimal überlegen abzudrücken, weil die Kugeln auch dich durchsieben könnten und du elendig an deiner Heizung verrecken würdest. Vermutlich wird man die Scheibe einschlagen und mich dann überwältigen. Aber vorher ...« - er geht zu seinem Spielkoffer, zieht das Teil heraus, das ihr immer schon Furcht eingeflößt hat und hält es ihr unter die Nase - »... vorher wirst du ...«

Die Namenlose stöhnt auf, weil sie an keinem seiner Worte zweifelt. »Ich weiß, dass du mich für verrückt hältst«, sagt er zynisch und bläst ihr erneut den Rauch ins Gesicht, »aber in Wirklichkeit bin ich eben ein irres Tier. Und nicht weniger berechnend als du.«
Fabian verbindet der Namenlosen mit einem Latextape die Augen und beginnt, die Möbel zu verrücken: Kommode, Sessel, Fernsehapparat, Couch. Aber er tut nur so, als verbarrikadiere er damit die Tür - in Wahrheit stellt er alles an die Wand im Flur.
»Hier kommt keiner mehr rein«, sagt er, als das Möbelrücken beendet ist, »es sei denn mit Handgranaten«. Dann setzt er sich vor sie auf den Boden und wartet. Schaut sie an und genießt ihren Angstschweiß, der in feinen Tröpfchen auf ihrer nackten Haut glitzert. Wegen Freiheitsberaubung und Körperverletzung in den Knast zu kommen, ist das Letzte, was er will. Aber er rechnet auch nicht mit einer Anzeige, weil sie der Polizei dafür Namen und Adresse nennen müsste. Und dann hätte er schwarz auf weiß, wonach er sucht. Er kann sich also sicher sein.
In dieser Sicherheit grinst er still in sich hinein und stellt sich vor, wie sich die Cover-Frau in heller Aufregung die Lunge aus dem Leib rennen würde, um die Namenlose zu retten. Ein kleiner Albtraum, den auch Katja/Marion - oder wie immer sie heißen mochte - als schaurig-schöne SM-Reminiszenz aus diesem Hotelzimmer mitnehmen würde.
Unten hört er ein Martinshorn. Als er aufsteht und aus dem Fenster schaut, fährt ein Polizeiwagen mit Blaulicht vor. Kurz darauf klingelt das Zimmertelefon. Er geht nicht ran. Er zieht stattdessen seine Latexsachen aus, geht zum Koffer und zieht seinen stahlblauen Anzug an, gönnt seiner Krawatte einen doppelten Windsorknoten. Er will seriös und bürgerlich wirken. Als es klopft und jemand »Aufmachen, Polizei!« ruft, geht er zur Tür und öffnet - schaut in die gezückten Waffen von zwei Polizisten. Er lächelt. Er ist höflich und verbindlich. Sagt mit ruhiger Stimme »Schön, dass Sie kommen« und führt die Beamten durch den schmalen Korridor zur Heizung.
Die Cover-Frau fällt fast in Ohnmacht, als sie die Namenlose in ihrer Fesselung sieht. Fängt sich aber wieder und macht sich daran, sie vom Klebeband und von den Seilen zu befreien. Die Beamten schmunzeln, als ob sie mit ähnlichen Szenarien längst vertraut wären, und stecken ihre Waffen ein.
»Eine Russin ohne Ausweispapiere!«, sagt Fabian. »Eine, die mit dem Schiff illegal nach Stralsund gekommen ist!«
»Eine Prostituierte?«, fragt einer der Beamten.
»Eine Edelnutte!«, sagt Fabian.
Der andere Beamte bückt sich, greift zum Portemonnaie und sucht nach einem Personalausweis, findet aber keinen. Er geht zur Frau

an der Heizung, die vom Cover inzwischen losgebunden wurde und ihre tauben Glieder massiert.
»Ihren Namen!«, fordert der Beamte. »Nachname und Adresse - und alles wird gut.«
Die No-Name-Sub schweigt.
»Wenn Sie nicht mit uns kooperieren, müssen wir Sie zur Überprüfung Ihrer Identität mit auf die Wache nehmen«, sagt der Beamte.
Fabian streift den Blick der Namenlosen, deren nackter Rücken ihn an eine sanft getoastete Weißbrotscheibe erinnert, und setzt ein Siegerlächeln auf.

Wie die Sache weitergeht?
Wie Fabian schon vermutet hat, gibt es keine Vorladung wegen versuchter Freiheitsberaubung und Körperverletzung. Die No-Name-Sub kann es sich tatsächlich nicht leisten, ihren Namen preiszugeben. Stattdessen bekommt Fabian eine Anzeige von den beiden Polizisten wegen groben Unfugs - aber als bis dahin Unbescholtener kommt er mit einer Geldstrafe aus der Nummer raus.
Ihr Profil und ihren E-Mail-Account hat die Namenlose gelöscht. Fabian hört nie wieder etwas von ihr und glaubt der Einfachheit halber, dass sie tatsächlich in den Osten abgeschoben wurde - nach Sankt Petersburg oder Wolgograd oder womöglich in ein Arbeitslager nach Sibirien, wo sie sich bisweilen bibbernd an eine heiße Designerheizung in einem Stralsunder Hotel erinnert.

Warme Schokolade

»Nicht schon wieder«, dachte sie. Nicht schon wieder diese Nummer mit der kalten Gleitcreme. Es war draußen kalt genug. Seit Tagen hatte es geregnet, und die Heizperiode in diesem Jahr würde erst am 1. Oktober beginnen. Außerdem hatte sie seit Tagen Durchfall. Aber dieses perverse Schwein schien ihre Diarrhö zu genießen; ihr wunder Arsch schien ihm etwas ganz Besonderes zu sein.
Als er mit seinem Mittelfinger in ihren Anus eindrang, gab es einen stechenden Schmerz, und sie stöhnte auf. Aber als er seinen Finger ein Stück herausgenommen hatte und ihn dann wieder reinsteckte, spürte sie, wie gut das gegen das Jucken half, das sie im Enddarm spürte. Sie war ziemlich wund da unten durch die Scheißerei der letzten Tage, und eine Massage würde ihr wohl guttun.
»Nein, nicht!«, schrie sie und wusste, dass er genau jetzt weitermachen würde.
»Ach? Ich tu dir weh?«, sagte er und steckte dann seinen Zeigefinger in sie. Das tat ihr besonders gut, denn durch den erhöhten Druck quetschte er auch ihre Hämorrhoide nach innen, die am Afterausgang saß.
Sie nölte artig weiter und ließ ihn machen und fingern. Wand sich scheinheilig und bäumte sich künstlich auf. Gab ihm die Illusion, ein toller Hecht zu sein. Was für ein Scheißkerl, dass er wirklich glaubte, ihr Lust zu machen, denn feucht wurde sie nicht durch die ganze Fummelei. Sie genoss einfach die juckreizlindernde Massage.
Als er seinen Stinkefinger aus ihrem After nahm und seinen Daumen reinsteckte, kniff sie ihren Arsch zusammen und ritt ein bisschen auf und ab. Schrie »Aua, aua« dabei und turnte ihn an, mit seinem harten Fingernagel ihre Darmwand entlangzugleiten. Ihrem Jucken tat das gut - ganz so, wie das Reiben an der Kante einer Türzarge hilft, wenn es am Rücken an einer Stelle juckt, die man mit den Händen nicht erreicht.
Sollte sie strampeln? Sollte sie nach ihm treten? Sollte sie ihm das Gefühl geben, im Innersten von ihm gepackt zu sein? Ja - denn nur dann würde er weitermachen! Also zuckte sie ein bisschen, stöhnte wieder und gab ihm das Gefühl, ein frivoles Nüttchen zu sein.
Aber dann schoss er übers Ziel hinaus. Denn er legte seinen linken Arm um ihren Bauch und drückte fest. Hielt sie wie in einem Schraubstock, ohne zu bedenken, dass durch den Druck auf ihren Darm die verdauten Frühstückssäfte in einem Höllentempo durch den Unterbauch schossen. Er packte fester zu und schlug sie. Faselte was von Schönheit und Geilheit ... Aber sie hörte ihn nicht

mehr, denn sie bekam wieder diese spastischen Krämpfe, die ein Vorzeichen von nichts Gutem waren.
»Lass mich dein Arschloch sehen«, befahl er und nahm seinen Daumen aus ihrem Darm. Dann zog er ihre wohlgeformten Backen auseinander und betrachte ihren Hintern. »Ja, halt ruhig still«, sagte er zynisch, »so kann ich deine Schönheit besser genießen.« Sie hielt still. Aber so sehr sie mit sich kämpfte - sie konnte dem mächtigen Druck nicht standhalten, der sich in ihr aufgetan hatte. Ihr wurde schwarz vor Augen.
Sie hörte ihn noch sagen »Schönen Gruß an deine Angst«, aber dann schoss eine geballte Ladung warmer Schokolade als bittere Antwort aus ihrer Öffnung - und auch ihm wurde schwarz vor Augen. Es stank bestialisch, aber das machte nichts, denn endlich war dieses fiese Jucken im After weg. Dass es Wunder im Leben gibt, das wusste sie nun. Und er? Er ging duschen - und wunderte sich, als das heiße Wasser über sein Gesicht lief, was für unbekannte innere Werte sein kleines verficktes Hurenmädchen doch hatte.

Zwischenland

Damals - beim allerersten Mal - stand sie vor seiner Wohnungstür, holte noch einmal Luft, atmete ein - ganz tief, ganz langsam - und stieß den Atem durch die Nase wieder aus. Sie wollte Zeit gewinnen, wollte sich beruhigen. Sie streckte ihren Arm zur Türklingel aus, ließ aber die Hand mutlos wieder sinken. Sie hörte das Rauschen in ihrem Kopf, das Pochen ihres Herzens, das kein Klopfen mehr war, sondern ein Rasen, ein Trommeln, ein Davonlaufen. Sie war allein mit sich vor dieser Tür und lauschte suchend nach innen, horchte nach dieser Stimme in ihr - nach der Stimme der Anderen, die sie manchmal hören konnte. Aber diese Stimme schwieg: Sie hatte Paula sich selbst überlassen.

Paula streckte den Arm ein zweites Mal in Richtung Türklingel aus. Sie verspürte plötzlich Angst vor dem Mann hinter der Tür - weil sie ihn nicht genau einschätzen konnte, weil sie ihn noch nicht lang genug kannte. Ein Gefühl von Abwehr kroch in ihre Brust, ein Drang umzukehren. Ein Zweifeln, das die Andere nicht kannte und daher auch keine Fragen gestellt hatte. Paula aber gingen damals viele Fragen durch den Kopf, und sie stellte sie sich alle auf einmal: Warum seine Wohnung? Warum kein Hotel? Warum keine Bar, kein Restaurant für das erste Treffen? Warum um punkt 21.30 Uhr? Warum im Dunkeln und nicht am Tag, bei schützendem Licht und in der Öffentlichkeit?

»Warum hast du dich überhaupt darauf eingelassen?«, fragte Paula die Andere. »Wie konntest du das zulassen?« Doch die Andere stellte sich taub.

Wo vor Sekunden noch die trennende Tür war, stand dann dieser Mann. Schaute auf Paulas Hand, starrte auf ihre Bluse, schaute in ihre Augen. Sagte: »Ich habe dich durch das Holz der Tür spüren können. Ich habe deine Lust gerochen, die durch den winzigen Spalt am Boden zu mir ins Zimmer kroch.« Wie betäubt von seinen Worten trat Paula ein und wusste im selben Augenblick, dass es kein Zurück mehr gab. Denn die Entscheidung für sich hatte sie nun abgegeben. Die Fantasien und Obsessionen dieses Mannes würden alles Kommende bestimmen.

Der Mann nahm ihre Handtasche, nahm ihren Mantel, trug beides zur Garderobe. »Knie dich hin«, sagte er, als er zurückkam. »So, wie ich es dir in meiner Mail beschrieben habe.« Der Mann setzte sich auf die Couch und wies mit ausgestrecktem Zeigefinger auf den Teppich. Paula zögerte. Sie errötete und senkte ihren Blick. Sie versuchte zu schlucken, aber spürte nur, wie trocken ihr Mund war. Dann hob sie ihren Rock ein Stück weit hoch und ging auf die

Knie. Sie presste die Schenkel zusammen, wagte nicht, den Mann anzusehen. Wie in Trance drückte sie ihr Kreuz durch, spürte, wie sie Balance halten musste, weil ihre Heels keine bequeme Position zuließen.
Paula drehte ihre Hände, legte sie mit den Handrücken auf ihre Oberschenkel und spreizte ihre Daumen so weit es ging nach außen. Hellweiß leuchteten ihre Handflächen im Licht der Stehlampe. Der Mann begutachtete Paula. Er ließ sich Zeit damit. Kein Gespräch, wie sie es erwartet hatte. Kein Bekanntmachen, kein Kennenlernen. Der Mann lächelte sanft, als er mit seiner Schuhspitze zwischen Paulas Schenkel fuhr. Er sagte noch immer kein Wort - bis Paula ihre Schenkel schließlich ein Stück weit öffnete und sich dann Zentimeter für Zentimeter vor ihm aufspreizte.
Bevor sie sich auf den Weg zu dieser Wohnung gemacht hatte, hatte Paula die Andere gefragt: »Wo um Himmels willen hast du deinen Verstand gelassen?« Die Andere hatte ihr nicht geantwortet, aber jetzt tat sie es: »Freiwillig bist du hergekommen. Gezwungen hat dich niemand - weder in diese Wohnung noch auf deine Knie noch zu diesem Mann.«
Paula presste ihre Lippen zusammen. Sie wollte nicht, dass die Stimme weitersprach. Wollte nicht tun, was die Andere womöglich von ihr fordern würde. Wollte nicht dieses Zwischenland betreten, das sich ihr so roh und animalisch zeigte. Dieses Land, das etwas von Sturm und Regen hatte, von dunklen Schatten und bedrohlicher Stille und so viel von haltlosem Fallen. Dieses Land, in dem jeder ihrer Schritte ein Schritt auf Eis war - und auch heute noch ist.
Paula war keine, die ihrem Trieb blind folgte. Sie wollte sich nicht einfach hingeben, schon gar nicht diesem Mann, dem sie noch nicht vertrauen konnte, weil sie ihn ja kaum kannte. Aber die Stimme in ihr wurde lauter und bestimmter. »Du bist nackt unter deinem Rock«, raunte sie. »Du bist offen und feucht.« Paula wusste, dass die Stimme Recht hatte, denn sie spürte ja am Anschwellen ihrer Klit, dass es stimmte, was die Andere sagte. Wusste, dass sie gekommen war, um sich diesem Mann hinzugeben. Wusste, dass sie sich nur zierte.
»Ich will deine Brüste sehen«, sagte der Mann. »Und das ohne Umschweife!«
Paula wollte aufstehen.
»Bleib auf den Knien und öffne deine Bluse«, sagte der Mann.
Paulas Bluse war bis auf die obersten zwei Knöpfe geschlossen. Ihr Busen hatte sich unter dem Stoff gespannt und ihre Warzen waren längst erigiert. Paula drehte den Kopf zur Seite, aber der Mann fasste ihr Kinn.
»Sieh mich an«, sagte er.

Paula sah dem Mann in die Augen. Der Mann nickte, als Paula verlegen an den kleinen Perlmuttknöpfen zu nesteln begann. Nickte ihr zu, als sie den Stoff der Bluse auseinanderschob und anschließend aus den Ärmeln schlüpfte. Lächelte, als sie an sich herunterschaute auf ihre nackte Haut, und die Hände folgsam wieder auf ihre Schenkel legte.
»Brav«, sagte der Mann und beugte sich zu ihr, berührte mit Zeige- und Mittelfinger das leuchtende Rot ihrer Lippen. Dann öffnete er den Reißverschluss von Paulas Rock, zog ihn hinunter und entblößte sie.
Paula hatte den Platz augenblicklich der Anderen überlassen; die kniete jetzt nackt vor diesem Mann. Sie selbst hatte die Flucht ergriffen und stand daneben, als die Andere sich vor dem Mann drehte, auf alle Viere ging und kokett ihren Hintern nach oben reckte. Die feucht glänzenden Schamlippen gehörten der Anderen - und der Hand dieses Mannes. Seine Finger berührten die Haut, tauchten aber nicht in die Muschel der Anderen ein, sondern wanderten hoch zu deren Mund, verschwanden zwischen den karminrot geschminkten Lippen.
Paula hatte sich vorgestellt, dass der Mann eine Gerte nehmen würde, mit der er die Andere schlagen würde. Sie hatte erwartet, dass der Mann der Anderen befehlen würde, über den Teppich zu kriechen. Dass er sich die Andere zu eigen machen würde, körperlich und ohne jeden Aufschub. Dass er mit seinem Schwanz in die Andere eindringen und sie zureiten würde - so, wie Paula es mitunter auf Fotos im Internet gesehen hatte. Aber der Mann nahm seinen Schwanz nicht aus der Hose. Stattdessen wartete er, lauerte er und dehnte die Zeit. Gewährte der Anderen nur einen Bruchteil dessen, was möglich und denkbar gewesen wäre. Mit dieser Selbstkontrolle hatte Paula nicht gerechnet, nicht mit dieser demütigenden Gleichgültigkeit vor dem Körper der Anderen, vor dessen Schönheit, der er fern blieb, so hartnäckig und unbeirrt fern.
»Ich will, dass er mich nimmt«, hörte sie die Andere sagen, »und dass er in mich eindringt. Ich will mich ihm schenken. Ich will, dass er weitermacht, dass er mich niederzwingt und über mich obsiegt. Ich will sein Widerhall sein und in Beschlag genommen werden von ihm, ich will, dass er mich anschaut und zugleich durch mich hindurchsieht, sodass ich mich spüren kann und endlich ich selbst bin. Endlich *bin.*«
»Und so knien bleiben?«, fragte Paula. »In dieser demütigen Haltung? Auf allen Vieren? Wie ein Tier? Willst du das auch?«
»Ja«, sagte die Andere. »Auch das will ich.«
Paula spürte bei diesem entschlossen ausgesprochenen »Ja«, wie sie plötzlich innehielt. Wie versteinert stand sie da, wie gelähmt.

Und je länger sie in sich hineinhorchte, desto mehr schwanden ihr die Kräfte, um noch weiter mit der Anderen zu ringen. Paula wusste nicht, ob es noch die Andere oder doch sie selbst war, die da so unverblümt sprach und lüstern gierige Bilder mit ihren Worten malte. Paula wehrte sich nicht mehr. Sie spürte nicht mehr den Unterschied zwischen dem, was die andere wollte und dem, wonach sie sich selbst sehnte. Deshalb kehrte sie um auf dem Weg, auf den sie eingebogen war. Ging all die Schritte wie im Traum zurück, lief und rannte und nahm den kleinen Pfad, der diesmal direkt ins Zwischenland führte - schnurstracks und geradeaus.
Als Paula den Grenzwald des Zwischenlands betrat, war das wie ein Ankommen. Als stünde sie im Auge des Sturms, wurde es plötzlich ganz still um sie herum. Kein Laut, kein Geräusch, nichts. Selbst die Stimme der Anderen war plötzlich verstummt. Paula hat sie bis heute nie wieder vernommen.

Virtuelle Liebe

So eine Online-Liebe ist eine feine Sache! Du kannst unrasiert am PC sitzen und die allerliebsten Worte lesen. Zuckersüß und fein geraspelt. Du kannst dir deine Gefühle vom Leib schreiben oder kopierst Passagen aus Mails, die du schon an andere geschickt hast; merkt ja keiner und geht auch schneller. Und gemütlich ist das! Du kannst Kaffee trinken, während du von Bondage fantasierst oder kaust ein Mettbrötchen mit Zwiebeln dabei. Wenn du nicht weiter weißt, kannst du mitten im Satz pinkeln gehen oder einen Mittagsschlaf halten und danach in Ruhe weiterschreiben. Du musst keine Erektion beim Tippen haben und brauchst nicht mit der Neunschwänzigen zuschlagen - was die Gelenke schont. Du bist Virtual Hero allein durch die Macht deiner Worte. Und billig ist das auch! Keine Rosen, kein Dinner, kein teures Hotel für eine Session - nicht mal Porto kostet das. Du machst dir die Finger nicht schmutzig, schwitzt nicht beim Sex, wirst nicht schwanger davon und kannst - wenn die ganze Sache zu überborden droht - ganz einfach dein Profil löschen. Bist dann weg wie Meiers Hund. Und Tränen trocknen musst du auch nicht. Eine wirklich saubere Angelegenheit!

Ob ich auf Online-Liebe stehe? Gegenfrage: Kann man vom Lesen eines Kochbuchs satt werden? Siehst du ...! - Und noch 'ne Frage: Kennst du den Unterschied zwischen Datendrang und Tatendrang?

Eine Online-Liebe ist wie ein Flugzeug, das zur Landung ansetzt, aber sich im letzten Moment doch noch für eine Warteschleife entscheidet. Man hängt dauernd in der Luft, fliegt im Kreis und muss da oben ein bisschen gehegt und gepflegt werden. Fasten your seatbelts! Manchmal passiert es auch, dass die Gefühle dabei schrumpfen und trocken werden, denn man sehnt sich irgendwann doch sehr nach einer realen Begegnung. Kommt es nicht dazu, kann man sich totwünschen und tothoffen, denn Gefühle reagieren sehr empfindlich auf Warten. Das ist dann so, als würde man Schnittblumen kein Wasser mehr geben.

Einen virtuellen Kuss kann man fühlen, wie auch eine leise Umarmung. Das geht! Aber beides ist eben nur geschrieben. Es löst ein Gefühl aus, ein überaus intensives und sehr nahe-weiches. Aber Lippen real zu spüren und Arme, die sich um einen legen - das macht den entscheidenden Unterschied aus. Virtuelle Liebe ist anders - und man müsste wohl neue Vokabeln für sie schaffen, eben weil es nur eine »halbe« Liebe ist. Die alten Worthülsen und Liebesschwüre passen da nicht mehr, was ziemlich sprachhilflos macht. Wie wär's mit »Sehnsu«, »Näh«, »Fühl« oder »Lie«? - Da fehlen Buchstaben? Aber ja! Das müssen sie auch! Weil eine Online-Liebe nie eine ganze Liebe ist.

Hör bloß auf mit diesem virtuellen Zeugs! Ich hab das zweimal mitgemacht mit diesen Online-Kisten. Und zweimal bin ich auf die Schnauze gefallen dabei. Nie wieder! Da schreibst du wochenlang E-Mails, bis du sehnsüchtig wirst wie ein heulender Wolf, lässt dir die Seele auf Halbmast ziehen, und am Ende sagt sie: »Nein Danke, mein Mann hat was dagegen, wenn wir uns sehen.«

Was ich wirklich bedauert habe ist, dass ich nie eine Chance hatte, ihr Lächeln zu sehen. Auf Fotos zwar, aber eben nicht in echt. Ich hätte gern ein einziges Mal erlebt, wie das ist, wenn ihre Lippen sich wirklich bewegen und ihre Augen mir zuzwinkern. Und ihr Parfüm - das hätte ich auch gern mal gerochen!

Ich steh auf Online-Liebe, weil es in meiner realen Beziehung flau geworden ist. Die Zeit hat meinem Mann und mir irgendwie die Leidenschaft abgewöhnt. Sie steht wie ein schwarzes Paar Schuhe im Kellerregal. Aber mit einem Online-Lover sind manchmal wieder Schmetterlinge da. Sie schwirren dann um mich herum und machen mich ganz kirre. Ich spüre dadurch wieder dieses Brausepulverblubbern im Magen - so als wären Tausende von Hummeln in mir. Mein Puls rast und mein Herz schlägt schneller. Ich freue mich auf jedes Lebenszeichen in meinem Postfach und flitze morgensmittagsabends zum PC, um diese Zauber-Mails zu lesen, die er mir schreibt. Ich bin regelrecht süchtig danach geworden und sauge seine Worte wie ein Löschblatt auf.

Ein Gefühl ist da plötzlich in mir, das so selbstverständlich geworden ist wie die Luft zum Atmen: mein Lebenselixier, meine tägliche Dosis Glück! Kleine Fluchten, die Durchzug machen und Frischluft geben! Ein Tanz mit den Möglichkeiten - ein Csárdás, ein Tango, ein Flamenco! Ein Spiel mit dem Feuer aus sicherer Entfernung. Und mir genügt das, weil ich es so am besten mit meiner Beziehung vereinbaren kann. Jemanden wirklich zu sehen, ist gar nicht meine Absicht.

E-Mail-Liebe?! Bin ich scheintot, oder was? Ich bin Dom! Knallhart. Stahlhart! Bullwhip statt Seelenrotz. Ich brauch Fleisch und Kettenrasseln, verstehst du. Dicke Titten, pralle Ärsche. Oder willst du mich weich machen mit solchen Kaspereien? Verpiss dich mit deiner Romantik, du Witzfigur! Und ein Rat fürs Leben: Lass die Finger von so was. Die Weiber benutzen dich eh nur als Kümmerfutter für ihre unbefriedigten Seelchen.

So verrückt eine solche Online-Liebe manchmal ist ... aber mein Tastenprinz wird dabei zu etwas ganz Besonderem. Ein Mann, dem ich ohne Hemmungen meine tiefsten Geheimnisse anvertrauen kann. Ein Mensch, der mich über Monate begleitet hat und für mich und mein Leben wichtig geworden ist. Einer, den ich einfach nicht mehr missen möchte. Das erschreckt mich manchmal, weil ich weiß, dass ich mich auch real in seine Arme verkriechen könnte. Weil ich spüre, wie gleich die Melodie in unseren Seelen spielt. Jedes Wort, das ich ihm schreibe, fällt mir so leicht. Jeder Gedanke, den ich ihm sende, fließt ganz selbstverständlich aus mir heraus.

Ich hatte das Mannsein verlernt: das Flirten, das Kämpfen um jemanden, das Ringen um Sympathie und Liebe. Auch das Fühlen, denn man merkt gar nicht, wie differenziert man das kann, wie verästelt es ist, wenn es nur jemand erwecken kann. Alles ist in einem, nur schlummert es manchmal. Macht einen Herbst- und Winterschlaf - und ist dann mit einem Mal wieder da.

Sorry, aber ich seh' das etwas nüchterner. Was daran liegen mag, dass ich selbstständig bin und eine 50-Stunden-Woche habe. Für eine E-Mail-Beziehung hab ich keine Zeit. Time is money. Nehmen wir an, ich schreibe jeden Tag auch nur eine Mail, dann wären das rund 40 Euro, die mich die Liebespost täglich kostet. Da kämen pro Woche 280 Euro zusammen, pro Monat dann 1200 Euro. Arbeitsausfall bei Beziehungsstress und Klärung von Missverständnissen nicht eingerechnet. Von 1200 Euro kann ich aber drei- bis viermal in ein Domina-Studio gehen. Da weiß ich, was ich habe und muss nicht ewig am PC sitzen und tippen. Rechnen Sie mal hoch, wie viel Potenzial einem mittelständischen Betrieb durch solche Online-Lieben entgeht! So was müsste verboten werden! Geschäftsschädigend ist das!

Irgendwann kommt bei einer virtuellen Beziehung der Moment, wo ich den anderen hören, riechen, schmecken und vor allen Dingen sehen möchte. Wo ich begreifen will, wie der Mensch ist, dem ich virtuell mein Herz geschenkt habe. Und wenn diese Sehnsucht nicht gestillt wird, fängt es nicht nur im Kopf zu rumoren an. Man hat dann ein Gefühl, betrogen zu werden. Betrogen um das echte Flirren, das einem tagein tagaus im Bauch herumschwirrt und das einen so glücklich macht. Es ist das Gefühl, dass der andere einem mit Worten - was heißt: mit seinem Wesen - in Herz und Seele greift. Das ist es, was so aufrührt! Es ist dieses Miteinander-Gleichsein und diese Nähe, die entsteht und vereint, mehr als jedes körperliche Verlangen es tun könnte.

Ich bin immer ganz hin und weg, wenn sie mir diese speziellen Schlusssätze schreibt, diese Grußworte am Ende ihrer Mails, die für mich Proviant für die Nacht sind und manchmal auch für den Tag. »Regenhimmel-Morgengruß« steht da, oder »Nasenstupsgruß« oder »Seelenstreichelgruß«. Mitunter auch »Augenfunkelnstrahlen« oder »Pattex-Kuss«. Und wenn sie mich ganz besonders mag, schreibt sie: »Ein Lächeln, ein sanftes« oder »Fingerspitzen in deinem Nacken. Sachte, leise & kurz.« Und als ich mal krank war, schrieb sie »Abendholunderblütentee-und-Hühnersuppe-reichender-Besserungsgruß«.

Soll ich diese Frau aufgeben für die graue Wirklichkeit?
Himmeldonnerwetternochmal - NEIN!

Pervers

I.

Ich war Melanie verfallen seit jenem Juninachmittag, als ich zum ersten Mal ihr sadistisches Lächeln sah. Ein Lächeln, das mich augenblicklich in den Bann zog und mich erschrecken ließ, weil es nicht nur grausam, sondern diabolisch war.
Wir saßen an jenem Tag auf der Terrasse hinter ihrem Haus, das nicht weit vom Rhein entfernt lag. Es roch dort unangenehm, denn durch die Flut hatte das braune Schlammwasser Hunderte Hektar Wiesen bedeckt und lauwarme Tümpel voller Plankton und Fäkalbakterien gebildet. Weitaus unerträglicher als der Gestank waren jedoch die Mücken, die aus diesen Brutgefilden gekommen waren, massenhaft, als sirrende Geschwader aus der Luft. Und da Melanie zu jenen Menschen gehörte, die »süßes Blut« haben, lief sie Gefahr, zielsicher von jedem Insekt gestochen zu werden, das nur irgendwie einen Durchlass zu ihrer Haut fand, um sein Bündel aus Stechborsten in ihr Fleisch zu treiben und mit seinem Saugrüssel ihre Blutgefäße anzubohren.
Da Melanie Allergikerin war, reagierte ihr Körper auf jeden Einstich mit dicken Quaddeln, die anhaltend juckten und ihre Haut danach viele Tage lang röteten - länger und quälender, als ich es jemals bei einem anderen Menschen beobachtet hatte. Dabei war das Jucken für Melanie das kleinere Übel. Vielmehr irritierten sie die Quaddeln in ihrem sexuellen Empfinden, weil sie sich kratzen musste - überall und zur gleichen Zeit -, sobald sie zu schwitzen anfing, was sie umso mehr tat, je leidenschaftlicher wir miteinander vögelten, was in lauen Sommernächten fast täglich geschah.
Zum Schutz vor den Mücken hatte Melanie einen »Mosquito Magnet« auf ihre Terrasse gestellt - ein Gerät, das so groß war wie ein Standgrill. Es setzte einen Cocktail von Duftstoffen frei und lockte die Mücken vor ein Gebläse, das sie in ein Netz beförderte, aus dem sie nicht mehr entkommen konnten. Das Gerät funktionierte tatsächlich - was die zahllosen Insekten in diesem Netz schon bald belegten. Vor diesem Mosquito Magnet stand Melanie an jenem Juninachmittag und schlich in trippelnden Seitwärtsschritten um ihre Beute. Ich genoss den Anblick ihres gazellengleichen Körpers, schaute auf ihre Heels, ihren Hintern und ihre rot geschminkten Lippen, die einen auffällig spöttischen und unbarmherzigen Ausdruck angenommen hatten. »Ich mag es, mich an ihrem Anblick zu weiden und sie zu quälen«, sagte sie und zog das »ei« in »weiden« und das »ä« in »quälen« genießerisch lang. Ihr Blick wurde dabei so stechend und durchdringend, dass ich an das Foto eines weib-

lichen Offiziers denken musste, das ich in einer Zeitschrift einmal fasziniert betrachtet hatte. Denselben erbarmungslosen Gesichtsausdruck dieser Frau sah ich jetzt bei Melanie, als sie sich über das Netz beugte. Sie schnippte mit den Fingern daran, bis die Mücken aufgeschreckt hochflogen, nahm dann das Insektenspray, das neben ihr auf dem Boden stand, und drückte auf den Sprühknopf, um die hilflosen Wesen in einem Stakkato kurzer Giftsalven von allen Seiten einzunebeln. Die Mücken tanzten und taumelten, stoben verzweifelt auseinander und prallten immer wieder gegen das engmaschige Nylonnetz. Ohne eine Spur von Mitleid beobachtete Melanie den Todeskampf der Insekten, der sich minutenlang hinzog. Sie genoss es sichtbar, wenn die Mücken in ihrem Gefängnis immer wieder aufstiegen und orientierungslos nach oben torkelten, um sich gegen ihr Schicksal zu wehren, ehe sie sich am Ende zappelnd um die eigene Achse drehten wie Feuerwerkskreisel, um dann erbärmlich zu ersticken. Als sämtliche Mücken tot waren, schaute Melanie mich an, zog ihren Rock hoch, nahm meine Hand und führte sie zu ihrer Scham. Wortlos drückte sie meinen Mittelfinger zwischen ihre Schamlippen und ließ mich fühlen, dass sie pitschnass war. Dann nahm sie den Finger, führte ihn zu meinem Mund und verstrich ihren Honig auf meinen Lippen. Sie küsste mich leidenschaftlich und lang, biss in meine Zunge und stöhnte vor Lust. Ihr Blick war eigenartig gebrochen, und für einen Moment glaubte ich, dass ihre Pupillen sich zu einem Schlitz verengt hatten - wie bei einer Wildkatze oder einem Wolf.

II.

Monate später, als sie mich sexuell längst in Besitz genommen hatte, führte sie mich in den Keller ihres Hauses. Kaum vernehmbar summten Ventilatoren an der Decke. Blickdichte Rollos vor den Fenstern schirmten das Tageslicht ab, und nur schwach fiel Kunstlicht aus zwei tief hängenden Schirmleuchten, die den 1 Meter breiten Plexiglaskasten illuminierten, der wie ein Kindersarg auf dem Tisch in der Mitte des Raumes stand. Stechmücken tanzten darin - und es waren geschätzt wohl mehr als dreihundert.
Mit gemischten Gefühlen starrte ich auf den Kasten. An der Stirnfront waren zwei Öffnungen eingelassen, die mit Schaumstoff abgedichtet und mit schwarzem Stoff verdeckt waren. Melanie erklärte mir, dass die Wirksamkeit von Anti-Mücken-Sprays in Forschungslabors getestet würde, indem Probanden ihre Hände durch diese Öffnungen stecken und für eine Weile in den Kasten halten müssten.

Die Luft im Keller war drückend, da die Heizkörper auf vollen Touren liefen und in einem ausgeklügelten Zusammenspiel mit elektrischen Luftbefeuchtern ein feuchtwarmes Sommernachtsklima simulierten.
»Fünf Tage ohne Blut«, sagte Melanie und lachte mit einem seltsam kalten Unterton in der Stimme. »Da werden die Tierchen sich freuen.«
Sie wies mich an, mich nackt auszuziehen und dirigierte mich zu einem Stuhl, dessen Beine mit Winkelhaken am Boden verschraubt waren. Dort schnallte sie meine Füße und meinen Oberkörper mit breiten Lederriemen fest.
»Bereit?«
»Hab ich eine Wahl?«, fragte ich achselzuckend und schob den Stoff zur Seite, der die beiden Öffnungen des Glaskastens verdeckte.
»Dann go!«
Meine Arme glitten durch die engen Schaumstoffmanschetten, bis sie dicht anlagen, sodass die Insekten nicht entweichen konnten. Melanie fixierte meine Unterarme mit jeweils zwei Riemen auf der Tischplatte und zog sie stramm. Wie ein Delinquent am Pranger saß ich vor ihr, wehrlos und ausgeliefert. Und während mein Glied anschwoll, fielen mir Bilder von nackten Männern ein, deren Hälse und Hände in Holzjochs steckten, an denen geflochtene Lenkleinen befestigt waren, und die von Frauen mit schlanken Gerten über ein Feld getrieben wurden.
Unbeeindruckt von meinen Händen tanzten und zappelten die Mücken lautlos durch ihr gläsernes Gefängnis, erinnerten mich an die Flocken in einer Schneekugel, die manchmal für einen Moment auf der Stelle zu stehen scheinen, ehe sie zu Boden sinken. Einige Mücken saßen an der Innenseite der Glasscheibe, starr und bewegungslos. Aber die Ruhe war trügerisch.
Melanie entkleidete sich bis auf ihren schwarzen Tanga, setzte sich auf einen Hocker an der Tischseite gegenüber und begann, an ihren Schamlippen zu spielen. Wie ein Kind, das auf die Bescherung wartete, saß sie da. Wie eine Pferdewetterin, die den Zieleinlauf eines gesetzten Hengstes herbeifieberte.
»Da!«, rief Melanie verzückt. Die erste Mücke war auf einem meiner Finger gelandet, was ich aber erst sehen konnte, als ich meine linke Hand etwas anhob. Die Mücke krabbelte in einer Art Zickzackkurs vom zweiten zum dritten Fingerglied und verharrte dort regungslos. Melanie sah mich spitzbübisch an. »Es ist der Ringfinger«, sagte sie. »Dort riechen sie es zuerst.«
Eine zweite Mücke landete auf meiner Haut, diesmal da, wo meine Uhr saß. Melanie stand auf und verband mir die Augen mit einem Baumwolltuch. Dann stellte sie sich hinter mich, beugte sich hin-

unter zu mir, presste ihre Brüste in meinen Nacken und kratzte mit ihren Fingernägeln über meine Oberarme. »Ich bin geil«, flüsterte sie mir zu und biss zärtlich in mein Ohr.
Ich konzentrierte mich auf den Einstich an meiner Linken. Von Fotos, die mir Melanie einmal gezeigt hatte, wusste ich genau, was geschehen würde. Wusste, wie die Unterlippe der Mücke sich mit ihren Stechborsten in die Haut graben würde. Wie das Saugrohr der Oberlippe die Kapillare suchen und die Mundpumpe zu arbeiten beginnen würde. Wie mikroskopisch kleine Speicheldrüsen ihr Sekret abgeben würden, um meine Blutgefäße zu weiten und die Gerinnung zu verhindern. So winzig, dass ein Mensch es nicht spüren kann und so trickreich, dass die Körperabwehr erst dann einsetzt, wenn die Mücke längst weggeflogen ist. Auch ich wurde geil. Und das noch mehr, als ich Melanies Hände an meinem Glied spürte, die es fest umschlossen und zu wichsen begannen.
Melanie fingerte nach einem Lederriemen auf dem Tisch, legte ihn um meinen linken Oberarm und zog den Riemen dann fest zu.
»Faust machen, pumpen und wieder Faust machen.«
Sie tastete, während das Blut sich zu stauen begann, nach meiner Vene, um eine Nadel einzustechen.
»Pssst«, hörte ich ihre schneidende Stimme. »Keine Fragen!«
Melanie leerte die Kanüle und zog sie dann mit einem leichten Ruck aus meiner Vene. »Dieser Cocktail lässt dich ein bisschen mehr schwitzen. Die Tierchen mögen das. Und du sicher auch, oder?« Sie drückte einen Wattebausch auf den Einstich, klebte einen schmalen Pflasterstreifen darauf und küsste mich zärtlich.
In meinem Kopf begann es zu schwimmen, und ich sah Bilder von weißen Wolken, die an einem azurblauen Himmel über dem Meer standen. Und aus den Wolken wurden allmählich Gesichter: dicke Nasen und Köpfe mit Schnäbeln und Augen. Fliegende Kuscheltiere, die Kurs aufs Wasser nahmen.
Melanie zwickte in meine Brustwarzen, dass es schmerzte. »So entsetzlich empfanden die Menschen das Regiment der Mücken, dass aus dem Baal-Zebub, dem Gott der Fliegen, der Teufel selber wurde.«
Ich nickte gequält und spürte, dass mir schlecht wurde. Und wieder sah ich bizarre Gebilde in den Wolken: Engel mit Flügeln, schmollende Lippen, fliegende Toaster, springende Hunde. Ich sah schlafende Kaninchen, ein aufgeplustertes Michelin-Männchen, fliegende Pelikane, wehende Bären, hetzende Pferde, Zeppeline mit Rotoren, Affen mit drei Ohren, Melanies Fotze und auch fickende Fische. Und immer wieder fliegende Enten, von denen ich zuerst die Köpfe mit den Schnäbeln sah. Schmatzende Schnäbel, schnatternde Schnäbel ...

Mit einem Mal riss Melanie mir die Augenbinde vom Kopf, griff in mein Haar und lenkte meinen Blick auf den Plexiglassarg. Auf den Innenseiten meiner Arme hatten sich entlang der Adern schwarze Ketten von Mücken gebildet, ebenso auf der Unterseite meiner Handgelenke. Es mussten alle dreihundert Insekten sein, die dort saßen und von meinem Blut saugten.
Mir wurde schwindlig. Vor Ekel. Vor Angst. Von Melanies Augen, deren Pupillen sich wieder in diese seltsamen Schlitze verwandelt hatten. Der Plexiglassarg mit den Mücken darin begann sich zu drehen und zu verformen, wurde lang und schmal und dann ganz flach und breit. Den Drahtkäfig, durch dessen Schaumstofföffnung Melanie meinen Kopf zwängte, nahm ich nur noch schemenhaft wahr. Wie auch die blaugraue Libelle darin, die sirrend mit ihren Flügelpaaren schlug und mich mit ihren Facettenaugen anstarrte. Als sie ihren Hinterleib nach vorn bog, ihre Greifzangen spreizte und meinem linken Auge immer näher kam, verlor ich das Bewusstsein.
»Teufelsnadeln«, war das letzte Wort, das ich von Melanie hörte. Und danach waren es Verse, die wie ein Gebet klangen: »O, dass ich nie gesehen hätt', die Wasserfliege, die blaue Kokett' mit ihrer feinen Taille!«

Zettel-Dom

Wie oft hab ich gesagt: »Rolf, meld' dich mal bei *Wetten, dass ...?«* - aber Rolf hat keine Traute dazu, ist zu schüchtern, ist so ein Alternativer und lieber Sensibler. Dabei hat er Sachen drauf, die wirklich unterhaltsam sind. Zum Beispiel Wasser in einen Teekessel laufen lassen und den Hahn genau in dem Moment zudrehen, wenn 1 Liter voll ist. Der fühlt das, hat das im Griff. Hebt den Kessel mit seiner Rechten kurz an, schließt dann verträumt die Augen, schüttet Wasser ab oder gießt nach - und immer sind es exakt 1000 Milliliter! Auf Feten haben wir das mehrfach mit einem Messbecher nachgeprüft: Nie war es weniger Wasser, nie war es mehr!
Rolf hätte auch das Zeug für einen Auftritt bei *Wer wird Millionär?* Denn Rolf liebt Zeitungen und merkt sich beim Lesen ganz seltsame Dinge. Zum Beispiel, wie die letzte Überlebende der *Titanic*-Katastrophe heißt. Oder mit welchem rätselhaften Ausspruch der Film *Citizen Kane* beginnt. Oder dass Billy the Kid von Sheriff Pat Garrett erschossen wurde und dass das sprechende Pferd aus der Fernsehserie *Mr. Ed* am 28. Februar 1979 auf der Cherokee County Farm in der Nähe von Tahlequah/Oklahoma starb.
Selbstverständlich kann Rolf auch mit obszönen Fakten glänzen: Dass Muslime früher eine Paste aus roten Pfefferschoten als Aphrodisiakum auf die Genitalien auftrugen, dass Ludwig XV. in seiner Hochzeitsnacht siebenmal den Beweis seiner Liebe erbracht haben soll und dass Nina Hagen 1979 öffentlich in einer Talkshow masturbierte. Er weiß, dass »Kappelbub« und »Strizzi« wienerische Bezeichnungen für Zuhälter sind und dass die Frau, die 1993 ihrem Mann im Affekt mit einem Messer das Geschlechtsteil abtrennte, Lorena Bobbitt hieß.
Nur mit der Sexualität von Frauen hat Rolf Probleme! Denn er kann sich einfach nicht merken, wie jemand tickt. Der vergisst das im entscheidenden Augenblick einfach und ist dann ganz hilflos! Was nicht daran liegt, dass Rolf dumm oder unsensibel wäre (siehe oben) oder mit mehreren Sklavinnen gleichzeitig flirten würde und deshalb durcheinander käme, nein! Rolf will nur vorab ein möglichst genaues Bild von einer Frau haben. Und deshalb schreibt er alles auf, was ihm sexuell wichtig erscheint: ganze oder halbe Sätze über Vorlieben und Abneigungen einer Sklavin oder Stichworte über irgendwelche Kicks und Fetische, die er am Telefon oder in Mails aufgeschnappt hat.
»Sie mag gekriegt werden«, steht da zum Beispiel. Oder »Devote sind keine Kadaver« oder »Ihr ab und zu grundlos eins in die Fresse hauen«. Manchmal notiert er auch ganze Sätze: »Die Spreizstange

zu fühlen, die Beine nicht mehr schließen zu können, das hat mich fast wahnsinnig gemacht« oder »*9 ½ Wochen* hat mich sehr erregt, weil der Film so gekonnt zeigt, wie er sie von sich sexuell abhängig macht, wie sie ihren Körper neu entdeckt, ganz in ihren Träumen versinkt, immer in Aufregung ist, weil sie nie weiß, was er wieder Neues von ihr erwartet.«

Rolf weiß, dass solche Statements nicht unbedingt wörtlich genommen werden dürfen, sondern mehr als Anhaltspunkt zu verstehen sind. Dahinter stecken zumeist viele verschiedene, nicht immer eindeutige Fantasien, mit welchen Mitteln eine Frau unterworfen werden möchte - komplizierte Spiele des Auftauens und Lockens, bis sie am Ende unterliegt. Jemanden gehorchen zu machen ist eben eine Kunst, und der Dominante ist ein Künstler. Weil es nicht wirklich darum geht, Gehorsam zu *erzwingen*, sondern darum, Gehorsam zu *erzeugen*.

Theoretisch weiß Rolf ja auch, wie das geht mit dem Dominieren. Wenn er sich mit einer Frau trifft, hat er sie zuvor wochenlang analysiert und sie bis unter die Rippen seziert. Aber weil SM eine sehr komplexe Sache ist, bei der man vieles, wenn nicht alles, auf einmal bedenken muss, rutscht ihm manches im entscheidenden Augenblick schlichtweg durch. Wie ein Blackout ist das: Es beginnt plötzlich zu rauschen im Kopf - und dann verschwimmt alles, was vorher so klar und fassbar war.

Deshalb sind Zettel wichtig für Rolf. An denen kann er sich festhalten wie an einer Zigarette. Denn Papier verliert nix! Und: Papier kann man in die Jackentasche stecken, vor oder während einer Session noch mal kurz aufs Klo gehen und dann nachlesen, um bei einem Blackout sein Know-how aufzufrischen. Das tut Rolf auch. Mitten in einem Bondage verschwindet er einfach in einem Nebenraum, faltet dort in Seelenruhe sein Spickzettelchen auf und liest sich noch mal die Stichworte durch:

Hände in Schlaufen hinter Rücken ... Kette durch Schritt ... Halsband umlegen.

Rot unterstrichen hat er: *Sie für ihre schmutzigen Fantasien hart strafen.*

Und mit Bleistift hat er hingekritzelt: *Kriechen! Nicht aufstehen dürfen (beschämende Stellungen)! ... Sie zum Widerspruch reizen ... Sanfte Verbalerotik.*

Doppelt unterkringelt hat er: *Handschuhe aus Leder.*

Und mit blauem Kuli hat er eingefügt: *Clementinen!!*

Clementinen. Die vergisst Rolf immer in einer Session! Vielleicht deshalb, weil er sie in eine braune Papiertüte steckt und in seinem Spielköfferchen übersieht. Deshalb sind Zettel so wichtig für Rolf, denn mit einem Blick darauf weiß er wieder, was er zu tun

hat: Erst abschälen, dann die Segmente wie Wegmarken auf dem Teppich auslegen, dann die Sklavin losbinden - »Beweg dich, du Fotze! Los, kriech! Heb die Stücke mit deinen Lippen auf und bring sie mir!« Dann die Handschuhe anziehen und ihr im Kriechen ein paar Schläge auf den Arsch geben. Oder gar nicht schlagen und sie die Clementinenstückchen bloß in seine behandschuhten Hände ablegen lassen.
Ich will Rolf hier nicht lächerlich machen und öffentlicher Häme aussetzen. Niemand kann ja raus aus seiner Haut. Und warum jemand so geworden ist, wie er ist, das kann man nie mit Sicherheit sagen. Rolf hat ja durchaus Talente (siehe oben), hinter denen sich manch einer verstecken könnte. Und wer ihn kennt, der weiß, dass er zum Beispiel einen ganz hervorragenden Espresso machen kann, weil er eine alte »La Pavoni« hat - eine »Europiccola« mit mechanischem Druckhebel. Damit kann er wunderbar regulieren, wie stark oder schwach ein Espresso werden soll. Für solche Sachen hat Rolf wirklich ein Händchen! Wie er auch unglaublich viel von Fotografie versteht oder mit seinem mobilen Festplattenrekorder umgehen kann. Damit hat er über 200 LPs in HiFi-Qualität digitalisiert. Jeden Track hat er einzeln in iTunes importiert und mit Titel, Interpret, Jahr und Genre beschriftet. Selbst die Cover der LPs hat er abfotografiert und in JPGs verwandelt. Wenn Rolf was macht, dann macht er es ganz. Für halbe Sachen ist das keiner. Obendrein ist er fleißig. Und hat eine leitende Stellung im öffentlichen Dienst. Was Bombensicheres also. Eigentlich wäre er genau der Richtige - ein Mr. Right, ein Mann fürs Leben!

Gut's Nächtle!

»Du kannst dir vorstelen eine frau völlig zu versklaven?«, schrieb *Reginaaa@wob.de.* »du suchst keine frau, freundin, sondern eine totale sklavin ohne rechte? du kannst dir vorstelen ein zimmer in deiner wohnung zu einem gefängniß umzugestalten? du hast die vorstelung das eine frau nur zum ficken und foltern da ist? mit der du alles machen kannst, in ketten legen in gummi kleiden, beringen, brandzeichnen tabulos pervers tätowieren, freiheitsentzug, ketten und käfighaltung, benutzen wie es dir gefällt? dann würde ich 30j 163cm 57kg mich freuen von dir zu hören.«

Yes! - Genau das konnte ich mir vorstellen, denn ich kam heute Nacht wegen der Schwüle in meinem Dachstudio - und weil außerdem noch Neumond war - nicht in den Schlaf. Also schrieb ich in gereizter Laune: »Ich hätte nicht nur Lust, dich in Ketten und Ledermanschetten zu legen und dich zwischen Decke und Fußboden aufzuspannen wie ein Insekt, ich kann mir auch denken, deinen Körper in Folie zu verpacken und dich mit breiten Latextapes zu mumifizieren wie eine Bierwurst. So müsstest du ein Wochenende schmoren und mir deine Brüste und deinen Hintern überlassen. Ich würde dich halten wie einen Hund, wie ein Tier. Ich würde dich knien und kriechen lassen und dich in einen winzigen Käfig sperren, den ich speziell für dich bauen könnte.«

Reginaaa antwortete prompt: »wie ein tier gehalten? das wäre was ich will. eingespert im käfig an ketten gelegt geknebelt abgefickt gefoltert NS und KV schlucken zu müßen brandigs auf meinen körper piercings und tattos, stück für stück pervers und versaut tätowiert einfach nur noch ein objekt sein zu müssen. - was sind noch andere fantasien von dir?«

Kein Problem, Reginaaa - meine Fantasie ist grenzenlos! »Ich kann mir zum Beispiel vorstellen, deinen Kopf in eine aufblasbare Gummimaske zu stecken und deinen Atem zu kontrollieren«, schrieb ich. »Ich hätte Spaß daran, dich auf meinen Futon zu binden und eine Nacht so schlafen zu lassen - geknebelt und vorne wie hinten verstöpselt; vielleicht mit einem ferngesteuerten Vibrator in dir, aufblasbarer Knebel inklusive. Ich kann mir denken, dich in meinem kleinen Studio (25 Quadratmeter groß und top eingerichtet) so in die Knie zu zwingen und zu erniedrigen, wie es noch keiner zuvor getan hat. Ich würde dich an deine Grenzen bringen und ins Zentrum deiner selbst führen, dass du vor Lust wimmern und betteln würdest, dass ich dich von deinen Spannungen befreie. Vielleicht würde ich das tun ... aber nur vielleicht.

Reginaaa schrieb zurück: »du machst mich unbewäglich? wickelst mich in Folie das ich keinen Millimeter bewegung habe? wickelst tapes um meinen kopf bis nur noch die nasenlöcher frei sind? wie eine menschliche puppe? verpackst mich bis an die füße und drückst eine zigarette darauf aus? - und dann? wie geht es weiter, master?«

Weil ich zwar gähnte, aber immer noch nicht richtig müde war, tat ich für Reginaaa noch ein paar Zückerchen obendrauf: »Wie es weiter geht? Ich werde eine Stange auf zwei Sägeböcke auflegen, dich in dieser Extremfesselung darauf setzen und deinen Kopf in ein Riemengeschirr legen. Das Geschirr werde ich an einem Ring in meiner Kellerdecke befestigen und es hochziehen, bis deine Halswirbel knacken. Die Stange werde ich mit einer ganz speziellen Salbe einreiben, die dich zum Wahnsinn treibt. Zur Entspannung werde ich dich nach einer Weile losbinden und dich dreilochverstöpselt an einer Leine die Kellertreppen hinaufführen. Das wird sehr unangenehm für dich, weil du nur auf Ellenbogen und Knien kriechen könntest.

Reginaaa lechzte sichtlich nach mehr und schrieb nur einen einzigen Satz zurück: »was sind denn nun deine extremsten wünsche und vorstellungen?«

»Meine extremsten Wünsche und Vorstellungen? Dass ich dich zu einem bewegungslosen Objekt mache. Ich würde dich dazu gefesselt in eine Holzkiste sperren (Kopf eingetaped, und damit du nicht abnippelst: ein Atemschlauch) und die Kiste dann allmählich ausschäumen (hierzu gibt es bei Obi einen wunderbaren Baustoff!). Wenn der Schaum ausgehärtet ist, würde ich die Verschalung der Bretter abmachen und du wärst so eng und streng eingekerkert, als hätte dich jemand in Beton gegossen.«

»Und dann?«, schrieb Reginaaa.

»Dann würde ich deinen eingeschäumten Körper in eine doppelwandige aufblasbare Gummikugel tun und dich darin schmoren lassen. Du hättest vielleicht Panik nach einer Weile, aber du kämst da nur heraus, wenn ICH dir die Gnade gewähren würde, dich zu befreien. Abficken würde ich dich erst ganz am Ende. Es ist viel quälender, dich immer nur ein bisschen zu ficken. Du sollst schmoren und wimmern und in dir Dankbarkeit entwickeln, dass ICH es bin, der dir deine Lust schenkt. Apropos: Wo wohnst du eigentlich, Reginaaa?«

»Hallo Master deine ideen klingen gut«, schrieb Reginaaa. »ich bin schon ganz feucht. zu deiner Frage ich komme aus Hannover bin natürlich umzugsbereit. Ich würde mich aber auch freuen wenn du extrem wärst und auch folterst, sowie NS, KV und zwang mit einsetzen würdest. ich möchte ein absolutes objekt sein, auf allen vieren krabbeln angekettet und eingesperrt.«

Ich schrieb verheißungsvoll zurück: »Ich könnte dir noch einen gefüllten Napf mit angegammelter Hundenahrung und mit meinem abgestandenen Urin anbieten. Ich könnte dich auch noch brandmarken und tätowieren oder dir die Nase zutackern, dir Mund und Augenlider mit Zwirn zunähen. Und dich am Ende auf der Streckbank lang machen, bis du eine spindeldünne Wurst wärst, die ich dann ins Klo abseilen und mit drei Spülungen in die Kanalisation befördern würde - Kopf voran. Ich könnte und würde und täte noch ganz viel mehr - aber ich hab mich jetzt genug ausgetobt, Reginaaa. Ist ja schon fast halb drei morgens. Außerdem ficke ich keine Fakes, die sich als Frauen ausgeben; such dir im Netz 'nen anderen Doofen, der nicht pennen kann - oder hol dir einfach einen runter! Ich jedenfalls geh jetzt ab in die Falle! Gut's Nächtle.«

Kartönchen

Das Kartönchen ist ein stabiler gelber Schuhkarton, der aus den frühen Achtzigern stammt. Ganz zu Beginn stand er griffbereit unter meinem Bett, danach kam er in die tiefe geräumige Schublade der Wohnzimmerkommode und blieb dort in Dunkelhaft, bis Corinna bei mir einzog. Weil wir voreinander nichts zu verbergen hatten, stellte ich das Kartönchen als Buchstütze ins Ikea-Regal, ganz unten, wo die Erotika standen. Heute liegt es im obersten linken Fach des Schlafzimmerschranks (der Kinder wegen) und ist hinter Strickpullovern, Sweatshirts und diversen Schals versteckt. Ohne Leiter kommt da niemand dran - auch ich nicht.
Im Laufe der Jahre hat das Kartönchen aber nicht nur mehrfach seinen Standort gewechselt, sondern ist auch immer schwerer geworden. Und je mehr es wog, desto kostbarer wurde sein Inhalt, denn im Kartönchen verwahre ich meine Wichsvorlagen, seitdem ich siebzehn bin - die ganze Palette der prä-virtuellen Jahre, von *Club Caprice* bis *Sadanas*. Weil der Platz im Kartönchen aber beschränkt ist, musste ich turnusmäßig die Magazine ausmisten und konnte nur das behalten, woran mir wirklich lag: die Kontaktanzeigen mit den geilen Bildern. Seite für Seite habe ich sie ausgerissen und nur die echten Knaller verwahrt - die Kicks meines Lebens gewissermaßen, das Futter für mein stilles Glück.
Ist schon merkwürdig, da reinzuschauen. Ist wie Zoobesuch und Zeitreise in einem, weil die Damen aus dem Kartönchen ja nicht raus können und auch nicht älter werden. Jede meiner Liebsten sieht noch immer so aus wie am ersten Tag - und jede von ihnen hält exakt ihre Position!
Die Tanja aus Dortmund zum Beispiel sitzt noch immer mit diesen glänzenden Lack-Overknees in ihrem Studio. Die »gut dressierte 25-jährige Sklavin« zerrt nach wie vor an der kurzen Kette, die mit ihren Brustwarzenringen verbunden ist. »Lustsklavin, 23 J.« steht seit 1995 in makelloser Haltung am Kreuz, und die »dominante Eheherrin aus Passion« (was mag die heute wohl tun?) drückt noch immer ihren Pumps in den Nacken ihres am Boden liegenden »Haussklaven«. Selbst die Gummi-Leder-Lack-SM-Party in Nürnberg offeriert noch freie Plätze für den 14. November 1987.
Diese Kontaktanzeigen aus den Schmuddelmagazinen waren so etwas wie der Garten Eden für meine blühende Fantasie. Alles, was ich an SM schätze, hat hier seinen Ursprung. Ich sah dort die ersten Frauenzähne in eine Trense beißen und die ersten Wäscheklammern auf Menschenhaut. Ich sah dort die ersten abgebundenen Frauenbrüste und die ersten von Gewichten in die Länge

gezogenen Schamlippen. Ich sah Schwänze in eng geschnürten Ledermanschetten, sah TVs und Damenwäscheträger, sah Frauen in Sektgläser pinkeln, sah die »Hobbynutte aus Düren« in einem Riemengeschirr masturbieren, sah gefesselte Frauen in Kofferräumen und bewunderte die »Lagerkommandeuse Irma Koch, platinblond« in ihren weiten Reiterhosen.
Ich las in diesen Anzeigen zum ersten Mal das Wort »Hündin« in einem anderen Zusammenhang, als ich ihn bis dahin kannte, und begriff, dass Wörter wie »Lehrer«, »Ausbilder« oder »außergewöhnliche Spiele« feine Nebenbedeutungen hatten. Ich entschlüsselte nach einem ausgeklügelten System Abkürzungen wie DWT, PT, GV oder NS und fummelte mir mühsam zusammen, was wohl eine »Zofe« oder eine »Equilibristin« waren. Fast mehr noch als die Bilder in diesen Anzeigen haben mich aber die knappen Texte angeregt. Ein schlichtes Wort wie »tabulos« füllte ich mit Bildern von soft bis extrem. Ein Halbsatz wie »in Zucht nehmen« beschäftigte mich nächtelang. Eine Wendung wie »konsequenter Charakter« brachte mich ins Philosophieren. Und ein Satz wie »Die gut erzogene Gummisklavin kann niveauvollen Herren oder Paaren zur Verfügung gestellt werden« war mir 1984 Credo und Mantra für viele Wochen. Auch die Frau aus Mainz, »im Besitz eines willenlosen männl. Schweins (25 J.)«, die »ab jetzt mit richtigen Männern ficken« wollte, gehört zu den Unsterblichen in meinem Kartönchen.
So manches Mal hat es mich gereizt, eine der Damen anzuschreiben und mit ihr zu telefonieren. Irgendwo habe ich sogar mit Kugelschreiber »14.00 + Sa.« hingekritzelt. Das war die »nette, dom. Gummi-Lack-Liebhaberin« mit der Vorwahl »02203«. Die trug zwar Latexhosen mit Schlag, aber hatte ein sehr natürliches Gesicht. Nicht ganz so perfekt wie die anderen und deshalb die Richtige fürs erste Mal. Aber nachdem wir geredet hatten, war der Zauber verflogen. Sie suchte eben doch einen »gut situierten Herrn« - und 300 Mark für eine Session hatte ich damals nicht.
Außerdem konnte ich es ja preiswerter haben - und musste nicht mal weite Wege fahren dafür. Schließlich hatte ich mein Kartönchen! Und so legte ich mich auf den Teppich, breitete die Anzeigen vor mir aus, sortierte sie je nach Stimmung neu und öffnete beim Lesen und Betrachten den Reißverschluss meiner Hose. Ich kann im Sitzen nicht onanieren. Ich muss dafür liegen - linke Hand als Stütze fürs Kinn, rechte Hand am Schniedelwutz.
Und genau das ist mein Problem, seitdem ich im Internet surfe. Denn statt Kartönchen gibt's nun ein digitales »Köfferchen«. Hinter Strickpullovern und Sweatshirts muss ich das zwar nicht mehr verstecken - unter Festplatte > User > Overflow > Documents > Scripting > Es&Em ist es geschützt genug.

Aber wie um Himmels willen soll ich in eine bequeme Seitenlage kommen, um mir wie beschrieben mit linker und rechter Hand einen runterzuholen? Soll ich den Monitor dabei auf den Teppich stellen? Und die Tastatur gleich mit?

Piss off!

»Nur einmal mit mir schlafen willst du?«, fragte sie. »Nur ein einziges kleines Mal deine Flöte in meine Muschi stecken? Bist du irre? Was gibt dir das Recht dazu, irgendetwas von mir zu fordern, du Arsch? Was glaubst du, wer du bist? Einer, der wünschen und wollen darf? Einer, der mich anzapfen kann?

Natürlich gibt es welche, die das dürften - aber nicht du. Nicht ein Assi, der zu faul ist, arbeiten zu gehen. Nicht ein Loser wie du, der seinen Tag auf Kosten meiner Steuergelder verquatscht und seine kostbare Zeit im Internet verdaddelt. Dicke Boxen im Zimmer, aber keine Stühle. Strahlemann-Lächeln, aber unverblendete Backenzähne. Soll ich das toll finden?

Schau dir doch mal an, wie du wohnst! Was sind fünfundzwanzig Quadratmeter Bruchbude mit vergilbten Gardinen und einer durchgesessenen Couch? Soll mir das imponieren? Was kann ein Underdog wie du mir denn bieten außer einem dicken Schwanz? Dein dummes Gequatsche von Freiheit und Demokratie? Dein philosophisches Halbwissen? Pathetischen Schiet in deiner ewig gleichen Leier von Schönheit, Lust und Leidenschaft?

So einer wie du will mit mir schlafen? Soll ich mir den Siff holen und mein Kostbarstes an dir infizieren? Genügt dir meine Dominanz nicht? Sind dir hundertzwanzig Ohrfeigen in dein Kasper-Gesicht zu wenig? Willst du immer und immer noch mehr und glaubst, dass ich dich dominiere, nur weil es mir Spaß macht? Hast du jemals darüber nachgedacht, dass ich vielleicht auch jemanden suche, mit dem ich zusammenleben will? Einen richtigen Mann, der mir was bietet? Drei Wochen Sizilien vielleicht oder mal einen Kurztrip nach New York? Und trotzdem forderst du? Hau bloß ab. Verpiss dich mit deinem ungewaschenen Pint und such dir irgendeine Tingeltangel-Nutte.

Was nimmt ein Knirps wie du sich wichtig! Hältst dich für den Mittelpunkt der Welt und kannst einfach nicht deine Schnauze halten. Wer dominiert, schätzt Ruhe! Genießt allenfalls das Röcheln eines Pöbelsacks wie dir. ›Dominanz ist Eleganz‹ heißt mein Wahlspruch. Nur ich darf regeln und richten und dich runtermachen. Wie klein ist dein Spatzenhirn, dass du unaufhörlich an mir zerrst, dass ich dies und das und jenes tun soll? Bist du in irgendeiner Position, die dir das Recht dazu gäbe? Oder willst du mich provozieren, dass ich dich bunt und blau schlage? Hast du dich mal im Spiegel angeschaut, wie du aussiehst mit deinen übernächtigten Augen und deiner aschfahlen Raucherhaut? Hast du dich mal gerochen, wie du stinkst, wenn du dein selbst gedrehtes Kraut rauchst? Findest

du das appetitlich? Findest du dich ansehnlich? Hältst du dich für halbwegs bürgerlich, du Proll?
Glaubst du allen Ernstes, du könntest mich haben außer für einen Nachmittag oder eine halbe Nacht? Meinst du tatsächlich, ich wäre mit einem Dauerständer und einer flinken Zunge zu beeindrucken? Du hast einen stahlharten Pint, Prinz Eisenherz, das ist das Einzige, was du hast. Ansonsten bist du ein Nichts. Ein Gescheiterter, ein Verlierer - einer, der auf den stinkenden Scheißhaufen dieser Nation gehört. Glaubst du tatsächlich, ich würde mich an dich binden und mich von dir runterziehen lassen? Von einem unrasierten Öko-Freak wie dir? Von einem linken Laberkopf, der Nietzsche und Foucault im Schlaf aufsagen kann, aber den Kuckuck vom Gerichtsvollzieher auf dem Fernseher kleben hat? Glaubst du allen Ernstes, du könntest mich mit irgendwas faszinieren, du kleine jämmerliche, pseudointellektuelle Witzfigur?
Natürlich guck ich auf dich herab. Von so weit oben, dass ich dich nicht mal mehr sehe. Und pisse auf dich in einem satten warmen Schwall. Spreize meine Beine und lass mehr als einen ganzen Liter raus. Typen wie du haben ja eh keine andere Möglichkeit, sich zu duschen; sie haben ja nicht mal ein Bad. Und nicht mal Geld für Seife. Weißt du eigentlich, wie du stinkst? Nach säuerlichem Schweiß und billiger Absteige. Nach Subkultur und gepanschtem Fusel. Nach Straßenbahn statt Mercedes. Nach Schaschlik und Fritten statt Rinderfilet mit Pommes Dauphine.
Reicht das jetzt? Genügt das, damit du begreifst, dass ich niemals nie meine Beine für dich breit mache? Oder soll ich dich Scheiße fressen lassen, damit du kapierst? Wie heißt das Sprichwort noch gleich? Friss oder stirb - kennst du doch sicher bei deinem IQ, oder? Und den feinen Unterschied zwischen Gast und Gastgeber auch. Na siehste! Und jetzt geh auf die Knie, du Loser. Leck meine Schuhe. Ferse zuerst, Schuhspitze zuletzt. - Und vergiss die Sohlen nicht!«

SM-Papalagi

Lasst euch berichten, verständige Brüder und Schwestern, von den SM-Papalagi - jenen weißen Männern und Frauen, die in Europa in den Städten verstreut sind wie Inseln im Ozean. Obwohl die Zahl dieser Papalagi groß ist und es von Jahr zu Jahr mehr werden, kann man sie trotzdem nur schwer finden, da sie in der Regel erst nachts vor ihre Hütten treten. Zudem sind sie nicht leicht zu erkennen, da Männlein wie Weiblein von Kopf bis Fuß in schwarze Haut gehüllt sind. Haut, die in mühsamer Arbeit aus dem Saft des Gummibaums oder aus der Schwarte von Rindern gemacht wird.
Das Fleisch der Weiblein wird dabei nicht selten von einem breiten Lendentuch eingefasst, das mit dünnen Bändern fest im Rücken geschnürt wird und dort spitz zuläuft wie der Schwanz eines Buschpapageis. Manchmal bedeckt der Papalagi seinen Kopf mit einem schwarzen Ballon, aus dem nur Mund und Augen herausschauen, manchmal trägt er auch schwarze Häute über jeden einzelnen Finger, die so eng sind, dass das Blut brennt. Die Weiblein tragen so etwas wie Kanus an den Füßen, die sie mit Stricken und Widerhaken verschnüren, sodass jeder Fuß in einem festen Gehäuse liegt wie der Leib einer Seeschnecke. Oft sieht man an diesen Kanus lange dünne Nägel, die hinten aus den Fußschiffen herausragen.
Wenn der SM-Papalagi derart seinen Leib bedeckt hat, trifft er sich in abgelegenen Steingehäusen oder in Hütten unter der Erde mit anderen SM-Papalagi, um dort eine Art Kriegstanz aufzuführen. Der Papalagi bindet dabei seine Stammesgenossen an Schlaufen, die in Wänden oder Decken eingelassen sind, oder macht sie an einem Holzgestell fest, das wie ein X aussieht. Männlein oder Weib schwingen dann einen Siebenriemen oder Stock. Werden die Stammesgenossen mit voller Wucht getroffen, neigen sie ihren Kopf nach vorn wie ein Boot, das schlecht geladen ist.
Wenn diese Art von Kriegstanz weit fortgeschritten ist, entsteht ein großer Lärm, als ob Pferde mit ihren Hufen auf die Steine des Bodens schlagen. Frauen schreien dann, und Männer schreien - vor Freude oder vor Entsetzen oder auch vor Schmerz. Es entsteht ein allgemeines Sausen, Rasseln, Klatschen und Dröhnen, wenn der SM-Papalagi einen solchen Kriegstanz aufführt - als stünde man an der Steilbrandung von Savaii an einem Tag, an dem der Sturm tost.
Wenn man den SM-Papalagi am Tag trifft, wo er bis auf einen besonderen Silberring am Mittelfinger von den anderen Papalagi nicht zu unterscheiden ist, so sitzt er meist vor einem geheimnisvollen Flimmerkasten und berührt mit flinken Fingern ein Brett mit kleinen Tasten. Sich diesem Kasten hinzugeben, von dem man geblen-

det ist wie von tausend Kerzen, ist zu einer großen Leidenschaft des SM-Papalagi geworden, denn er findet dort Stammesgenossen, mit denen er sonst nie zusammengekommen wäre. Auch sich selbst kann der Papalagi in diese Welt einbringen. Der Arme kann dann den Reichen spielen, der Reiche den Armen, der Herrscher den Beherrschten und der Schwache den Starken. Die Folge dieser Leidenschaft ist, dass viele Papalagi, die sich dem Flimmerleben verschrieben haben, darüber ihr wirkliches Leben vergessen oder es nicht mehr vom wirklichen Leben unterscheiden können und das Abbild des Mondes für den Mond selber halten.
Ihr, liebe Brüder und Schwestern, werdet daher verstehen, dass ich euch rate, lieber mit der Sonne zu sprechen und euch zu freuen, dass wir unsere Beine schwingen können wie das wilde Pferd. Wir brauchen die Welt der Papalagi nicht, denn wir haben in Tiavea unzählige hochgewachsene Palmen, zwischen denen wir unsere Sklavii an allen Vieren aufspannen können, um uns am Winden ihrer Leiber und an ihrem Klagen zu erfreuen, wenn wir sie mit frisch geschnittenem Bambus und jungen Trieben von Pflanzenstauden schlagen. Kein Lendentuch und keine falsche Haut sollen unsere Jünglinge und Jungfrauen schützen, wenn wir ihnen giftige Schlangen und schreckliches Kriechgetier an Arme und Beine halten. Kein schwarzer Ballon soll ihre Augen verdecken und sie am Schreien hindern, wenn wir mit unseren Speeren und Messern auf ihr Fleisch zielen und große reife Kokosnüsse auf ihre Hinterteile werfen. Oder sie mit dem Kopf vornüber in einen See tauchen, bis ihre Köpfe blau anlaufen und sie zum Trocknen auf ein hölzernes Rad spannen. Oder ihre nackten Körper in Netze pferchen, um sie hernach an den Ästen der Bäume aufzuhängen und sie in die Arschbacken zu zwacken. Oder sie bis zum Hals in den Sand eingraben und ihre Nasen mit den Schwanzfedern des bunten Sittichs kitzeln.
Wenn wir uns treu bleiben, liebe Brüder und Schwestern, und ins Licht treten, das unsere Wege klarer macht, können wir unseren Sklavii mehr Leid antun, als es der weiße Mann und die weiße Frau in ihren dunklen Hütten je könnten. Lasst uns deshalb die Qualas auf unsere Art bereiten und jedem von uns damit viel Talofa im Herzen machen!

III. Stilles Glück

Countdown im Dorint-Hotel

Hart oder weich? - Das ist zur alles entscheidenden Frage geworden, wenn ich in einer Hoteldusche stehe und den Hahn aufdrehe. Schon die ersten Tropfen auf meiner Haut bestimmen dann über Wohl und Weh, denn weiches Wasser lässt mein Haar noch dünner werden, als es eh schon ist, macht es spröde, klatschig und unformbar. Die Frisur fällt dann beim Kämmen - oben, wo schon die Kopfhaut durchscheint - gnadenlos zusammen. Kein Haarfestiger kann das halten. Dafür sind die Haare zu fein und zu lang. Könnte ich natürlich kürzer schneiden lassen, aber dann wird das Kränzchen nicht mehr überdeckt, das schon bedrohlich freiliegt. Älterwerden ist eben Scheiße.

Aber meistens habe ich Glück, denn in der Regel fließt hartes Wasser aus der Leitung. Und wenn die Klimaanlage im Hotel ordentlich arbeitet, funktioniert auch das Lufttrocknen. Föhnen geht nicht bei mir, denn danach sehe ich so gelackt und aalglatt aus wie Harald Schmidt. Die einzige Chance, um mir noch selbst zu gefallen, liegt in der Kunst, alle 2 Minuten mit einer Volumenbürste vor den Spiegel zu treten und die Rudimente meines Haupthaares mit geschickten Drehbewegungen nach oben zu zwirbeln. Nur so hält das einen Abend lang. Und danach immer mal wieder durchschubbeln und die Strähnen auflockern, damit nichts zusammenpappt. Technik ist eben alles - und mit den Jahren hat man die Tricks drauf.

Nein, ich bin nicht schön! Zumindest nicht im klassischen Sinne. Weder objektiv noch subjektiv. Und wenn ich den Mut gehabt hätte, ihr zu schreiben, wie man sich fühlt, trifft man sich mit einer neun Jahre jüngeren Frau, dann hätte ich ihr geschrieben: mulmig. Weil ich einen ziemlichen Bammel davor habe, vor ihren Augen nicht bestehen zu können. Angst vor ihrem Blick in mein Gesicht, auf mein graues Haar und meine Figur, die alles andere als perfekt ist. Und auch Angst, mich vor ihr nackt zu zeigen.

Dabei hat sie in ihren Mails auf sehr charmante Weise versucht, meine Zweifel auszuhebeln: »Mir ist Körperlichkeit bei einem Mann zwar nicht egal, aber viel wesentlicher als die Optik ist etwas anderes ...« Und dann erzählte sie von dieser Aura, von dem Charisma, das Männer mit Kanten oft haben - von Liebhabern in ihrem Leben, die nicht schön waren, aber trotzdem attraktiv. »Ich schaue anders«, schrieb sie, »werde anders hingezogen«. Und meinte damit die Schönheit der Seelen oder die der Charaktere. - Aber ob ich ihr glauben kann? Ob ich ihr wirklich genüge?

Zugegeben - ich hatte meine Zeit. Kann mich noch gut erinnern, wie da mal eine im Vorbeigehen zu ihrer Freundin sagte: »Hast du

den gesehen? Wow!« So was vergisst du im Leben nicht! Absolute Klingelworte sind das! Dass die Blicke der Fünfundzwanzigjährigen dann zunehmend ausblieben, als ich auf die vierzig zuging, ist nur natürlich. Außerdem gibt es nicht wenige Fotos, auf denen ich mir wirklich gefalle - auch heute noch. Nur hängt das vom Lichteinfall ab. Direkt von vorn oder von oben geht nicht mehr, aber wenn das Licht schräg von der Seite kommt, wirke ich noch. Dann machen die Schatten mein Gesicht markanter. So ein Foto hab ich ihr auch gemailt. Nur lachen kann ich nicht mehr so frei wie früher - Zahnfleisch geht zurück. Unten sind die Zwischenräume so breit geworden, dass man Wattestäbchen durchstechen könnte. Aber Lachen hat viele Gesichter: Man muss den Mund ja nicht ganz aufmachen dabei. Und wie schon gesagt: Man kann tricksen: Geheimratsecken zum Beispiel werden unsichtbar, wenn man das Vorderhaar waagerecht mit einem Kamm teilt und wie einen Pony in die Stirn fallen lässt. Das verdeckt dann auch die kleine Narbe von dieser Talgdrüsen-OP. Und gegen die pigmentierten Muttermale auf der rechten Wange, gegen das Hämangiom neben dem Ohr und die keratomische Erhebung am Nasenansatz habe ich eine wunderbare Abdeckcreme ausfindig gemacht. Wenn ich mal wieder bei Kasse bin, lasse ich mir das weglasern - wie auch diese Blutschwämmchen an Bauch und Rücken, die von Halbjahr zu Halbjahr immer größer werden - und diese Stielwarzen am Sack! Vielleicht erfindet ja jemand einen Zauberpinsel, wie es ihn in Photoshop gibt. Das würde ein Renner werden! Bis dahin trage ich gegen den Bauchansatz ein Latexhemd und einen extrabreiten Gürtel. Ganz ausziehen muss ich mich beim ersten Mal ja nicht, dafür bin ich ja Dom!
Wäre mein Liebchen doch nur keine Schönheit! Hätte sie doch selber ein paar Macken, dann wären wir optisch zumindest auf Augenhöhe. Aber sie hat keine! Mit ihren achtunddreißig Lenzen ist sie zwar kein Küken mehr, aber auf den Pics, die ich von ihr gesehen habe, sieht sie aus wie ein Model! Dabei würde ihr wirklich nichts Schlimmes wünschen, nur ein paar Längsfältchen über der Oberlippe. Oder Besenreiser an den Oberschenkeln. Oder lange Härchen in der Nase. Oder aus Gründen der Parität zwei, drei Windpockennarben auf dem Rücken. Etwas Harmloses würde schon reichen. Könnte sie nicht wenigstens eine Brille tragen oder eine Blinddarmnarbe haben? Vielleicht hat sie ja ein abstehendes Ohr oder asymmetrische Pobacken - dann hätte ich wenigstens etwas gegen sie in der Hand.
Natürlich sind Äußerlichkeiten nicht wichtig, ich weiß das. Und ihr Satz »Ich schaue anders, werde anders hingezogen« - der stimmt ja. Zumindest, wenn man ihren Worten traut. Und was spricht eigentlich dagegen, ihr zu glauben? Ich hab es doch schwarz auf weiß

von ihr. Sie hat es mir gemailt und damit dicke Trittsteine unter meine Füße gelegt. Und noch was Schönes hat sie mir geschrieben. Das war am Tag, nachdem ich ihr mein Foto geschickt habe - das mit dem Zweitagebart. Was hab ich gestrahlt, als ich las, dass dieses Pic in ihr den Wunsch ausgelöst hat, »die Linien in meinem Gesicht mit ihrem Zeigefinger und ihren Lippen nachzufahren«. Und zu sehen, wo die herkommen. Oder zu fragen. »Ein bisschen was von Zärtlichkeit für das, was war, was ist, und das, was kommt.«
Diese Sätze gingen tief. Weil sie so echt klangen. Und doch verfiel ich als notorischer Schwarzmaler wieder ins Grübeln: Machte sie mich nur mit ihrem Blick schön? Wie umgekehrt ich sie mit meinem Blick?! Hatten wir einander *zu* schön gemacht mit unseren Blicken? Weil wir uns durch all die Mails und Telefonate inzwischen viel mehr von innen sehen als von außen - was womöglich immer das Geheimnis von Schönheit ist. Ob ich all die Karotintabletten gar nicht hätte schlucken müssen, um weniger bleich auszusehen? Ob das egal ist für sie? Ob sie mich einfach annimmt, wie ich bin?
In 15 Minuten wird sie kommen und an die Hotelzimmertür klopfen. Dann werden wir ja sehen. Ich sprinte noch mal ins Bad, ein letzter Blick in den Spiegel. Na ja - bei aller Selbstkritik - eines hab ich ja wirklich: schöne Augen! (Hab ich von Muttern geerbt.) Die können funkeln und Feuer sprühen. Und meine Hände sind auch schön, weil sie feingliedrig und zart sind - Frauen mögen das! Ganz zu schweigen von dem, was ich sonst noch zu bieten habe. Obwohl ich diesmal - reine Vorsichtsmaßnahme gegen unverhofftes Fremdeln - einen Cockgurt um die Hoden geschnallt habe.
Bleibt am Ende die Frage aller Fragen: Trussardi, Dior oder Joop? Ich entscheide mich für zwei Spritzer »Fahrenheit« - ein schwerer Duft macht männlicher! Und gönne mir einen kussfrischen Zisch »Odol-Mundfrisch«.
Noch 10 Minuten bis 20 Uhr! Da kann ich ganz in Ruhe noch mal pinkeln gehen!

Dornröschen

Am Abend geht er ins Spital, nickt dem Portier zu, schlendert den olivgrün gestrichenen Flur entlang, nimmt den Fahrstuhl zur Neurologie und steigt im vierten Stock wieder aus. Der Boden ist leicht rutschig. Auf dem Linoleum liegen in der Nähe der Fußleisten noch grüne Späne, von denen ein stechender Bohnerwachsgeruch ausgeht. Im Vorbeigehen an den Zimmertüren gleitet er mit seiner rechten Hand die Wand entlang und lässt seine Fingerspitzen vom Rauputz massieren. Er grüßt die Nachtschwester, erwidert ihr Lächeln und geht bis zum Ende des Flurs, betritt den Raum mit dem Türschild 4-17.

Sie schläft auf dem Rücken. Die blonden Locken fallen ihr über die Stirn und fächern sich sanft zwischen Kissen, Wangen und ihrem Kinn auf. Mit geschlossenen Augen träumt sie und bewegt dabei leise ihre halb geöffneten Lippen. Die Nachttischleuchte wirft ein stilles Licht auf ihr Gesicht, von dem ein magischer Glanz abstrahlt - er wagt kaum zu atmen, so schön ist sie. Er gibt ihr einen Kuss zur Begrüßung, wie er ihr schon oft einen gegeben hat, beugt sich über sie und spitzt seinen Mund. Ein Kuss, der nicht verunglücken kann, weil sie nicht imstande ist, ihm auszuweichen. Ein Kuss, für den er sich Zeit lässt, während seine Zunge lange kreiselnd in ihren Mundwinkeln verweilt.

Sie schläft wie Dornröschen, seitdem sie ins Wachkoma gefallen ist - so still und so schön wie im Märchen der Gebrüder Grimm. Er weiß nicht, wie lange sie hier schon liegt und noch liegen wird, weiß nicht einmal, wie alt sie ist und wie sie heißt. Er schätzt sie auf fünfundzwanzig, vielleicht auch jünger. Grazil ist sie und zerbrechlich wirkt sie, mit Gesichtszügen von mädchenhafter Schüchternheit. Ein Porzellangesicht mit hohlen blassen Wangen und vollen weichen Lippen. Ihre Hilflosigkeit hat ihn angezogen, seitdem er sie vor Wochen zum ersten Mal gesehen hat.

In den ersten Tagen, als er neben ihrem Bett saß, fühlte er sich einsam, sodass er nur im Flüsterton mit ihr redete. Doch im Reden stockte er manchmal, weil ihn Angst befiel. Er kann ihre Augen ja nicht sehen, weil sie geschlossen sind. Bis heute weiß er nicht, ob sie grün, blau oder braun sind, geschweige denn, wie sie schauen, wenn Dornröschen traurig oder müde oder verliebt ist. Nur mit großer Anstrengung konnte er das Verlangen unterdrücken, ihre Lider nach oben zu schieben, um nachzusehen. Und auch ihre Stimme hat er nie gehört. Dennoch kann er sich - wenn er Dornröschen nur lang genug still angeschaut hat - in einen Zustand versetzen, in dem er ihr Inneres fühlt. Wenn er ihre Hand hält, zieht sie ihn wie ein

Mahlstrom in sich hinein, fasst alles in ihm. Dehnt sich in ihm aus wie ein Farbspritzer in einem Wasserglas. Er kann dann ihre Seele spüren, so nah, als hätte sie ihr Haupt in seinen Schoß gelegt.
Er weiß, dass er sie eines Tages aufwecken wird - ganz so, wie jener Märchenprinz -, aber er weiß noch nicht genau wann. In den wenigen Wochen, in denen er sie kennt, hat er ihr Lieder vorgesungen, auf Englisch, auf Französisch, auf Deutsch, hat Zeilen aus Rilke-Gedichten zitiert, hat ihr Pafümflakons vor die Nase gehalten, hat alles versucht, aber - kalt, kalt! Bis er ihr eines Abends schmutzige Geschichten erzählte - von Männern im Wald, die grob ihre Hände fassten, diese an einen Ast banden, bis ihr Körper ganz gestreckt war, die ihr den Slip mit einem Griff die Beine hinunterzogen und ihr die Füße auseinandertrieben, bis sie offen und gespreizt dastand. Dass sie ihn hören konnte, dass die Worte in ihrem Kopf ankamen, das wusste er, als er das kaum wahrnehmbare Zittern auf ihren Lippen sah.
Seit diesem Tag besucht er sie zweimal die Woche! Weil er weiß, dass sie ihn braucht. Und weil er spürt, dass sie empfänglich ist für seine Worte, dankbar für seine Berührungen, die ihr vielleicht kein Mann gegeben hat in Zeiten, in die Berührungen wie seine gehört hätten. Und natürlich besucht er sie auch deshalb, weil er weiß, dass sie devot ist. Er kann das in ihrem Gesicht lesen, kann die feinen Nuancen in ihrer Mimik übersetzen, die nur ihm spiegeln, was zwischen Schlaf und Wachen mit ihr geschieht. Kein anderer als er könnte das - kein Arzt wäre dazu in der Lage und auch kein Pfleger und keine Schwester. Die sind ja froh, dass es einen wie ihn überhaupt gibt. Einer, der sich kümmert und Zeit hat, erspart ihnen Arbeit. Und es gibt so viel Arbeit in der Neurologie, dass es die Stationsschwester nicht mal interessiert hat, ob er tatsächlich »der Cousin der Patientin« ist, für den er sich ausgegeben hat.
Dornröschens Körper ist makellos. Und wäre er es nicht, säße er nicht hier, denn sein Augenmerk gilt ausschließlich vollkommener Schönheit - auch schlafend. Wäre es anders, würde er seine Hand nicht vorsichtig unter ihre Bettdecke gleiten lassen, ihr Nachthemd aufknöpfen und den Stoff beiseiteschieben. Unzählige Male hat er das schon getan - so oft, dass er sie zeichnen könnte, wenn er wollte oder imstande wäre, sie aus der Erinnerung auf Leinwand zu malen. Er hat sie mit seinen Fingerspitzen gescannt, kann auf ihrer Haut wie in einem Buch lesen. Makellose Brüste besitzt sie, eher mädchenhaft als weiblich. Honigweich ist ihre Haut und lange schlanke Beine hat sie - wie eine Gazelle. Jeden Muskelstrang hat er sich gemerkt, jede Vertiefung, jedes Muttermal.
Heute hat er ihr Klemmen für die Brustwarzen mitgebracht, so wie er es ihr vorgestern versprochen hat, denn er ist einer, der

sein Wort hält. Wie in einem sakralen Akt spannt und dehnt er mit Daumen und Zeigefinger die Haut ihrer Brust, zieht sie dann straff, sodass die Warze vortritt, und setzt mit seiner Rechten die Zacken der Klammer dort an. Er justiert behutsam die Drehschraube der Klemme, damit das empfindliche Fleisch für den Anfang nur leicht zusammengedrückt wird, bringt dann die zweite Klemme an ihrer anderen Brustwarze an. Über sie gebeugt, Augen und Mund weit geöffnet, spürt er die Lust, die ihr weh tut, spürt seine Erregung, kommt sich vor, als sei er in einem Traum.
Seine Hände gleiten ihre Rippen entlang, streichen über ihren Bauch, finden den Weg zu ihren Schenkeln und dringen von dort in ihre Mitte ein. Er küsst ihren Leib mit verhaltener Hingabe, sieht wie in Trance durch ihre geschlossenen Augenlider, hört sie stumm »Bitte« sagen - »Bitte, bitte!« - und taucht ein in ihre Nässe, direkt unterhalb ihres Blasenkatheters. Er gleitet sanft in sie hinein und wieder aus ihr heraus, verstärkt den Druck der Klemmen, indem er die Drehschraube fester justiert. Traut seinen Augen nicht, als er sieht, wie ihre Nippel sich aufrichten, und stößt mit seinen Fingern hinein und hinaus, immer wieder und immer weiter, bis er sie am Ende zur Erlösung treibt.
Ihr blasses Madonnengesicht lächelt für einen Moment, als wären alte Gestalten und vergessene Bilder aus dem Dunkeln getreten. Das Starre aus ihren Zügen verschwindet mit ihrem Wohlergehen. Und als er sie tief drinnen erreicht hat, kommt es ihm vor, als würde eine Dornenhecke auseinander gehen, um ihn unbeschädigt hindurchzulassen. Er sieht Tränen an ihren Wimpern und im nächsten Moment - ganz so wie im Grimmschen Märchen - Pferde im Hof, die aufstehen und sich rütteln; sieht Jagdhunde springen und wedeln; sieht Tauben auf dem Dach, die ihre Köpfe unter den Flügeln hervorziehen und ins freie Feld fliegen.
Und doch schlägt Dornröschen die Augen nicht auf. Alles so still, so grau, so dämmernd. Erst jetzt spürt er, wie seine Beine vor Anstrengung zittern, sein Körper verkrampft ist, weil er noch immer starr über sie gebeugt steht. Für einen Moment will er sich auf sie legen, will erfüllen, wonach er in seinen verlorenen Träumen gesucht hat, will seine Erregung an sie abtreten. Aber dann riecht er sie, riecht sie an seinen noch feuchten Fingern und wird augenblicklich ruhig. Wie gern hätte er sie stöhnen gehört, hätte er nur ein einziges Mal ihrem Wiegenlied der Lust gelauscht. »Übermorgen, Dornröschen«, murmelt er traurig und streichelt über ihre Wangen, »übermorgen komm ich wieder.«
Noch einmal küsst er sie und löscht dann das Licht. »Es braucht Platz, das Herz«, flüstert er ihr zum Abschied ins Ohr, »und Zeit braucht es - viel Zeit«. Dann knipst er die Nachttischlampe aus

und geht aus dem Zimmer. Der Schwester versichert er, dass er ein gutes Gefühl habe, dass sie bald aufwachen werde - im Mai vielleicht oder spätestens im Sommer. Er schlendert zum Fahrstuhl und genießt auf dem Weg nach unten noch einmal den betörenden Duft an seinem Mittel- und Zeigefinger. Als er aussteigt, schlägt ihm stechender Bohnerwachsgeruch entgegen. Im Flur gleitet er mit den Fingerspitzen eine kurze Strecke den Rauputz entlang und nickt dem Portier zu.
Morgen würde er ins Marienhospital gehen. Dort liegt noch zweites devotes Dornröschen, das seine Zuwendung braucht. Und auch sie ist schön und schutzlos.

20 Jahre danach

Wie eine Skulptur steht sie da. Wie ein Engel, der seine Flügel ausgebreitet hat - nackt, bis auf ihre schwarze Augenbinde. Ihre Arme sind weit gespreizt und festgezurrt an zwei Haken in der Kellerdecke, während die Spitze meiner Gerte sanft über ihren Rücken fächert, ihre Schultern wärmt, ihre Hüften, ihren Po. Als ich stärker fächle und schneller, stellt sie sich steil auf ihre Zehenspitzen. Wippt hoch, als ich ihre Haut treffe. Schreit auf und lässt sich wieder fallen. »Shhht«, sage ich und halte ihr kurz den Mund zu. Dann schalte ich um auf sanft, nehme das Tempo aus dem Spiel, male gefühlvoll Kurven auf ihre Arme, die sich in kleinen Wellen zu ihren Handriemen hochschlängeln. Sie legt den Kopf in den Nacken und atmet tief ein. Sie stöhnt, als ich erneut zum Schlag aushole und sie das kurze Sirren hört, mit dem die Gerte die Luft zerteilt, schreit unterdrückt auf, als der Hieb sie trifft. Dann stammelt sie: »Nein. Ich war nicht eingeweiht in die Fluchtpläne!« Und stammelt weiter: »Ich hatte nichts damit zu tun, Genosse Major.«
Mitten im Spiel diese beiden Sätze! Aus heiterem Himmel hallen ihre Worte durch den Playroom und bringen mich aus der Fassung. Was hatte sie mir im Vorfeld geschrieben? Dass sie sich auf RBB und MDR alte DDR-Schinken anschaut, weil darin manchmal Stätten ihrer Jugend vorkommen, die es 20 Jahre nach dem Mauerfall nicht mehr gibt. Ein Rest Ostalgie. Es fasziniert sie, dass es noch immer Sprachunterschiede zwischen den alten und den neuen Ländern gibt. Und dass im Osten allein der Klang der gesprochenen Wörter und Sätze so viel vom alten System verrät - von der duckmäuserischen Geisteshaltung, wie auch von der latenten Renitenz dort. Sie hat Henry Maske erwähnt, für den sie noch immer schwärmt, weil er so einen NVA-Offizierstonfall preußischer Prägung hat. »Ostfrauen wie Westfrauen fahren total darauf ab.« Und mit einem Halbsatz hat sie ihr Faible für Rollenspiele angedeutet. »Meine Fantasie ist riesengroß, ich kann mich in so ziemlich alles hineinversetzen, am liebsten in Stasi-Verhöre.«
Ich hatte ihre Sätze nicht ernst genommen, hatte sie nur überflogen. Und jetzt stehe ich da: Ein Wessi, der keine Ahnung davon hat, wie der Staatssicherheitsdienst der ehemaligen DDR ein Verhör geführt hat.
Als ich in ihr Gesicht schaue, liegt ihre Stirn in Längsfalten. Zwei tiefe Furchen, die im Schatten des Kerzenlichts wie kleine Gräben erscheinen. Ihre Oberlippe zuckt nervös, ist alles andere als weich und sinnlich. Ihre Zähne haben sich in die Unterlippe verbissen: Eine Frau, die nicht kommt, wie sie kommen soll. Die innerlich

kämpft und ringt um die Bilder im Kopf, bis sie womöglich doch noch zünden. Und sie trifft mich tief mit ihrem Kampf - so tief, dass ich nicht wage, meine Hand an ihre Scham zu legen, um mich scheinheilig weiter vorzutasten, denn ich spüre, auch ohne sie zu berühren, dass ich sie nicht erreicht habe.

»Nicht schlagen, Genosse Major! Nicht den Schlagstock. Bitte nicht!«

Erinnerungsfetzen gehen mir durch den Kopf. Vor Jahren im Urlaub auf Rügen: NVA-Museum im Koloss von Prora, eine dieser winzigen Zellen mit nackten Betonwänden ... Und irgendwo gelesen: Stasi-Mitarbeiter, die Kameras in Friedhofsgießkannen verstecken, um Einheimische und Westbesucher an den Gräbern auszuspionieren ... Aber das ist praktisch schon alles, was ich über die Stasi weiß. Ich bin Westdeutscher - durch und durch. Ich kenne höchstens noch die *Soko Leipzig* und den *Tatort*, aber dort wird ja anständig verhört und nicht 48 Stunden lang am Stück.

»Wir haben Ihre Wohnung verwanzt«, flüstert sie mir zu und beugt ihren Kopf animierend nach vorn, soweit ihre Fesseln das zulassen. »Bitte sag: *Wir haben Ihre Wohnung verwanzt. Wir haben Sie die letzten vier Monate lang abgehört.*« Sie hält inne, um ihre Worte auf mich wirken zu lassen. Bewegt sich nicht einen Millimeter, atmet nicht einmal, weil sie weiß, dass unsere Session auf der Kippe steht, wenn ich mich ihrem Wunsch verweigere und schweige.

Ich bin hilf- und kopflos zugleich. Bin enttäuscht, dass die Session nicht so läuft, wie ich es mir vorgestellt habe. Ärgere mich, dass sie mich zum bloßen Handlanger in einem Spiel machen will, das mir nicht im Geringsten liegt. Noch nie habe ich eine ostdeutsche Frau so nackt gesehen wie sie, noch nie im Leben eine Ossi-Sklavin gehabt. Ich könnte mit ihr darüber reden, ob das Sein das Bewusstsein bestimmt oder das Bewusstsein das Sein oder wer für die Toten an der Berliner Mauer verantwortlich war. Könnte mit meinem skurrilen Wissen glänzen, dass *Mekorna* ein Kinderbrei und *Krefafin* ein Hustensaft war. Von solchen Dingen habe ich gehört. Aber nicht davon, was vor der Wende in einem Stasi-Untersuchungsgefängnis geschah.

»Bitte nehmen Sie das Licht von meinem Gesicht, Genosse Major!«

»Nicht über den Prügelbock. Bitte nicht!«

»Nicht anschreien, Genosse Major.«

»Nein, nicht in meine Ohren brüllen!«

Dann flackern plötzlich Bilder aus einem Film, den ich mal Mitte der Siebziger gesehen habe, durch meinen Kopf: Der *Marathon-Mann*. Sequenzen von einem Folterschergen in einem weißen Kittel, der jemandem die Wahl zwischen Wohlbefinden und Schmerzen lässt.

»Welche der beiden Möglichkeiten ich Ihnen demnächst verordne, liegt ganz in Ihrer Hand«, sagt der Folterscherge. »Also nutzen Sie die Zeit und sagen Sie es mir: Sind sie außer Gefahr?«
»Sind sie außer Gefahr?«, brülle ich sie an.
Sie zuckt zusammen, nimmt augenblicklich Haltung an.
»Sind sie außer Gefahr?«, brülle ich erneut.
Sie zögert mit ihrer Antwort, scheint sich still zu sammeln - irritiert über die plötzliche Wendung unseres Spiels.
»Wer ist außer Gefahr?«, fragt sie kleinlaut.
»Keine Fragen!«, zische ich in ihr Ohr und schlage mit der Gerte im Rhythmus der vier Silben auf ihre Schenkel.
»Ich kann Ihnen nicht sagen, ob sie außer Gefahr sind, wenn ich nicht weiß, wer mit *sie* gemeint ist«, hechelt sie.
Ohne den Ton zu ändern, wiederhole ich meine Frage: »Sind sie außer Gefahr?«
»Bitte werden Sie genauer, Genosse Major. Ich kann ...«
»Was du kannst, interessiert mich nicht!«, schreie ich und gebe ihr eine Ohrfeige. »Mich interessiert nur, ob sie außer Gefahr sind!«
»Ich weiß es nicht! Ich kann es nicht beantworten, Genosse Major!«
»Sind-sie-au-ßer-Ge-fahr?« Wieder saust die Gerte im Rhythmus der Silben auf ihre Haut. Ihr Mund hat jetzt Farbe angenommen und ihre Lippen beginnen zu beben.
»Ja, sie sind außer Gefahr.«
»Genosse Major!«, schreie ich.
»Ja, sie sind außer Gefahr, Genosse Major!«
»Sind Sie absolut sicher, dass sie au-ßer-Ge-fahr-sind?« hake ich nach.
»Ja, Genosse Major! Sie waren immer außer Gefahr.«
»Sind Sie GANZ sicher?«
»Ja, Genosse Major. Sie sind gänzlich außer Gefahr. Ganz sicher sind sie außer Gefahr.«
»Und sie werden außer Gefahr bleiben?«
»Sie werden außer Gefahr bleiben, Genosse Major!«
»Dann mach deinen Mund auf!«
Sie gehorcht, reißt ihre Lippen auseinander.
»Und jetzt sag ›Solidaritätszuschlag‹«.
»Solidoridätszuschlog« antwortet sie in lupenreinem Sächsisch.
Ich lasse die Gerte auf ihren Hintern sausen. »Hochdeutsch!«, herrsche ich sie an.
»Solidoridätszuschlog, Genosse Major.«
»Kinn hoch! Kneif die Arschbacken zusammen! So-li-da-ri-täts-zuschlag!«
»Solidaridätszuschlog, Genosse Major.«

»Hochdeutsch, habe ich gesagt! So-li-da-ri-täts-zu-schlag!«
»Solidaritätszuschlog, Genosse Major.«
»So-li-da-ri-täts-zu-schlag!«
Sie stammelt irgendetwas von »Schulldchnsä« und windet sich verbal geschickt von »Zuschlog« nach »Schlog zu!«, was ich gern tue, um ihr zwischen den glühenden Wangen dieses Märchenlächeln zu entlocken. Und weil ich spüre, dass wir die Wende in unserem Spiel geschafft haben und sie doch noch zu fliegen beginnt, stoße ich sanft in ihre Hitze, knapp bis zum Mittelfinger. Und sie gibt nach, weil sie nicht anders kann - und da fühle ich: Endlich ist die Mauer gefallen, endlich hat diese Session begonnen!

Als ich sie losgemacht habe, nimmt sie den Sekt, den sie aus »Drääädsdn« mitgebracht hat, und wickelt ihn seelenruhig aus dem Geschenkpapier. *Rotkäppchen. Rubin.*
Sie lässt den Korken gegen die Decke knallen und gießt in perfekter Haltung den Sekt in die Gläser.
»Du weißt, dass wir 2002 *Mumm* übernommen haben?«, fragt sie und lächelt mich unschuldig an.
»Weiß ich«, sage ich.
»Dann sind wir quitt, oder?«
»Sind wir«, sage ich. »Aber nur heute - am Tag der Deutschen Einheit.«

Verwischte Spuren

Manche Menschen findet man virtuell. Verbringt vor dem Monitor Stunde für Stunde mit ihnen - und vergisst sie dann nicht mehr. Wie sie, die kleine drahtige Frau aus Berlin, die mir auf ihren Fotos zuerst durch ihren rasanten Föhnschnitt auffiel und prompt auf meine Freundes-Liste kam, ohne dass sie es wusste. Ihr Haarschnitt - platinblond, Nacken und Seiten ausrasiert - war wie gemeißelt, egal auf welchem Bild sie sich in Pose setzte. Sie lachte auf ihren Bildern, so befreit und offen, dass ich manchmal ihr Glucksen hören konnte und an alles dachte, nur nicht an SM. Dabei haben wir kein einziges Mal miteinander gesprochen, nicht mal am Telefon.
Es war gespenstisch, wie wir uns immer wieder in dieser Community begegneten. Gegenseitig haben wir manchmal unsere Werke kommentiert, sie meine Texte und ich ihre Fotos, und das ganz ehrlich und ohne Gefälligkeitsurteile. Mal sie zuerst, mal ich. In was für bizarren Posen habe ich sie auf meinem Monitor bewundert! In was für Schuhen habe ich sie laufen sehen. Manchmal stand sie gefesselt vor stählernen Brückenpfeilern oder provozierte halb nackt vor dem Metallgitter des Berliner Landgerichts, vor Kälte schlotternd, ihre Brustwarzen unter dem Ledertop so hart, dass sie sich wie Druckknöpfe abzeichneten. Mal war sie leichenblass und eng in Folie eingewickelt, dann wieder lugte aus einer Holzkiste nur ihr Kopf heraus. Und noch später lag sie zusammen mit ihrem Partner auf rotem Satin, sie in einem transparenten Latex-Catsuit und er in schwarzem Leder. Ihr makelloses Gesicht hatte etwas von einer stolzen Südländerin, sprühte vor Lebenslust und Kraft.
Natürlich haben wir auch gemailt. Ich erfuhr, dass sie ein »Anti-Silvestermensch« ist und manchmal auf der Couch einschläft »in voller Bekleidung, mit laufendem Fernseher, hochgedrehter Heizung, geschlossenem Fenster und ohne Abendbrot im Bauch«. Sie hat mir verraten, auf welch perfide Weise sie in der Community heimlich Fotos »mopst« und sie in kleinen Ordnern ablegt. Sie schrieb mir von ihrer Hündin, die sich die Vorderpfote gebrochen hatte, und ich litt mit, als sie mir berichtete, wie sich das arme Tier durch den Tag quälte. In solchen Momenten kam es vor, dass ich sie leise weiterdachte. Dass ich mir ein Bild von ihr machte, ohne es ihr zu sagen und ohne je mit ihr darüber zu sprechen.
Doch dann wurde es plötzlich still um sie. Und als ich auf ihr Profil schaute, weil seit Tagen kein neues Pic mehr von ihr in der Galerie stand, las ich nur den einen kurzen Satz: Dass sie sich eine kleine Pause in der Community gönnen wollte. »Ist alles ok?«, mailte ich. Und sie antwortete prompt: »Ja. Keine Sorge. Mir ist nach einer

kleinen Auszeit.« Und so klickte ich sie alle Tage still an, in der Hoffnung, dass sie bald wieder hier mitmischen würde. Insgeheim traute ich ihr zu, dass sie nach ihrer Schaffenspause ein Dutzend Fotos ins Netz stellen würde - geschossen von Profis, die neue Nuancen aus ihrem Gesicht und ihrem Körper herausholen würden.
Aber es kam anders. Sie schrieb mir - anonym - eine kurze Abschieds-Mail: »Ich habe die Community verlassen. - Ich mag nicht mehr«, las ich. »Ich bin der Virtualität überdrüssig.« Drei Zeilen und am Ende der Satz: »Fühl dich noch mal von mir gedrückt.« Von meiner Freundes-Liste war sie durch ihre Löschung plötzlich verschwunden. Im »Quick Lookup« lief ihr Name ins Leere, und als ich meine Kommentare zu ihren Bildern aufrief, kam die seltsame Meldung: »Image Access only for (adult?) Circle Members«. Auf der Site ihres Doms kein Hinweis mehr auf sie, auch keine Verlinkung als »Sub« und »Spielpartnerin« - nur ein trauriges Gedicht, das mich nachdenklich stimmte.
Ich fand keine Spuren mehr von ihr, so sehr ich mich auch mühte. Sie hatte sich einfach weggelöscht, war aus der Welt von Bits und Bytes verschwunden. Ohne Warnung, ohne Vorzeichen. Obwohl wir uns nie im wirklichen Leben begegnet waren, hat mich das nachdenklich gemacht. Über Monate war ich in den Foren und in der Galerie wie selbstverständlich ihren Spuren gefolgt, ganz sanft, ganz still. Hatte mich an ihre Fährte gehängt und mich an ihre Bilder gewöhnt, war mit ihr und ihrem Leben auf unbestimmte Weise ein kleines Stück vertraut geworden. Mit ihrer Art, ihrem Wesen, mit ihr - die so anspruchsvoll war in dem, was sie tat. Und wohl viel zerbrechlicher, als ich angenommen hatte. Jetzt wünschte ich, ihr ein einziges Mal außerhalb der virtuellen Realität begegnet zu sein. Vor allem, um ihr strahlendes Lachen zu sehen, hinter dem sich offenbar noch vieles verbarg, von dem ich nichts geahnt hatte. Was genau es war, werde ich nie mehr erfahren, denn ihre Fußspuren im Netz sind unwiederbringlich verloren.

Stilles Glück

Als Lars das Paar Damenhandschuhe aus schwarzem Nappaleder sah, das im Schaufenster von *Friedlin* lag, gab es diesen süßen Luststich in seinem Bauch, den es immer gab, wenn ihn etwas hypnotisch anzog. Der lange schmale Schlitz auf der Oberhand und die feine Schnürung aus weißen Lederbändern, die von den Knöcheln bis zur Abschlusskante des Handschuhs reichten, kickten ihn. Und auch Conny, seiner Frau, gefiel das Paar. Hand in Hand betraten sie den kleinen Laden am Baseler Rathaus und freuten sich darüber, wie unverhofft sich das Glück manchmal zeigen kann.
Die Verkäuferin nahm einen großen grauen Pappkarton aus dem Regal, vermaß Connys Hand und zog zielsicher ein Paar in Größe 7 aus der Schachtel. Sie steckte einen bleistiftdicken Stahlstift in jeden der Finger und lupfte damit das ungefütterte Leder auseinander, ehe sie den Handschuh zu einem Oval öffnete, in das Conny vorsichtig ihre Hand gleiten ließ. Dann zog die Verkäuferin das weiße Lederband zu und band eine Schleife.
Lars und Conny strahlten sich an: ein Handschuh, der perfekt saß und das schwarze glänzende Leder von allen Seiten knackig eng aussehen ließ. Lars zahlte und verließ *Friedlin* mit einem Gefühl von tiefem Wohlbehagen. Draußen im Tageslicht sahen er und Conny sich die Handschuhe noch einmal in Ruhe an, glitten elektrisiert mit ihren Fingern über das Leder, gaben sich einen Kuss und gingen dann von der Stadthausgasse weiter in Richtung Altstadt, um durch die malerischen Gassen von Basel zu bummeln.
In der Bar »Off« setzten sich Conny und Lars ans Fenster und bestellten zwei Cappuccini. Lars machte Fotos von seiner Frau, weil das Licht der Nachmittagssonne ihr Haar so kupfern leuchten und ihr Gesicht ganz weich erscheinen ließ. Er empfand sie als wunderschön in diesen Minuten. Auch Conny machte Fotos von Lars, bat ihn, sein Kinn auf die Hand zu stützen und den Kopf etwas zur Seite zu neigen. So mochte sie ihn, denn so erschien sein Gesicht markant und männlich. Conny zündete sich eine Zigarette an, nahm die Handschuhe aus ihrer Tasche und nestelte verträumt an den Ösen der Lederschnüre. Lars fotografierte jede Sequenz - wie sie das Leder befühlte und daran roch, wie sie den kleinen Aufkleber mit der Größenangabe aus dem Inneren knibbelte, wie sie Finger für Finger des Handschuhs glatt strich ... Doch als Conny die Handschuhe anziehen wollte, sagte er: »Nein, nicht jetzt.« Und bat mit leiser Stimme: »Lass uns die Vorfreude darauf noch bis zum Abend erhalten.«
Am Abend gingen Conny und Lars ins *Höffgen am Lammplatz*. Conny bestellte sich Forelle mit in Butter gebratenen Mandelblätt-

chen, Lars entschied sich für einen Sauerbraten mit Rotkraut und Semmelknödeln. Dazu tranken beide Wein. Conny hatte, wie Lars es sich gewünscht hatte, die Handschuhe mitgenommen und wollte sie anziehen, sobald sie mit dem Essen fertig war. Sie hatte sich eine Schachtel *Eve 120* gekauft, weil lange Zigaretten mit weißem Filter in ihrer schlanken Hand elegant wirkten.
Als der Sauerbraten und die Forelle serviert wurden, konnte Lars sich nur schwer auf seinen Teller konzentrieren, so gespannt war er auf Connys spezielles Dessert. Er aß hastiger als sonst und verschluckte sich an einer Nelke im Rotkraut, während Conny nicht minder aufgeregt den Kopf der Forelle abtrennte und den Fisch ungelenk filetierte. Die Mandeln waren köstlich und der Fisch ebenso. Als der Kellner abgeräumt hatte, war es endlich Zeit für den Nachtisch: Conny streifte sich die Handschuhe über und streckte ihre Arme über den Tisch, damit Lars die Lederbänder stramm ziehen und die Schleifen binden konnte. Dann zog sie ihren Lippenstift nach, nahm eine *Eve* aus der Schachtel und zündete sich die Zigarette an.
Lars' Augen leuchteten, als Conny ihre Hand zum Mund führte, einen tiefen Zug nahm und den Rauch lasziv in seine Richtung ausblies. Sie setzte den Filter der Zigarette genau an der richtigen Stelle ihrer karminrot geschminkten Lippen an und hielt sie exakt im richtigen Winkel, was gekonnt und erotisch aussah. Ihr ganzes Gesicht schien aus Lust zu bestehen. Conny konnte sehr ästhetisch rauchen - und erinnerte ihn mit ihren Handschuhen an Rita Hayworth in *Gilda*. Wie sie hatte Conny etwas Damenhaftes und Überlegen-Unnahbares.
Lars klebte mit seinen Augen an seiner Frau und empfand sie mit jedem Zug, den sie aus ihrer Zigarette nahm, dominanter. Sooft sie den Rauch inhalierte, schaute sie ihn provozierend an, führte dabei die Hand neben ihre Wange und hielt die Zigarette waagerecht zwischen Zeige- und Mittelfinger. Dann spitzte sie ihre weichen vollen Lippen und blies den Rauch wieder in seine Richtung. Wie selbstbewusst Conny in ihren Handschuhen wirkte, wie geil Lars das machte! Wie verrucht sie aussah mit ihren 46 Jahren. Und wie sehr er sie gerade jetzt begehrte.
Als Conny ihre Zigarette im Aschenbecher ausgedrückt hatte, sagte Lars: »Ich bin glücklich mit dir, Conny.« Dann schaute er sie lange an, streichelte ihre Hand und genoss es, wie ihre behandschuhten Fingerspitzen seine Zärtlichkeiten erwiderten. »Könntest du dir vorstellen, diese Handschuhe immer dann zu tragen, wenn du in der Öffentlichkeit rauchst?«, fragte er verschämt. »Sagen wir: immer dann, wenn wir in ein Café, eine Bar, in ein Restaurant oder in einen Club gehen?«

Conny lächelte ihn verschmitzt an. »Ich könnte den Handschuhen einen Stammplatz in meiner Handtasche geben«, sagte sie. »Und der Schachtel *Eve 120* auch.«
Lars nickte. »Magst du mir dieses Bild schenken?«
»Für immer?«, fragte Conny.
»Für immer!«, sagte Lars.
»Dann soll es so sein«, versprach Conny.
Am anderen Morgen lagen Conny und Lars im Ruheraum der Therme »Vita Classica« und entspannten auf den Liegestühlen im Silentio. Das Sonnenlicht flutete warm durch die Glaskuppel herein. Die deckenhohen Palmen im Raum und das Vogelgezwitscher vom Band ließen beide zufrieden die Augen schließen und dösen. Lars dachte darüber nach, wie es möglich war, dass er gestern Nacht in diesem Hotelzimmer mit der lachsfarbenen Bettwäsche, den Eichenmöbeln, den kalten Energiesparlampen und den Miro-Imitaten an den Wänden überhaupt einen hoch bekommen hatte. Aber sein Schwanz war hart wie Stein gewesen. In letzter Zeit hatte er eine solch heftige Erregung bei ihren zartharten Spielen nur mehr selten verspürt. Vielleicht war es der Sauerbraten, der nachgeholfen hatte, vielleicht das Viertel Eppenheimer Müller-Thurgau. Aber vielmehr waren es wohl die neuen Handschuhe.
»Denkst du auch gerade daran?«, fragte Conny.
»Und wie!«, antwortete Lars. »Du warst wunderbar gestern!«
»Nein, das meine ich nicht«, sagte Conny. »Ich dachte gerade an die zehn Jahre, die wir heute verheiratet sind.« Dann stand sie auf, gab Lars einen Kuss und sagte: »Danke für das schöne Wochenende. Und danke für all die Stunden mit dir - die alltäglichen wie die erotischen.« Aus ihrer Badetasche zog sie ein kleines ovales Päckchen, das sie liebevoll in Herzchenpapier eingewickelt und mit einer violetten Schleife versehen hatte. »Zur Rosenhochzeit«, flüsterte sie ihm ins Ohr.
Als Lars das Päckchen öffnete, fand er einen Plug aus Edelstahl darin, der am abgeflachten Kopf einen roten Glasstein eingearbeitet hatte. Sprachlos starrte er Conny an.
»Magst du diesen Plug immer dann tragen, wenn wir ausgehen?«, fragte sie. »Sagen wir: immer dann, wenn wir in ein Café, eine Bar, in ein Restaurant oder einen Club gehen?«
Lars lächelte. »Für immer?«
»Für die nächsten zehn Jahre würde schon reichen«, sagte Conny.
Sie nahm die Flasche mit Sonnencreme aus ihrer Badetasche, zog mit ihrer Linken Lars' Pofalte auseinander und verteilte ein paar Tropfen der Creme auf seinem Anus. Sie fuhr mit der Spitze des Plugs die Ritze entlang, tunkte dabei den Stahl in die Creme und drückte sanft gegen Lars' Rosette. Sie tippte mit der Spitze

nach vorn und zurück und fickte Lars ein bisschen, ohne in ihn einzudringen, stieß ihn in einem Rhythmus, als würde sie morsen. Dann arbeitete sie sich Millimeter für Millimeter in seinen Darm vor, dehnte Lars, spießte ihn auf, ohne dass sie einen Widerstand spürte. Als sie zur Hälfte in ihn eingedrungen war, zog sie den Plug wieder hinaus und glitt sofort wieder hinein - diesmal tiefer und weniger zärtlich. Bis ihr Geschenk tief in Lars' Po steckte und nur noch der rote Schmuckstein zu sehen war.
Lars' Schwanz war längst erigiert, als Conny ihr Werk vollendet hatte. Und die Vögel im Silentio hatten aufgehört zu zwitschern. Manchmal kann Glück ganz still und einfach sein.

Dom beim Friseur

Manfreds Demontage als Dom vollzieht sich im »Salon Haarscharf« stets kurz und schmerzlos. Beginnt in dem Moment, wo das Lehrmädchen ihm ein Halsband aus weißem Krepppapier umlegt, dass er aussieht wie Pfarrer Braun und nicht mehr wie »Dom Magnus«. Demütigend ist das! Und der traurige Anblick im Spiegel bedrückt Manfred nicht nur, sondern das Krepppapier schnürt ihm auch die Luft ab, weil es zu eng anliegt und er hektisch daran zerrt, noch während das Mädel ihm mit Schwung einen blauen Nylonumhang umlegt, der so weibisch aussieht, dass er sich wie eine Schwuchtel vorkommt. Nur sein Kopf guckt jetzt noch raus aus dem Umhang. Einfach jämmerlich - wie eine zwangsfeminisierte Schießbudenfigur, auf die man mit Bällen werfen kann. Drei Kreuzzeichen, dass niemand aus der Szene ihn dort sieht!
Das Azubi-Mädel dreht den Wasserhahn auf, mischt warm und kalt und dirigiert dann Manfreds Kopf in Richtung Spülstein. Er beugt sich tief runter und lässt sich von ihr nass machen. »Gut so oder noch was wärmer?« - »Nein! Gut so.« Manfred lässt die halbseidenen Zärtlichkeiten beim Einshampoonieren und Massieren über sich ergehen. Lässt es zu, dass ihm beim Abspülen des Schaums Wasser ins linke Ohr läuft, und kann kaum protestieren, als sein Kopf mit einem Handtuch trocken gerubbelt und sein Deckhaar lieblos nach vorn gekämmt wird. Er kommt sich hilflos vor. Fühlt sich entmündigt unter diesem Nylonponcho. Sitzt wie ein Häufchen Elend vor dem Spiegel und muss dort ausharren, bis Carolin kommt, weil die noch im Damensalon föhnt. »Einen Kaffee?« - »Ja.« Ein Kaffee wäre jetzt ein Rettungsboot für Manfreds Seele.
Dass ein Friseurstuhl für Dom Magnus kein Ort zum Relaxen, sondern seit jeher ein Folterstuhl ist, auf dem er Blut und Wasser schwitzt, hat seine Wurzeln in traumatischen Begegnungen mit Herrn Beckmann, seinem ersten Friseur. Der hatte dieses kleine Lädchen in der Kölner Schlenhofstraße. Freiwillig ging Manfred da nicht rein, sondern nur auf Geheiß seiner Mutter, die ihm fünf Mark in die Hand drückte und mit strengem Blick sagte: »Fassonschnitt!« Herr Beckmann war spezialisiert auf diese Frisur und nahm dann seine metallene Haarschneidemaschine, die wie ein Bienenschwarm summte, wenn er sie in Manfreds Nacken und an den Seiten des Kopfes entlangführte. Der schrecklichste Moment war, wenn Beckmann Manfreds Ohren umbog und dahinter mit der Maschine auf- und abging - das hörte sich an, als mähte er Rasen. Und was noch schlimmer war: Beckmann hielt dabei Manfreds Kopf mit eisernem Griff in Schneideposition und drückte so entschlossen

und kräftig mit der Spitze des Haarschneiders zu, dass sich die vibrierenden Klingen jedes Mal in seine Haut verbissen. Ergeben ließ Manfred es geschehen, was sollte er auch machen?
Wenn Beckmann fertig war, sah Manfred sich im Spiegel mit frei rasierten Ohren, die Seiten millimeterkurz, und auf dem Oberkopf nur so viel Haar, dass ein Kämmen kaum noch möglich war, denn die Haare sprangen immer wieder zurück in ihre Wuchsrichtung. Fassonschnitt! Wieder so kurz, wie Manfred es nicht haben wollte! Draußen an der Luft wurden seine Ohren sofort kalt und in seinem Nacken zog es.
»Nicht zu kurz« - das ist seit Beckmann Manfreds Mantra für einen Friseurbesuch. Doch das sagt sich leichter, als es getan ist, denn erstens ist »kurz« stets relativ und zweitens kann man eine Rechnung nie ohne den Friseur machen - und das waren nach Beckmann ausnahmslos Frauen. Gute Friseurinnen sehen natürlich, was Manfred meint. Aber die Guten sind selten. Die meisten tun nur so, als hörten sie zu, und ziehen ihr eigenes Ding durch. Oder hangeln sich beim Schnippeln ängstlich an der Form seines Hinterkopfes entlang und verstärken dessen Eiförmigkeit, anstatt sie zu kaschieren - was einfach wäre, wenn sie das Haar im Nacken nur lang genug lassen würden. Inzwischen bringt Manfred Fotos mit, die ihn von der Seite zeigen - das eine gut, das andere schlecht. Aber auch das hilft nicht, wenn der künstlerische Blick fehlt, den nur gute Friseurinnen haben. In solchen Fällen muss Dom Magnus sich eine der Damen erst mühsam erziehen!
Carolin kommt. Strahlt Manfred an, gibt ihm die Hand. »Entschuldigung«, sagt sie, »ich musste noch zu Ende föhnen.« Sie zieht ihr Wägelchen mit Bürsten, Kämmen und Föhn ein Stück näher zu sich, greift zur Schere, stellt sich hinter Manfred und fragt: »Wie immer?« Manfred nickt: »Wie immer.« Carolin ist hübsch. Sie hat kupferrotes Haar und ein perfektes Make-up. Eine grazile Frau mit grünen Augen. Eine, bei der Manfred vom ersten Moment am Druck ihrer Hand spürte, dass sie es ernst meint mit ihrer Profession. Wären da nur nicht die gelegentlichen Schwankungen in ihrer Tagesform ...
Manfred lehnt sich zurück, während Carolin zwei Strähnen am Hinterkopf nimmt und je einen Zentimeter abschneidet. »Ich hatte Pech am Wochenende«, sagt sie, hört für einen Moment auf mit dem Schneiden, legt ihre Hände auf Manfreds Schultern und presst ihn ein Stückchen tiefer in den Stuhl. »Uns sind von gestern bis heute früh vier Elektrogeräte im Haus kaputt gegangen.« Manfred schaut ungläubig in den Spiegel: »Vier?«
»Der Drucker, das Küchenradio, der Sat-Empfänger und am Ende die Mikrowelle.« Carolin neigt ihren Kopf wieder zu Manfreds Haar

und schnippelt eine weitere Strähne ab. »Die Stromleitungen sind marode«, sagt sie. »Lauter Kurzschlüsse!« Greift zur nächsten Strähne und will gerade weiterschneiden, als sie abstoppt, ihren Körper in Schnitthaltung belässt, Manfred im Spiegel anschaut und sagt: »Wir haben doch ein uraltes Haus, und der Vorbesitzer hat daran ziemlich rumgemurkst.«
Sie setzt an, um die Strähne endlich abzuschneiden, hält dann aber wieder inne. »Jetzt haben wir einen Profi kommen lassen. Und der hat alle Kabel neu verlegt.« Carolin macht schnipp und noch mal schnipp, nimmt die nächste Strähne und steht dann wieder aufrecht. »Mit Sommerurlaub wird das deshalb nichts in diesem Jahr. Mein Mann musste alle Zwischenwände neu einziehen. Die waren noch aus Holz ... viel zu gefährlich, falls mal was durchschmort.«
Manfred nickt stumm und beginnt, sich Sorgen um seinen Haarschnitt zu machen. Wenn sie diesen Stop-and-go-Rhythmus durchhält, wird das nichts mit seiner Frisur.
Sehnsüchtig denkt Manfred an Johanna. Die war von all den Dianas, Manuelas, Jennifers, Gulçans und Yalmans nicht nur die Beste, sondern auch die Schönste. Und die Einzige, auf deren Stuhl er sich in Sicherheit fühlte. Bei ihr konnte er die Augen schließen und sie einfach machen lassen. Spürte ihren traumhaft sicheren Griff. Hörte das Rauschen ihres Föhns - diesen hohlen hallenden Ton, und wie er sich vervielfältigte, wenn Johannas Kollegin am Platz nebenan das Haar eines Kunden parallel föhnte. Das war wie in einem Flugzeug, das über den Wolken flog.
Manfred konnte Johanna tief in sich fühlen, wenn sie von links oder rechts um ihn herumging und ihr Körper kurz seine Schultern berührte. Und riechen konnte er sie - diesen blumigen Duft, der aus ihrem eng geschnürten Dekolletee kam, wenn sie sich beim Schneiden nach vorn beugte und ihr Busen sich gegen seinen Nacken drückte. Manfred saß gern dort. Und wenn er die Augen wieder öffnete und die Brille aufsetzte, fühlte er sich wie neu geboren. Als er Johannas Salon eines Tages wegen Geschäftsaufgabe geschlossen vorfand, traf Manfred das hart. Dass Johanna privat in Grevenbroich wohnt, wusste er noch. Aber so sehr er auch googelte - er fand sie nicht mehr.
Carolins schnipp und schnippschnipp holt Manfred in die triste Gegenwart zurück. »Nacken so lang, dass man von vorn noch Haar an den Seiten überstehen sieht«, sagt er kleinlaut. »Sie wissen ja: nicht zu kurz!«
Carolin lässt die bisher geschnittenen Strähnen durch ihre Finger gleiten, prüft die Länge - »Alles im grünen Bereich!« - und presst Manfred dann wieder mit beiden Händen in den Stuhl. »Mein Mann hat sowieso gerade eine Flaute in seinem Job«, sagt sie, »da kann

er auch noch den Keller fliesen. Da stehen noch vier Paletten, die wir vor zwei Jahren als Schnäppchen im Baumarkt gekauft haben.« Schnipp macht es, und dann schnippschnippschnipp. Und dann wieder Stopp. Und dann weiß Manfred: Es ist heute nicht Carolins Tag. Und es wird auch seiner nicht, denn sie wird ihn plattquatschen. Sie wird sich - wie schon so oft - nicht auf sein Haar konzentrieren, sondern auf ihre Dönekes. Sein Haarschnitt wird am Ende scheiße aussehen, und er wird zu Hause vor dem Spiegel stehen, hier was zuppeln und da was zuppeln. Und sie verfluchen und sich selbst auch. Sie könnte ihm Glatze schneiden, denkt Manfred, und ihm mit Lippenstift »Carolin« auf seinen Schädel kritzeln - er würde sich nicht wehren, denn sie hatte ihn längst in der Hand.

Draußen in der Szene wäre das natürlich was anderes. Da würde er ihr schon die nötigen Flötentöne beibringen! Aber auf diesem Stuhl, unter diesem Schwuchtelponcho mit diesem Papierhalsband um, fühlt Manfred sich wie gelähmt. Da fehlt ihm einfach die Kraft - von Macht und Respekt ganz zu schweigen. »Ach Carolin«, denkt er still, »warum bist du keine Sub, die mir einfach nur dient?«

Venusfalle

Sie schrieb nicht »Sie sind groß - oder stark - und ich klein und fragil«. Sie schrieb auch nicht »Ich möchte aufschauen zu Ihnen« oder »Sie haben etwas, das ich nicht habe, aber gern hätte«. Sie schrieb einfach nur: »Von Ihnen könnte ich lernen.« Nicht mehr. Nur diese fünf Wörter!
Ihr Satz blinkte wie rote Leuchtdioden, als ich ihn zum ersten Mal las. Er sprang mich an und ließ mich innerlich zusammenzucken, denn ich spürte diese unsichtbaren Widerhaken an seiner fein geschliffenen Oberfläche: Ich ... könnte ... lernen. - Hieß nicht so ihre Botschaft, wenn man sie von fünf auf drei Wörter verkürzte? Was dann meinte: Ich bin noch grün. Ich bin noch nicht fertig. Und vielleicht auch: Ich mag staunen und wissen wollen. Oder: Ich könnte mir vorstellen, von Ihnen an die Hand genommen zu werden, um zu erfahren, was ich bisher noch nie erfahren habe.
»Sie hätten das Zeug dazu«, schien sie zu sagen. »Von Ihnen würde ich annehmen können.« - Von Ihnen!
Sie umgarnte mich! Sie schlich sich von hintenrum an mich ran. Hievte mich mit weiblicher Raffinesse auf die oberste Stufe eines imaginären Treppchens, das sie vor mir aufgestellt hatte. Und sie siezte mich. Baute einen kleinen artigen Abstand zwischen uns ein, indem sie mich zum Lehrer machte und sich selbst zur Elevin erkärte - zu meiner Schülerin.
Wie viel von seinem Zauber hätte ihr Satz verloren, hätte sie »möchte ich lernen« geschrieben, was wie ein Zerren an meinem Jackett gewirkt hätte. Natürlich wollte sie! Aber mit dem »könnte ich lernen« umschrieb sie ihr Wollen so, dass es zurückhaltend, fast schüchtern wirkte. Anständige Mädchen bitten nicht, schon gar nicht auf drängende Art. Sie deuten an, was ihnen gefällt, und überlassen es dem Mann, ihre Wünsche zu erfüllen oder nicht. Ein bisschen old fashioned, ohne Zweifel. Aber mit unwiderstehlichem Charme!
Sie hauchte ihr Sehnen so leise, dass es kaum vernehmbar war. Und schloss vorsichtig ihre Tür auf, sodass ich eintreten konnte, wann immer ich wollte. »Kein Muss, nur eine Möglichkeit ... nur falls Sie es wirklich mögen!«, lautete ihre Botschaft. Dabei hatte sie längst den Flakon geöffnet und ließ ihren lockenden Duft verströmen, der mich unwiderstehlich anzog.
Lernen kann man vieles - und lehren auch. So wie man auch Sätze bauen kann, hinter denen Fragezeichen zu stehen scheinen, obwohl sie von Beginn an mit einem Ausrufezeichen versehen waren. Doch ums Lernen oder um meine Lebenserfahrung ging es ihr gar

nicht; auch nicht um mein Wissen oder um meine Reife. Reif und wissend war sie selbst. Allenfalls mochte sie Neugier auf mein Mannsein verspüren, auf meine Dominanz oder das Gefühl meiner Nähe. Deshalb schmierte sie mir klebrige Honigwörter auf Augen und Lippen, um mich in ihre Venusfalle zu locken. »Komm!«, hieß die Shortmessage ihres Klingelsatzes. Und folgte ich ihren Worten, würde ich schon ankommen. So kapriziös sie sich vor mir gab, so kinderleicht machte sie es mir.
Je länger ich über sie nachdachte, desto mehr ahnte ich, dass sie mich in der virtuellen Welt ausgiebig studiert haben musste, bevor sie mir schrieb, und sich längst ein Bild von mir gemacht hatte - was nicht schwer ist, wenn man die Sprachspuren verfolgt, die jemand in einem öffentlichen Forum hinterlassen hat. Sie konnte mich fühlen, konnte mich sehen im Spiegel meiner eigenen Worte und wusste daher, dass man mich nur über Sprache erreichen kann und sonst gar nicht.
»Von Ihnen könnte ich lernen« - das war der Pfeil, mit dem sie auf mich zielte wie eine Jägerin auf ihr Wild. Deshalb zitterten meine Finger, als ich ansetzte, um ihr zurückzuschreiben. Zitterten - weil ich spürte, wie sehr wir uns bereits kannten, ohne uns kennengelernt zu haben.

Liliput

Sie hatte ihn im Laufe der Jahre klein gemacht - oder klein gekriegt, je nachdem, aus welchem Blickwinkel man es betrachten wollte. So klein jedenfalls, dass er inzwischen weit mehr als einen Kopf kürzer war.
Seine ersten Zentimeter hatte er in Dutzenden von Kleinkriegen mit ihr gelassen. Ganz allmählich war er vom Großkotz zum Kleinlaut geschrumpft und schrieb inzwischen auch E-Mails und Briefe nur noch in Kleinbuchstaben. Er trat in seinem Leben kürzer, wo er konnte. Hatte gelernt, ihr jede Kleinigkeit von den Lippen abzulesen und ausnahmslos mit seinem Kleinhirn zu denken. So hatte er mehr und mehr an Größe verloren und war irgendwann zu einem Zwerg geworden - zu »Liliput«, wie sie ihn spöttisch nannte. So winzig, dass er von ursprünglich 1,76 m auf ein Zehntel geschrumpft war: auf lächerliche 17,6 cm. Damit passte er exakt in ihre Handtasche.
Sein Kompaktmaß hatte eine Menge Vorteile: Denn Lili war billig in der Haltung. Er konnte von ihr überall mit hingenommen werden und war 24/7 für sie verfügbar. Andere Sklaven wären daran längst zerbrochen, wären in Therapie gegangen oder so sehr geschrumpft, dass man sie gar nicht mehr hätte sehen können. Lili aber war ein zäher Wicht. Nachts schlief er in ihrem linken Pumps wie in einem Himmelbett und schaute sie tagsüber stets von ganz tief unten an. Auf Augenhöhe mit ihr kam er schon lange nicht mehr.
Und trotzdem hatte Lili keinen Grund zu klagen! Denn was nicht geschrumpft war, war sein Schwanz - der hatte im ausgefahrenen Zustand nach wie vor stolze 18 × 4,5 cm! Das war wichtig für sein Selbstbewusstsein, denn so blieb ihm die Genugtuung, besser zu sein als ihr Vibrator, denn er summte nicht und brauchte keine Batterien.
Sex mit Liliput war ein bisschen gewöhnungsbedürftig, zugegeben: Wenn sie ihn an ihre Vagina flanschte, hielt er sich an ihren Schamhaaren fest und rammelte, was das Zeug hielt. Das war irgendwie pervers, sah aber putzig aus.
Insgesamt war sie zufrieden mit Lili. Wenn sie ihn peitschte, schrie er zwar so leise, dass man es kaum hören konnte, aber seine Winzigkeit brachte sie immer wieder auf neue Ideen. So nahm sie oft seinen Kopf zwischen ihre Zähne und speichelte ihn von oben bis unten ein. Manchmal stopfte sie ihn in einen Luftballon, den sie halb aufblies und dann durchs Zimmer titschte. Das hatte er gern. Manchmal steckte sie ihn zwischen ihre Arschbacken und ließ ihn zappeln. Das mochte er. Wenn ihm Tränen in die Augen schossen,

nahm sie eine Lupe, um sein schmerzverzerrtes Gesicht besser sehen zu können. Das hasste er.
Wenn sie besonders sadistisch gestimmt war, ging sie mit Lili im Wald spazieren. Sie machte ihn dort mit einer langen dünnen Leine an ihrem linken Stiefel fest - und los ging's. Zungentraining nannte sie das, denn die hing ihm schon nach wenigen Metern aus dem Hals, weil er zwölf Schritte machen musste, wo sie nur einen zu tun brauchte. - Von wegen kürzertreten! Lililein rannte dann in Trippelschritten neben ihr her bis zur Erschöpfung. Wenn er nicht mehr konnte, schleifte sie ihn hinter sich her: durch Pfützen, über Pflaster und Asphalt und manchmal auch durch Hundekacke.
Das war die Strafe dafür, dass seine Zunge so winzig war, denn in oraler Hinsicht kam sie eindeutig zu kurz bei Liliput. Machte aber nix, denn dafür hatte sie Emil. Bei Emil war es genau andersherum: Er hatte einen kleinen Schwanz, aber dafür einen großen Kopf. Auch wenn nur Stroh darin war, so war seine Zunge schön lang und feucht. Für irgendetwas war Mann ja immer gut.
Wenn sie Emil zum Lecken bestellte, steckte sie Lili in ihr Hartschalen-Brillenetui von Fielmann. Das war bitter für Lili, aber man kann eben nicht alles im Leben haben. - Es sei denn, man ist dominant.

Zweieinhalb Stunden

Die Nacht im Hotel ist unruhig für ihn, weil er nicht in den Tiefschlaf kommt. Immer wieder greift er zur Armbanduhr, sieht Uhrzeiten wie 3:40 oder 4:10. Gegen Morgen, als das Licht durch die Vorhänge fällt, bindet er sich sein Unterhemd über die Augen, legt sich auf den Rücken. Um 8:22 Uhr wird er wach, duscht. Um 8:43 Uhr tippt er ins Handy ein: »Magic night. Magic morning. Und ein ganzer Samstag nur für uns. Breakfast now. Max.«

Er geht er in den Frühstückssaal und wartet auf sie. Es ist voll und ungemütlich dort. Hinten links sitzt er, in Nähe des Fensters, und tankt Kraft. Während er seine Vorfreude auf sie genießt, isst er schon mal geeiste Krabben mit Rührei. Trinkt Kaffee und holt sich zwei Brötchen vom Büfett. Die schmiert er, während er wartet, und schaut immer wieder auf das Display seines Handys. Isst die erste Brötchenhälfte, isst die zweite. Um 9:19 Uhr piepst es. Eine SMS von ihr: »Bin auch schon auf. Brauche aber noch ein bisschen Zeit.«

Er holt sich Schinken und Mortadella, schenkt sich Kaffee ein und isst das zweite Brötchen. Genießt die Vorstellung, einen ganzen Frühlingstag mit ihr vor sich zu haben, ehe er am späten Abend wieder abreisen muss. »Wie lange ist ein bisschen?«, fragt er sich und holt sich einen Joghurt. Isst aus Langeweile noch ein Bircher Müsli. Von draußen arbeiten sich die Strahlen der Morgensonne auf seinen Frühstückstisch vor.

Oben im Hotelzimmer stellt er sich ans Fenster, raucht eine Zigarette und schaut auf die Taxis, die unten im Zufallsrhythmus vorfahren. Aber aus keinem der Wagen steigt sie aus. Er tippt in sein Handy »Bin wieder im Zimmer; zweites Frühstück mit dir, sobald du einschneist.«

9:29 Uhr. Sie sitzt an ihrem Schreibtisch, hat ihr Handy ausgestellt und klickt am PC noch einmal durch die Mails der letzten Tage. Liest Schlüsselsätze von ihm, die sie rot hervorgehoben hat. Sätze wie »Wenn ich dich zu sehr liebe, kann ich dich nicht schlagen« oder »Zu viel Nähe ist nicht gut für meinen Turnaround.« Oder »Lust entsteht für mich immer dann, wenn etwas Aggressives hinzukommt.« Sie versteht ihn gut. Aber sie will kein Weichei, das sie in Seidenpapier wickelt und auf watteweichen Händen trägt, sondern einen Mann, der sie packt und kalt erwischt. Nur wie kann sie ihn dazu kriegen, dass er von Liebe auf Härte umschaltet, wenn er sie dominiert?

9:40 Uhr. Er macht Fotos mit Selbstauslöser in Zimmer 352. Aber sie gefallen ihm nicht, er sieht zu übermüdet aus. Er putzt sich die

Zähne, schaut abermals aus dem Fenster. Die Uhr kriecht auf 9:50, auf 10:05. Noch immer schaut er auf die Taxis, weiß nicht, was er tun soll. Im Zimmer bleiben an diesem strahlend blauen Tag? Sich in die Bar setzen? Noch einen Kakao trinken? Ach was - ein »bisschen« Zeit ist bei Frauen stets eine Spur mehr als nur ein bisschen.
Um 10:20 zieht er seine Jacke an und geht hinunter in den Park. Die Sonne ist schon warm, und die Menschen sitzen auf den Bänken am kleinen See. Er setzt sich ebenfalls, hält es aber nur kurz aus. Geht zu Edeka, kauft sich Zigaretten, geht zu Deichmann und schaut sich gedankenverloren Schuhe an. Irgendwas muss passiert sein, warum sie nicht kommt, warum sie nicht zurückruft. Er geht zum Park zurück, setzt sich wieder auf die Bank; fühlt, wie seine Stimmung umschlägt.
10:33 Uhr. Seit Tagen hatte sie sich gefragt, wie sie es anstellen könnte, aus seinen Streichelfingern Führungshände zu machen und wie sie dieses klebrige Füreinander demontieren könnte, das seine Dominanz zu ersticken drohte. Bis sie auf die Idee kam, ihn in seiner Eitelkeit zu verletzen, denn das war sein wunder Punkt. Sie würde ihn einfach warten lassen, um ihn zu kränken - zwei Stunden oder auch ein bisschen länger. Bis er wütend auf sie wäre und sich sein Wunsch nach Nähe in Zorn verwandelt hätte. »Ein ganzer Samstag nur für uns« - daraus würde nichts werden. Aber ein halber Samstag - dafür ein »richtiger« -, das wäre noch möglich.
10:44 Uhr. Er wählt ihre Handynummer - aber nur die Mailbox springt an. Wieso hat sie das Gerät nicht an? Dass er durchhänge, sagt er. Dass er im Park sitze und nicht wisse, was los sei. Wo sie denn bleibe? Dass er sich um elf wohl ins Auto setzen und sich ein bisschen die Stadt anschauen werde. Um sich keine Blöße zu geben, hat er seine Worte ruhig gesprochen, obwohl er alles andere als ruhig war. Die Enttäuschung in seiner Stimme hat er aber nicht verbergen können und auch nicht verbergen wollen.
Er beginnt, sich darin zu verbeißen, dass sie nicht an ihn denkt, ist enttäuscht, dass sie nicht mit demselben Tempo zu ihm fliegt, wie er zu ihr geflogen ist, denn kostbare Zeit verrinnt - Zeit, auf die er sich seit Wochen gefreut hat! Er verbeißt sich in den Gedanken, dass sie einfach abgetaucht ist und schweigt. Jede andere, die er kennt, hätte ihn angerufen und gesagt: »Ich komme später.« Was geht in ihr vor, dass sie ihn einfach so hängen lässt? Was tut sie? Wo ist sie? Er fühlt sich wie ein Navi ohne Satellitenkontakt.
11:03. Sie hört ihre Mailbox ab und schmunzelt. Aber sie antwortet nicht. Zieht in aller Ruhe ihre Dessous an, die Nylons, die Heels, wirft sich ein Frühlingskleid über, ruft ein Taxi an und wartet draußen. Um 11:11 steigt sie ein, nennt dem Fahrer die Hoteladresse. Auf der Fahrt dorthin überlegt sie, was sie ihrem

Dom erzählen wird, damit er ihr Spiel nicht sofort durchschaut. Fabuliert Geschichten, die ihm erklären sollen, wo sie war und was sie am Morgen getan hat - so detailgenau und logisch durchdacht, dass er nicht sicher sein könnte, ob sie flunkerte oder nicht.
Um 11:14 fährt er trotzig Richtung Innenstadt. Will im Mediamarkt in den CD-Regalen stöbern. Zorn steigt in ihm auf und daneben Verletztheit. Wie wenig denkt sie an ihn? Glaubt sie, dass die Welt nur um sie kreist?
Um 11:36 klingelt sein Handy. »Wo bist du denn?«, hört er sie säuseln.
»Im Parkhaus am Dom«, sagt er.
»Ich bin im Hotel«, antwortet sie. »Ich hab an deiner Zimmertür geklopft, aber niemand hat aufgemacht. Jetzt stehe ich an der Rezeption.«
»Hast du deine Mailbox nicht abgehört?«, fragt er.
»Der Akku war leer«, sagt sie. »Ich musste ihn erst aufladen.«
Gequält antwortet er: »Gut, ich komme. In 15 Minuten bin ich da.«
»Hab ich was falsch gemacht?«, fragt sie besorgt.
»Du hast mich zweieinhalb Stunden warten lassen«, sagt er, »ohne dass ich wusste, wo du warst.«
Als er zum Hotel zurückfährt, geht es ihm besser. Er genießt schadenfroh die Vorstellung, wie baff sie gewesen sein musste, als sie an die Tür klopfte und niemand ihr aufmachte - wie verloren auch sie sich gefühlt haben musste. »Jetzt sind wir quitt!«, murmelt er.
Sein Blick ist eiskalt, als er sie in der Halle auf einem rot-weiß karierten Sessel sitzen sieht. Sein Lächeln wirkt wie gefroren, und für eine Umarmung fehlt ihm das Gefühl. Es rauscht in seinem Kopf, als sie zu reden beginnt und sich ihm erklärt.
»Ich bin gestern Nacht todmüde ins Bett gefallen«, sagt sie. »Nach meiner Morgen-SMS bin ich noch einen Moment im Bett liegen geblieben. Ich bin eingeschlafen und wurde erst wieder wach, als die Müllmänner um kurz nach zehn mit viel Getöse die Tonnen geleert haben. Als ich auf die Uhr geschaut habe, habe ich einen richtigen Schreck gekriegt. Ich bin aus dem Bett gesprungen, hab geduscht, mich zurecht gemacht, mir die Nägel rosarot lackiert - so, wie du es dir gewünscht hast. Dabei war ich wohl ein bisschen hektisch und hab den Lack verschmiert. Weil der Nagellackentferner verbraucht war, musste ich alles noch mal mit Dunkelrot überlackieren. Als ich dann endlich angezogen war, habe ich festgestellt, dass ich nicht mehr genug Bargeld fürs Taxi hatte, also musste ich erstmal mit der Bahn zur nächsten Sparkasse fahren und Geld aus dem Automaten ziehen. Dann wollte ich dir noch was mitbringen und hab diese Seidenrose gekauft. Endlich saß ich im Taxi, hab mich gefreut auf

dich, aber als ich dann endlich da war, vor deiner Zimmertür stand, machte niemand auf. Ich dachte zuerst, du wärst im Haus unterwegs, aber ich konnte dich nirgendwo finden. Ich war total enttäuscht, richtig traurig über diesen ganzen verkorksten Morgen.«

Er glaubt ihr nicht, hört ihr nicht einmal richtig zu. Verbeißt sich noch immer darin, dass sie sich zwischendurch nicht bei ihm gemeldet hat, dass ihr Handy abgestellt war. Reitet wie besessen darauf herum, dass sie nicht an ihn gedacht hat, treibt sie in die Enge, jagt sie mit seinen Worten, drängt sie mit ihrem Rücken gegen die Wand. Sie lässt seine Schimpfkanonade über sich ergehen. Spürt, wie sein Zorn wächst und seine Augen unkontrolliert blitzen - und genießt es. Setzt noch eins drauf, als kein Satz und kein Gegenargument mehr helfen. Schreit heraus, was ihn fuchsteufelswild macht: »Ich bin es nicht gewöhnt, mich abzumelden oder immer auf die Minute genau zu definieren, wann ich wo sein werde. Und ich will es auch nicht gewöhnt sein.«

Als sich die Tür des Hotelzimmers hinter ihnen schließt, will er sie schlagen, so hart und so fest, wie er noch nie zuvor eine Frau geschlagen hat. Sie lächelt, spürt das Donnergrollen seiner Wut und genießt, was in ihm vorgeht. Sieht, wie sich seine Augen in schmale Schlitze verwandeln, blickt auf seine Hände, die scheinbar zu Pranken werden. Weiß: Sie hat ihn jetzt da, wo sie ihn haben wollte. Sie schließt ihre Augen und wartet, dass er ihr ins Gesicht schlägt und sie mit aller Kraft ohrfeigt. Beißt die Zähne zusammen, um ihre Zunge zu schützen, sobald die Innenflächen seiner Hände auf ihre Wangen treffen. Sie zählt still: eins - zwei - drei ...

Aber es passiert nichts, denn als er spürt, dass es ein Schlagen aus Zorn wäre und nicht aus Lust, hält er inne.

Als sie enttäuscht ihre Augen öffnet, denkt sie: »Weichei!«

Er nimmt sie in den Arm und sagt: »Nur ein einziger Anruf zwischendurch, eine winzige Entschuldigung - und alles wäre gut gewesen.«

Scheinbar resigniert legt auch sie ihre Arme um ihn und murmelt zärtlich: »Du verdammter Wollsockenträger.«

»Wollsockenträger?«, fragt er.

»Watte-Dom«, sagt sie.

»Fickschleimdose«, schimpft er.

»Gesichtsgulasch«, faucht sie zurück.

»Kaktusmöse« raunt er ihr ins Ohr.

»Dottersack«, erwidert sie trotzig.

»Schluckramme«, brüllt er - und wirft sie aufs Bett, bindet ihr die Arme auf den Rücken und nimmt sie nach allen Regeln der Kunst. Ein letzter Stoß, bevor sie kommt. Dann fliegt sie - und schenkt ihm ihr schönstes Siegerlächeln.

Schattenwelt

[Virtuelles Lächeln]

Er hatte ihr Pic »03f1.jpg« auf seinem PC geöffnet. Ein Bild, bei dem sie die Kamera etwas nach oben gehalten hatte, was ihre Gesichtszüge plastischer erscheinen ließ. Ein Bild, das sie in warmem weichem Licht zeigte - aus derselben Distanz, aus der er sie auch real betrachtet hätte: 35 bis 40 cm. Nicht zu nah, dass sie verschwimmen würde, und doch weit genug, dass er sie noch als Ganzes sähe - im Grenzbereich jener Aura, die er hätte spüren können, wenn er ihr körperlich nah gewesen wäre.
Er hatte das Pic auf 180 Prozent vergrößert und fuhr mit seinen Augen die Linie entlang, die von ihrer linken Wange zum Kinn und von dort die rechte Wange wieder hoch führte. Er mochte diesen Halbkreis, weil er weich war und fragil. So zart wie ihre Lippen, die geschlossen ein bisschen so wirkten, als wären sie leicht angespannt. Es waren schüchterne Lippen. Lippen, denen er ansah, dass sie sich nur zögernd auf seine eingelassen hätten. Lippen, die ihre Unsicherheit und ihr Ringen mit sich selbst zeigten. Ganz ursprünglich wirkte sie auf ihn, ganz ungestellt. Er konnte spüren, wie ihre Wangen glühten, und er hörte sie durch die Nase atmen.
Sie war ihm nah auf diesem Pic, obwohl sie ihre Augen geschlossen hatte. Er hätte - wenn es kein Bild gewesen wäre - mit Zeige-, Mittel- und Ringfinger die Haut ihrer linken Wange berührt. Mag sein, dass die Kuppen seiner Finger ein wenig feucht gewesen wären und gezittert hätten. Mag sein, dass er nichts getan hätte, als nur diese drei Fingerspitzen auf ihre Haut zu legen und dann zu warten. Dass er die Luft angehalten und sie gebannt angestarrt hätte, um zu sehen, wie ihre Reaktion auf diese erste Berührung von ihm gewesen wäre, ob ihre Nasenflügel gezuckt hätten und ihr Kopf still geblieben wäre oder ob sie versucht hätte, sich in seine Hand zu schmiegen. Er wäre mit seinen Fingerkuppen auf ihrer Wange spazieren gegangen, so langsam es ging. An ihrem Kieferknochen schließlich hätte er mit der Seitenfläche seines Daumens ihre Lippen berührt. Zuerst die Oberlinie, dann die Unterlinie. Kaum spürbar wäre das gewesen - wie ein Windhauch. Und dann hätte sein Daumen nach links zu streicheln begonnen bis zur Spitze ihres Mundwinkels und an der Unterlippe wieder zurück, während seine linke Hand ihre andere Wange berührt hätte, was ihr vermutlich ein Lächeln entlockt hätte. Er hätte mit beiden Daumen über ihre Nasenwurzel gestrichen, während die Finger seiner Hände sich auf ihre Kieferknochen gelegt hätten, dicht unterhalb der Ohren, wo

ihr Hals ansetzte. Und immer wieder hätte er geschaut, wie ihr Mund reagierte, um jede Nuance ihres Empfindens mit seinen Augen still zu genießen.
Ein virtuelles Lächeln kann etwas Wunderbares sein, wenn man es mitten in der Nacht auf dem Monitor anschaut. Aber bei allem Zauber blieb es doch nur ein Bild, bei dem seine Sehnsucht und sein Wollen nichts ausrichten konnten. Ein Bild, das wie ein Fetzen roten Chiffons im Geäst eines Gebüschs hing und hilflos im Wind flatterte.

[Trittspuren]

War sie online, so leuchtete das Pünktchen neben ihrem Avatar grün, was ihm annähernd so erschien, als hörte er sie atmen. Natürlich war das wenig, aber »Grün« war zumindest ein Lebenszeichen. Was sie dachte und was sie bewegte, konnte er ja schwarz auf weiß im Forum nachlesen. Erstaunlich, wie oft sie dort einer Meinung waren! Manchmal standen sie in einem Thread sogar direkt untereinander. Mal er unter ihr, ein andermal sie unter seinen Kommentaren.
Wie oft war er auf ihr Profil gegangen, um nachzuschauen, ob sie dort was geändert hatte. Wunderschöne YouTube-Links hatte sie eingestellt! Jeden Song hatte er gehört und sich gefragt, was sie wohl an den Liedern und Texten finden mochte. Auch ihre Profilbilder sprachen Bände. Im September hatte sie ihren fünftausendsten Kommentar abgegeben. Fünftausend in knapp zwei Jahren! Und im Mai war er für ihren achtzigtausendsten Fremdaufruf verantwortlich, ohne dass sie es gemerkt hätte. Er konnte an diesem Tag nicht einschlafen und hatte sie nachts von 79764 auf 80000 hochgeklickt. Hoch sollte sie leben!
Manchmal kam es ihm vor, als sei er eine Art virtueller Schutzbengel, der über sie wachte - zumindest über ihre Gedanken. Nicht dass er jemals eingegriffen hätte, das wäre der Nähe zu viel gewesen. Aber er registrierte sie still. Er beobachtete sie, las aus ihren Worten, hielt sich auf dem Laufenden. Sprache ist eben immer ein Spiegel der Seele. Ihren Nick im Suchfeld eingeben und »Go!« - schon war er bei ihr.
Doch mit der Zeit waren ihre Sätze, an deren Wörter er sich geheftet hatte, zu Trittspuren im Schnee für ihn geworden. Wenn er sie las, machte es ihn melancholisch, weil er das Licht nicht mehr fand, von dem die Sätze abstrahlten; stattdessen nur Schemen und blasse Schatten. Ihre Worte wie Obst in einem Supermarkt, das er nie an Bäumen hatte wachsen sehen.

Solange er hier war, hatte er sich nicht daran gewöhnen können, dass Nicks nur schreiben, aber nicht reden konnten. Er hörte ihre Stimmen nicht, sondern sah nur Sprechblasen. Wenn er mit einer Nadel in die Haut eines Avatars stach, spürte der nichts. Deshalb war auch sie nur noch halb für ihn und zunehmend unwirklich geworden. Manchmal hatte er versucht, neue Vokabeln für diesen seltsamen Zustand zu finden, hatte eigene Wörter geschaffen - Wörter wie »Sehnsu«, »Verlang« oder »Näh«, denen ein oder mehrere Buchstaben fehlten. Diese Lücken passten zu seinem Empfinden, das genauso halb und gebrochen war wie diese skelettierten Wortspuren.

Im Laufe der Monate war diese ganze Schattenwelt für ihn zu einem großen Marionettentheater geworden - mit geschnitzten Figuren, in denen nicht wirklich Herzen schlugen. Er hatte in dieser Welt immer wieder Kostüme angezogen und sich Masken aufgesetzt, um dann wie ein Puppenspieler an langen Fäden zu ziehen. Wie der liebe Gott, der das Welttheater orchestriert.

Tatsächlich konnte man mit Avataren tolldreiste Stücke aufführen, wenn man Regisseur war. Man konnte Komödien oder Rührstücke geben, die vor Sehnsucht trieften, oder Boxkämpfe inszenieren, die über zehn Runden gingen - weil Avatare keine Augen haben und folglich nicht weinen können, wenn sie am Kopf getroffen werden. Man konnte General spielen und seine Soldaten von hohen Hügeln aus dirigieren, von wo aus keine Gesichter mehr zu sehen sind, sondern nur Formationen. Aus solcher Distanz schickt man Krieger leichter in die Schlacht. Und in der Schattenwelt sterben sie nicht einmal, weil kein Blut fließt. Blut fließt nur dort, wo auch Körper sind. Wie sonst hätte sie überleben können auf dieser Bühne?

[Heimat]

Für sie war die virtuelle Welt eine Heimat. Eine körperlose Insel im unbegrenzt weiten Gedankenozean, in der sie sich Raum und Zeit passend gemacht hatte. Ein Ausweichquartier, wo Geist und Seele in einer eigenen, neuen Welt zusammenflossen. Sie hatte es sich dort bequem gemacht und sich eingerichtet. Er jedoch war dort nur Zaungast.

Weil sie beide seit Kindertagen an Sprache gewöhnt waren und ihnen das, was sie gedruckt fanden, näher war als das, was nur gesprochen wurde, hatten sie sich dort miteinander verwoben. All ihre wie im Frühlingsrausch fallen gelassenen Sätze hatten sie in Kistchen und Dosen und später in großen Fässern gesammelt. Kein Buchstabe ging dabei verloren. Und so, wie sie gegenseitig

ihren Wortregen auffingen, hatten sie auch einander aufgefangen, hatten sich akribisch abgespeichert mit Datum, Uhrzeit und Suchfunktionen von A bis Z, sodass sie auch jetzt noch das Zeitfenster an jedem Punkt öffnen konnten, sofern sie nur wollten.
Mit den Wochen und Monaten hatten sie sich gegenseitig ein Gefühl angehängt, das da war wie Musik. Es vibrierte dann und waberte in der Brust, und ihre Bäuche wurden zu Resonanzkörpern mit Tief- und Hochtönern. An diesen Stimmungen hatten sie sich abgearbeitet - in Hunderten von E-Mails wie auch in Sprachreflexen auf anderer Ebene. Gegenseitig hatten sie sich Stoff für ihre Seelen gegeben, dem Tosen ihrer Gemütszustände gelauscht, es wortakrobatisch umgesetzt und sich dann ihre Schriftzeichen einverleibt.
Sie hatten ihr Fühlen und später auch ihr Denken seziert und es in kleine und große Sätze gepackt, hatten diese Sätze verschachtelt und ihre verzweigten Gedankensätze noch länger und immer noch vielschichtiger gemacht. Als gingen sie auf den Buchstabenstrich, machten sie sich nackt füreinander, pflügten sich und ihre Schriftzeichen unter - und bluteten am Ende ihre Aufzeichnungen aus.
Manchmal waren sie perplex, wenn sie einander das Wort aus dem Mund nahmen, noch bevor sie etwas zu Ende gesagt hatten. *Sein* Wort oder *ihr* Wort - das war dann ununterscheidbar. Und wie etwas gemeint und gedeint war und dass es vielleicht ganz anders gedacht als gesagt war und vielleicht überhaupt weder gewusst noch gesagt werden sollte - auch dafür entwickelten sie einen Sinn.
Sie kamen einander auf diese Weise so nah, dass sie sich nicht einmal anzufassen brauchten, wurden zu sensiblen Wortfotografen, die den Augenblick auf jeweils eigene Weise einfingen. Sie schrieb ihn auf wie Licht, das durch ein Objektiv fällt, und er tat dasselbe, indem er wortreich die Konturen ihrer Silhouette nachzeichnete.
Sie konnten mit zwei Welten jonglieren und dabei säuberlich die erlebte Welt von der fiktionalen trennen. Ihre Schattenzeilen machten sie zu Märchenerzählern - zu kongenialen Sprachgestaltern, die in die Töpfe ihrer Erinnerung griffen und aus den Zutaten verwegene Buchstabenmenüs zauberten. Nur sie konnten unterscheiden, was in ihren Texten erfunden und was tatsächlich geschehen war. Sie hielten das eine vom anderen strikt getrennt, sodass es nie zu einer Vermischung dieser beiden Welten kam.
Dass sie nur für sich und füreinander schrieben, auch wenn es alle lesen konnten, das wussten nur sie. Und dieses Wissen hatte etwas Verschwörerisches - etwas von Heimat, das sie auch dann noch verband, als sie sich im Virtuellen längst verloren hatten.
So stand am Ende das Wort - wie am Anfang auch.

Fisimatenten

Es klingelt Sturm an mein klein Reihenhäuschen und mir schwant nichts Gutes, als ich die Tür aufmach. - Und Recht hab ich: Da steht mein Kumpel Werner im Regen wie ein begossener Pudel und hat den Kopp eingezogen bis anne Rippen.
»Anton«, sagt der Werner für mich, »es tut mich schrecklich leid, aber du musst mich noch mal helfen.«
»Schon wieder?«, frag ich, »dat letzte Mal war doch erst vor zwei Wochen!«
Ich weiß«, sagt der Werner, »aber ich sitz tief inne Scheiße drin!«
»Wieder eine abgemurkst?«, frag ich.
»Jau«, sagt der Werner, und patscht mit seine Wurstfinger linkisch auf meine Schulter. »Nur noch einmal ... danach pass ich auch auf.«
»Du spinnst doch! Dat ist jetzt die fünfte Leiche in elf Wochen, die du mich anschleppst«, sag ich. »Du bist doch panne im Kopp!«
»Nein, bin ich nich«, sagt der Werner, »aber konnt ich wissen, dat die Schickse auf Luftabschnüren steht, wo ich doch null Erfahrung mit Atemspiele hab?«
»Dann pimper doch ausnahmsweise mal ganz normal mit deine Tussen«, sag ich, »und lass den ganzen Stuss mit Sadomaso doch einfach sein!«
»Dat lag doch nich an mir«, sagt der Werner, »diesmal lag dat an dem Kopp von der Supp. Der war so dick, dat ich die Plastiktüte vom Aldi nich schnell genug abgekriegt hab. Und als ich mit meine Finger ein Loch gemacht hab, da wo der Mund war, da war sie schon mausetot. Nur die Beine zappelten noch'n bisken.«
»Du Pannekopp«, schrei ich den Werner an, »du hast doch 'n Haschmich! Und jetzt brauchse wieder'n Doofen wie mich, der die Alte mit dich in den Villeforst schleppt und'n tiefes Loch auf'm Kuschelfriedhof buddelt, wa? Weisse eigentlich, wie matschig dat is bei dem Regen?«
»Allein schaff ich dat nich«, stöhnt der Werner. »Wat glaubse, wat ich schon malocht hab, um dat Mädl die Treppe vonne 3. Etage runterzukriegen und in'n Kofferraum von meine Karre zu tun. Wir hab'n doch kein Fahrstuhl im Haus!«
»Dann such dich nich immer so Kavensmänner als Weiber!«, sag ich barsch.
»Mit Hungerhippen kann ich aber nich, Anton«, sagt der Werner, »dat weißt du doch. Wenn ich spiel, brauch ich schon'n paar Pfünnekes inne Hand.«
»Ich weiß«, sag ich, »deshalb is die Conny vor zwei Wochen ja auch mit'm ordentlichen Rumms vonne Decke gefallen!«

»Dat lag an dem Dübel und nich an mir«, sagt der Werner. »Und wenn ich se nich anne Füße aufgehängt hätte und wenn se nich direkt auf'm Kopp gekracht wär, dann hätt'se sich auch den Hals nich gebrochen.«
»Und wat is mit die, die dich beim Nadeln abgekratzt is?«
»Die war Bluterin - dat konnt ich nich wissen«, sagt der Werner.
»Und die Tattoo-Moni?«
»Die konnte dat Passwort nicht sagen, weil se gestottert hat. Die hat bei »Kwietsche-Ente« dat K nich rausgekriegt! Dat konnte ich aber nich wissen, weil ich mich mit meinen Supps ja nie unterhalte. Kwatschen is nich mein Ding!«
»Aber dat mit dem Reizstrom bei der Elvira - dat hättest du merken können«, sag ich.
»Dat lag am Trafo«, sagt der Werner. »Wie hätte ich denn sehen können, dat der kaputt war? Dat kann man nur riechen! - Konnt ich auch ... aber da war et schon zu spät.«
Ach, Werner, denk ich still für mich, du bis einfach ein lausiger Schusselkopp. Einer, der blind herumtappst, wenn er den großen Meister spielt. Ein Dummdom, bei dem Hopfen und Malz verloren is. Werner sieht, dat ich denke und guckt mich von schräg unten an.
»Kommse jetzt mit graben, Anton?«, fragt er kleinlaut.
»Aber nur, wenn du mit deine Fisimatenten in Zukunft aufhörs«, sag ich.
»Ehrenwort«, sagt der Werner und spreizt seine Wurstfinger zum Schwur.
»Dann is ja gut«, sag ich und flitz - weil er ja mein Kumpel is - in den Keller, zieh den Klappspaten ausse Ecke, hol meine Gummistiefel samt Regenmantel und geh noch mal inne Bar, steck mich den Flachmann mit Wacholder ein, weil dat beim Graben im Wald nich auszuhalten ist mit dem Verwesungsgeruch von den Supps. Dat riecht strenger, als wie der Werner in seinem Leben jemals dominant war.
Als mein Wernerken dann losfährt zum Villeforst und den Schotterweg hinter mein Haus runterbraust, bollert die Leiche im Kofferraum gegen dat Blech von seinem Opel.
»Die is aber noch ganz schön aufmüpfig«, sag ich.
»War auch 'ne Switscherin«, sagt der Werner und lacht sich eins, dat seine Bronchien zu pfeifen anfangen.
»Kannse nich auch mal switschen?«, frag ich, »vielleicht wär dat dann alles einfacher für dich.«
»Damit mich datselbe passiert wie meine Tussis?«, fragt der Werner.
»Da hasse auch wieder recht«, sag ich. Und denk still: Ganz so'n Dullmann, wie der tut, is der Werner eben doch nich.

Singin' in the Rain

Die Frau im roten Nylon-Overall hing zappelnd in Schräglage über der Schulter des Mannes, der ihre Hände wie in einem Schraubstock hinter ihrem Rücken festhielt. Ein zweiter Mann tanzte vor ihr wie Gene Kelly und sang *I'm singin' in the rain*. Schlug bei *rain* mit seiner Gerte auf den Oberarm der Frau, dass sie aufschrie. Sang weiter - *What a glorious feeling* - und presste ihr einen roten Gummiball zwischen die Zähne, fixierte ihn, indem er dreimal Tesafilm um ihr Gesicht wickelte. Während die Frau stöhnend ihren Kopf sinken ließ, sang der Mann weiter - *The sun's in my heart and I'm ready for love* - und gab ihr beim Wort *love* eine schallende Ohrfeige. Dann setzte der erste Mann die Frau auf dem Parkettboden ab, ohne ihre Hände loszulassen, während der zweite Mann den Stoff ihres Overalls über ihren Brüsten nach vorn zog und mit einer Schere die beiden Stoffspitzen abschnitt, sodass die Brüste freilagen. Dann bückte sich der Mann, schnitt der Frau längs das linke Hosenbein auf, schnippelte sich von Becken und Hüfte weiter bis zum Hals nach oben vor und schälte genüsslich ihren Körper aus dem Overall. *I'll walk down the lane with a happy refrain.* Als sie nackt vor ihm stand, zog der Mann seine Hose aus - *I'm ready for love* - und drang in sie ein.

Im Regen zu singen, war seit diesen bizarren Bildern zur fixen Idee für meine SM-Fantasie geworden - nur herrschte im Rheinland herrlichster Sommer, als ich auf den Geschmack kam: »36 Grad - und es wird noch heißer«, versprach die Wetterfee der *Tagesschau* mit einem sadistischen Lächeln. Der Himmel über Deutschland war azurblau, denn das Hoch über Europa war störrisch stabil. Es war windstill draußen, und die Wolken bewegten sich weder süd- noch westwärts. Das ersehnte Tief aber saß in weiter Ferne fest - irgendwo über Russland.

Ich vertrieb mir die Wartezeit auf schlechteres Wetter, indem ich zur Einstimmung für den Tag X nach einer Regenfetischistin googelte. Gab Wörter wie »Schauer«, »regnen«, »Regentropfen« und »Wolkenbruch« in die Suchmaschine ein und fand schließlich »Schirmchen« im World Wide Web.

»Schirmchen« (die eigentlich Anna hieß), schrieb mir, wie sie schon als Kind von durchsichtigen Regenschirmen begeistert war. Weil man die Welt und die Wolken so schön dadurch beobachten konnte.

»Wenn der Schirm durchsichtig ist, kann man trotzdem die Welt sehen, auch wenn sie grau und unwirtlich ist«, verriet sie mir im

Chat. Dann beschrieb sie, wie es klang, wenn Regentropfen auf ihren Schirm auftrafen und eine Melodie spielten, die mehr war als nur ein Prasseln und Trommeln.
»Schirme sind geil«, gestand sie, »weil man mit ihnen alles im Griff hat«. Ob sie den Plastikschirm noch habe, fragte ich. »Nein, ich ließ ihn im Bus liegen«, schrieb sie. »Ich fand ihn ganz toll, so lange ich ihn hatte, aber ich wollte ihn auch nie ersetzen. Manchmal ist Faszination nur einmalig.«
Meinerseits erzählte ich Anna von diesem Doppelschirm, den ich besaß, und der zusammengeklappt wie ein Single-Modell aussah, aber aufgeklappt zwei Menschen trocken hielt. Zweimal habe ich damit an Ampeln wildfremde Frauen bei einem Platzregen über einen Zebrastreifen geführt. Aber wie Anna hatte ich den Schirm dann liegen gelassen - im Zug, nicht im Bus. Zwei Jahre später fand ich dasselbe Modell bei einem Kölner Schirmhändler wieder. Ich kaufte ihn, hütete ihn wie meinen Augapfel, aber dann lieh ich ihn einem Freund, dessen Tochter die komplizierte Mechanik beim Schließen zerbrach. Nichts mehr zu machen seitdem.
»Immerhin hatte ich eine zweite Chance«, schrieb ich Anna, »und weiß nun, wie das ist, wenn Faszinationen sich wiederholen.« Ich versprach ihr, bei eBay einen Schirm aus Plastik für sie zu ersteigern, den ich dann mitbringen würde, wenn wir uns sähen. Schirmchen-Anna willigte ein und schenkte mir als Dank ein Zitat aus einem Buch von Rahel Varnhagen, in dem es hieß: »Ich lass das Leben auf mich regnen.«

So chatteten, mailten und telefonierten wir uns zwei Wochen lang warm für den Tag, an dem es draußen wie aus Eimern schütten würde.
Eines Abends dann ließ uns die Wetterfee endlich hoffen. Ein starker Nordwind hatte eingesetzt, der die Wolken in der Nacht Richtung Schleswig-Holstein und von dort ins Rheinland wehen würde. Wir waren aufgeregt wie Teenies und sangen uns, während von Norden das Tief heranbrauste, am Telefon Lieder vor, die allesamt mit Regen zu tun hatten. Sangen uns durch die Historie des deutschen Pop - von den Prinzen (*Regen, Regen ... Ich bin nicht dagegen / Ich hab nichts dagegen*) über Mary Roos (*Hamburg im Regen / Ein Schirm und wir zwei / Ich bin geborgen / Und fühl mich so frei*) bis hin zu Stephan Sulke (*Weißt du noch / In dem doofen Schirm da war ein Loch / Da hast du mich lachend angesehn / und um mich war's geschehn*).
Später wechselten wir zu britischem Pop über. Ich schmetterte *Oo, I hear laughter in the rain / Walking hand in hand with the one I love*. Und sie säuselte zurück: *Rain, feel it on my fingertips / Hear*

it on my window pane. Wir sangen im Duett *Here comes the rain again / Falling on my head like a memory,* wir schmetterten Burt Bacharachs *Raindrops keep falling on my head* und rappten mit Rhianna *You can stand under my umbrella.* Am Ende waren wir heiser und legten ELOs *Concerto for a Rainy Day* auf, hörten still zu: *The good intentions and the pain / Lay drowned now in the pouring rain.* Dann gingen wir schlafen.

Am Tag, als der Regen kam, trafen wir uns im Kölner Rheinpark. Es schüttete Katzen und Hunde vom Himmel, und je näher ich Schirmchen-Anna kam, desto nervöser wurde ich. Anna stand ohne Schirm unter einer Kastanie und war pitschnass. Ich hielt den Plastikschirm, den ich tatsächlich für sie ersteigert hatte, gegen die peitschenden Windböen und ging mit Riesenschritten auf sie zu. Sah beim Näherkommen, wie sich ihre Brüste provozierend unter dem nassen T-Shirt abzeichneten.
»Zieh dich aus«, sagte ich, als ich den Schirm über sie hielt und sie küsste, »du holst dir sonst den Tod in den nassen Klamotten.« Anna tat, was ich wünschte, zog sich aus bis auf die Haut. Vom Himmel goss ein Bach, und Anna wischte sich die Strähnen aus dem Gesicht. Sie verstand meinen Blick ohne Worte, folgte meinem Fingerzeig und kletterte auf den kniehohen Marmorsockel auf der Wiese vor der Kastanie. Als es am Himmel donnergrollte, reckte sie ihren Arsch zu den Wolken, als wartete sie darauf, dass ein Blitz in sie einfährt. Und da sah ich plötzlich, was zu tun war: Ich klappte den Schirm zu, fasste den Griff und piekte ihr die metallene Spitze so tief in den Hintern, bis sie darin Halt fand.
Anna riss ihren Mund weit auf, als die Regentropfen in einem plötzlichen Schwall die Außenhaut des Schirms hinunterperlten und sich in ihrer Arschritze sammelten, von der aus sie wie ein Wasserfall ihre nackte Fut hinunterjagten. *I'm laughing at clouds, so dark, up above,* schoss es mir durch den Kopf. Anna schrie voller Lust durch den menschenleeren Park, und als wollte ich ihr Schreien übertönen, begann ich zu singen: *The sun's in my heart and I'm ready for love.* Beim Wort *love* scheuerte ich ihr eine, dass der Plastikschirm in ihrem Hintern nur so wackelte. Ohne ihn aus seiner delikaten Position zu entfernen, spannte ich den Schirm auf. Nicht ganz, nur ein Stück, sodass er trichterförmig aus ihrem Hintern aufragte. Das Regenwasser sammelte sich darin und drückte die Spitze des Schirms immer tiefer. Je mehr Wasser sich dort ansammelte, desto heftiger arbeitete Anna mit ihrem Schließmuskel dagegen an. Ich beobachtete das aufreizende Schauspiel eine lange Weile und trat dann vor sie, zog meine Hose aus - *just singin' in the rain.* Anna riss ihren Mund weit auf - *The sun's in my heart* - und schluckte.

Immer wenn es regnet, muss ich an sie denken.
Nass bis auf die Haut, so lag sie da.
A-N-N-A
Wie war das da bei Dada?
Von hinten wie von vorn: A-N-N-A
Komik ist Tragik in Spiegelschrift.
Von hinten wie von vorne.
Dein Name sei gesegnet.
Ich denk an dich, immer wenn es regnet.

Die Hoffnung stirbt zuletzt

Der Karin vorschnell zu unterstellen, dass ihr der Wolfgang gleichgültig sei, wäre ungerecht. Immerhin hat sie ihn ja in den Kleiderschrank des Gästezimmers gesperrt, nachdem der Wolfgang drei Wochen lang gequengelt hatte, dass er mal eine Nacht gefesselt im Schrank verbringen wolle (sagte mir die Karin zumindest am Telefon). Dass der Wolfgang nach zweieinhalb Stunden wieder aus dem Schrank rausgekrabbelt ist (wie - das bleibt sein Geheimnis!), kann man der Karin nicht ankreiden. Schließlich hat sie ihm seinen Wunsch erfüllt - und damit gut! Schuld an der verkorksten Nummer ist allein der Wolfgang, denn mit dem geht die Fantasie manchmal ziemlich durch! Wie auch in diesem SM-Shop, in den er ja unbedingt mit der Karin reinwollte. Da bekam er große Augen, als er all die Strap-ons aus Leder und Latex und Plexiglas sah. Nahm jeden Einzelnen in die Hand, prüfte die Belastbarkeit der Riemen und hielt die Kunstschwänze vor Karins Fötzchen, um deren Länge und Dicke zu begutachten (sagte mir Karin am Telefon). Die Karin hat den Wolfgang noch gewarnt: »Nimm für den Anfang besser einen kleinen Plug zum Üben. So ein Riesenteil zerreißt dir den Arsch.« Aber der Wolfgang hörte nicht, nahm den dicksten Dildo, den er kriegen konnte, und ging stolz wie Oskar zur Kasse, um zu bezahlen. Dabei hätte der Wolfgang wissen können - wenn nicht müssen! -, dass die Karin mit einem Dildo von 5 cm Durchmesser nicht in seinen untrainierten Arsch reinkommt, denn immerhin ist der Wolfgang Arzt und sollte sich auskennen mit der Dehnbarkeit von Schließmuskeln. Aber der Wolfgang kann ziemlich verbohrt sein, wenn er sich was in den Kopf gesetzt hat (was nach all dem, was ich über den Wolfgang weiß, meine ganz private Meinung ist).

Andererseits kann auch die Karin verbohrt sein, wenn sie was will. Und den Wolfgang zum Beispiel, den wollte sie unbedingt (hat mir die Karin mal am Telefon gesagt). Sie war da 1995 auf einer jener Medizinerfeten, die Weichen im Leben stellen. Sie als Philosophiestudentin im 1. Semester traf dort den Wolfgang, der ganz hinten allein in der Ecke stand - mit Brille, Akne und ziemlich gehemmt, als sie ihn ansprach. Als Mann wenig selbstbewusst und unerfahren, war er genau der Richtige für sie, weil ihr so einer nicht von der Fahne gehen würde (zumindest ist das meine Schlussfolgerung). Und sie ist eben auch die Richtige für Wolfgang, denn Karin ist eine überaus attraktive Frau, die schon vor ihrem Philosophiestudium wusste, worin das weibliche Kapital besteht. Mit SM hatte sie vor Wolfgang nicht das Geringste zu tun; das hat sie alles von ihm und ihm zuliebe gelernt.

Warum ich und meine Liebste überhaupt mit Karin und Wolfgang in Kontakt kamen? Das liegt daran, dass wir die beiden vor 9 Jahren im Internet kennengelernt haben, weil der Wolfgang (wie wir) ein Paar zum Spielen suchte. Aber es zog sich mit den beiden wie Kaugummi. Wir hangelten uns von Abendessen zu Abendessen und von Telefonat zu Telefonat, ohne dass da irgendwas ans Laufen kam. Was haben wir geklönt mit denen! Über Kunst und Literatur, über Musik und Architektur. Über Kindererziehung, Plasma- und LCD-Fernseher und natürlich über gutes Essen. Wolfgang konnte wunderbare Geschichten über Wein erzählen, hat sogar eine große Sammlung in seinem Keller. (Bei den beiden zu Hause waren wir allerdings nie; wenn wir uns trafen, dann immer nur in Restaurants.) Karin wiederum war hellauf begeistert von allem, was mit Kultur zu tun hatte: Sie war zum Beispiel extra nach Berlin geflogen, um Lang Lang live zu hören. Mit *Ryanair* kommt man ja auch sonst überall hin: zur Kunstmesse nach Basel, nach Mailand zum Shoppen und für einen Wochenendtrip nach Prag oder Wien. Kostet ja nichts, wenn man früh genug bucht (und einen Arzt als Mann hat - aber das ist meine ganz private Sichtweise. Vielleicht bin ich ja nur neidisch auf die viele Kohle vom Wolfgang).
Wochenlang haben wir alle vier auf diese Weise um den heißen Brei herumgeredet. Alles stimmig und auf hohem Niveau. Ungeheuer viele Gemeinsamkeiten zwischen uns, ein wirklich sympathisches Paar! Nur zur Sache kamen wir nicht, denn kurz vor dem 8. Treffen (wo nach all dem Reden endlich eine gemeinsame Session angedacht war) zogen die beiden nach Süddeutschland. Wolfgang hatte eine Stelle als Oberarzt an einer Klinik in Bayern bekommen (seit drei Jahren ist er dort sogar Chefarzt).
Wir telefonieren seitdem alle paar Monate. Und so weiß ich, dass die Karin ziemliche Probleme mit der Erziehung ihrer Kinder hat (eines sechs, das andere acht Jahre alt); die sind zickig und schwierig und wohl auch faul in der Schule. Der Wolfgang kriegt nicht viel davon mit, weil er ständig Überstunden schiebt und nebenbei noch Privatpatienten abrechnet. (»Irgendwo muss das Geld ja herkommen«, sagte die Karin mal.) Aber immerhin hat sich die Karin trotz des ganzen Stresses einen Traum erfüllen können, den sie schon zu Studienzeiten hatte: eine philosophische Praxis! Die hat ihr der Wolfgang eingerichtet und aus steuerlichen Gründen in die Einliegerwohnung seines Hauses verlegt. Karin gibt dort Kurse wie »Was ist Glück?« oder »Erfüllt leben in Muße«. Das rechnet sich ökonomisch noch nicht, aber es läuft zumindest an. (»Die Hoffnung stirbt zuletzt«, sagte Karin mal scherzhaft am Telefon.)
Auch mit SM läuft nicht mehr viel, seitdem die Kinder zur Schule gehen. Die müssen ja abends erst ins Bett gebracht werden und

eingeschlafen sein. Und das ist meist spät - viel zu spät für Karin. Daher leben die beiden momentan SM auf Sparflamme. Ab und an bestellt die Karin was Schönes aus einem Online-Shop. Ein Unterbrustkorsett mit vielen Schnallen zum Beispiel, weil der Wolfgang so was liebt. Oder ein paar Handschuhe aus Latex - in Schwarz oder in Rot, Hauptsache oberarmlang. Dem Wolfgang hat sie sogar erlaubt, eine Spandexleggins und ein rotes Korsett im Haus zu tragen, weil der aus unerfindlichen Gründen plötzlich auf Feminisierung steht. (»Das soll ich aber für mich behalten«, sagte die Karin am Telefon.) Da schickt sie ihn manchmal mit Nylons unter der Hose ins Krankenhaus oder legt ihm einen Keuschheitsgürtel aus Metall an. Dafür lässt der Wolfgang sogar seine Mercedes-C-Klasse stehen und radelt morgens 12 Kilometer mit eingequetschtem Schwanz zum Krankenhaus und ist ganz fickrig, wenn er den Kernspintomografen anwirft, dass er mit all den Metallteilen an seinem Arsch nicht am Magneten hängen bleibt.
Wie ich oben schon schrieb: Der Karin zu unterstellen, dass ihr der Wolfgang gleichgültig sei, ist ungerecht. Zwei- bis dreimal im Jahr geht sie mit ihm sogar in ein Münchner Studio, um dort heiße Fotos von sich machen zu lassen (»Wolfgangs neue Spiegelreflex hat einundzwanzig Millionen Pixel«, sagte mir die Karin). Die Lady, der das Studio gehört, kommt hinterher sogar mit dazu und peitscht den Wolfgang ein bisschen. Aber das hat die Karin vorher mit der Lady abgesprochen. Karin unterstützt den Wolfgang in seinen Neigungen eben, wo es geht.
Am Ende unserer Telefonate sagt die Karin immer dasselbe: Dass meine Liebste und ich unbedingt mal vorbeikommen sollen, wenn wir mal im Raum München sind. Der Wolfgang habe ganz tolle Restaurants entdeckt. Das Essen in Bayern sei besser, als man denkt, und der Wein komme ja eh von woanders her. Aber man könne natürlich auch zu Hause mal was kochen. Seit letzten Monat steht die neue Küche von *Bulthaup* - alles in Pergamon und Schokobraun. Da könne der Wolfgang ja mal Zofe spielen und uns alle bedienen (sagt die Karin und lacht). Oder wir könnten uns die Fotos aus dem Studio anschauen. Die könne der Wolfgang sogar digital auf dem neuen 46-Zoll-Fernseher wiedergeben - in HD-Qualität. Aber wir sollten frühzeitig anrufen, denn man hätte zunehmend gesellschaftliche Verpflichtungen und sei nach wie vor mit *Ryanair* unterwegs, wenngleich jetzt mit zwei nervenden Kindern.
Am Ende eines solchen Telefonats signalisiere ich stets mein Interesse an einem Besuch, allerdings ohne konkret und verbindlich zu werden. Schließlich ist es immer gut, einen Arzt zu kennen. Wenn meine Liebste oder ich mal ernsthaft krank sind, wissen wir, an wen wir uns wenden können (aber das denke ich still für mich, ohne es

der Karin zu sagen). Und wenn einer von uns mal depressiv werden sollte, kann man ja auch mal einen Kurs bei Karin belegen. Und vielleicht ... wenn die Kinder mal groß sind ... irgendwann ...
Die Hoffnung stirbt eben zuletzt! (Übrigens ein schöner Kurstitel für Karins Praxis! - Das werde ich ihr beim nächsten Telefonat mal vorschlagen.)

Hautfarbene Strümpfe

Ich habe sie in all den Jahren nicht ein einziges Mal nackt gesehen. Auch nicht in Slip und BH oder im Nachthemd oder einem Sleepshirt. Wenn sie zu Bett ging, verschloss sie die Schlafzimmertür hinter sich und öffnete sie erst am anderen Morgen wieder, nachdem sie schon angezogen war. Wenn sie sich wusch oder duschen ging, kündigte sie das vorher an und schloss dann die Badezimmertür ab. Auch wenn sie zur Toilette ging, drehte sie stets von innen den Schlüssel um. Eine Ausnahme machte sie nur, wenn sie krank war. Dann trug sie einen rosafarbenen Morgenmantel, den sie bis obenhin zugeknöpft hatte, und verbarg die Haut zwischen Brustbein und ihrem Hals mit einem Seidenschal vor mir.

Worüber sie allerdings hin und wieder Andeutungen machte, war ihr zu kleiner Busen. Sie hatte zwar keine Komplexe deswegen, aber ärgerte sich nach mancher Stippvisite in der Miederwarenabteilung von *Karstadt* (einen Dessous-Shop hat sie in ihrem Leben nie betreten!) über die geringe Auswahl an Büstenhaltern. In ihrer kleinen Körbchengröße fand sie selten etwas Passendes, und auch ihre Bikinis waren nie mit etwas anderem ausgefüllt gewesen als mit dicken Schaumstoffeinlagen. »Bin halt Schneewittchen«, sagte sie, »kein Arsch und keine Tittchen«.

Ich kann mich nicht erinnern, jemals farbige Slips (sie nannte sie »Unterhöschen«), einen Tanga oder gewagte Dessous auf ihrem Wäscheständer hängen gesehen zu haben. Ihre Unterwäsche war immer nur weiß - ohne jegliche Applikationen - und von allen Seiten blickdicht. Ihre Strümpfe und Strumpfhosen lagen ungeordnet in der obersten Schublade des Kleiderschranks. Und alle waren sie hautfarben, auch die beiden Strapsgürtel. Sie besaß keine Netzstrümpfe, keine Nylons mit Naht, keine Satin Sheers mit Spitze, nur eine einzige schwarze Strumpfhose war darunter - und die harrte in ungeöffneter Verpackung auf ihren Einsatz bei möglichen Beerdigungen.

Zwei von den hautfarbenen Strümpfen habe ich ihr gestohlen, als ich vierzehn war. Sie hatten Laufmaschen und wurden deshalb von ihr nicht mehr getragen. Mit diesen Strümpfen konnte man sich herrlich selbst fesseln, weil sie sich eng an die Fußgelenke und Knie schmiegten, wenn man feste zuzog. Nur bei den Knoten musste man aufpassen, denn die gingen hinterher nur schwer wieder auf.

Als ich zehn war, spielte sie mit mir an einem regnerischen Oktobernachmittag »Indianer«, fesselte mich in der Küche auf einen Holzstuhl mit hoher Lehne, schlang eine Wäscheleine aus Hanf um meine Füße und wickelte sie die Beine hoch über den Bauch bis um meinen Hals. Mit einer zweiten Leine band sie mir meine Arme an die Streben von Lehne und Sitz - nicht zu fest, aber doch unverrückbar - und verknote alles fachgerecht, sodass ich mich nicht mehr rühren konnte. Dann machte sie einen Knoten in ihren Seidenschal, knebelte mich damit, ging aus der Küche und sah mir durchs Fenster von außen zu, wie ich mich in den Fesseln wand und loszukommen versuchte. Ohne es zu wollen und wohl auch, ohne es zu wissen, hat sie an diesem Nachmittag die entscheidenden Weichen für meine Sexualität gestellt.

Jahre später erzählte sie mir von einer Freundin, die in einem Essener Bordell arbeitete und sie aus Jux in die »Gurke« (so nannte man den Puff dort) mitgenommen hatte. Sie stand an diesem Abend im Nebenzimmer des Playrooms hinter einem durchsichtigen Spiegel und sah gebannt zu, wie die Freundin einen Freier mit langen Seilen auf einen Stuhl fesselte, ihm die Augen verband und ihm einen Knebel zwischen die Zähne steckte. »Eine strenge Dame«, sagte sie, »eine Perverse«. Und schaute verlegen zur Seite, als sie hinzufügte: »Eine Frau, die Männer schlägt.«

Die geflochtene Hundepeitsche fand ich im untersten Regal des Vorratsschranks in der Küche. Ich war zwölf, als ich sie entdeckte, und hatte Spaß, sie spielerisch durch die Luft sausen zu lassen und mich darin zu üben, sie mit einem bestimmten Schwung zu schlagen, bis an ihrer Spitze ein kurzer Knall zu hören war. Als ich nach einer Woche erneut mit der Peitsche knallen wollte, war sie weg. Irgendwie traute ich mich nicht nachzufragen, wo sie geblieben war, denn intuitiv spürte ich, dass diese Peitsche nicht in einen Vorratsschrank zwischen Mehl, Zucker und geschälten Möhrchen in Gläsern gehörte. Später fand ich sie dann in einer Schublade des Wohnzimmers wieder, und noch später unter der Matratze ihres Bettes.

Überhaupt gab es kaum Spuren ihrer Sexualität in der Wohnung. Mit fünfzehn hatte ich jeden Schrank und jede Schublade abgesucht, um mir ein Bild davon zu machen, was zwischen ihr und meinem Vater nachts wohl heimlich passierte. Aber ich fand wenig: ein benutztes und zusammengeknotetes Präservativ in der Schublade des Nachttischs und im Klappfach darunter eine kleine Pappschachtel mit der Aufschrift »Blausiegel«. In der linken Wohnzimmerschrankschublade (hinter den sorgfältig zusammengefalteten Tischdecken) lagen ein alter »Playboy« und ein Kartenspiel. Als ich es aus der Plexiglashülle nahm, sah ich lauter nackte Männer und Frauen darauf, die fickten oder sich leckten. Die kurzen Texte unter den Bildern waren auf Dänisch. Aber sooft ich später das Kartenspiel zur Hand nahm, um mich zu den Bildern selbst zu befriedigen, fand ich es immer in derselben Position, in der ich es zurückgelegt hatte. Niemand außer mir schien sich dafür zu interessieren.

Als ich mit sechzehn meine erste Freundin hatte und Mutter meinte, mich aufklären zu müssen, machte sie wenig Federlesen. »Zieh ihn raus«, lautete ihr erotisches Credo. »Zieh ihn einfach früh genug raus, dann kann nichts passieren.« - Was mich viele Wochen des Nachdenkens darüber kostete, ob ich ihn dann überhaupt reinstecken sollte und was wohl »früh genug« wäre und was »zu spät«.
Auch über die Liebe hatte Mutter eine sehr eigenwillige Meinung. »Es gibt keine«, sagte sie, »die Liebe vergeht, wenn man nicht mehr jung ist.« Und dann erzählte sie, wie die Zähne meines Vaters vom Rauchen gelb geworden waren, wie sein Speichel Fäden beim Sprechen zog und sie ihn nicht mehr küssen konnte deswegen. Und wie er im Laufe der Jahre immer fetter geworden war und nach Schweiß roch und sie deshalb seinen Körper nicht mehr begehrte.
An einem schwülen Augustabend (mitten im »Summer of Love«) saßen wir in der Küche und redeten. Radio Luxemburg lief im Hintergrund und spielte die Charts rauf und runter: *Those were the Days* von Mary Hopkin, *Fire* von Arthur Brown, *World* von den Bee Gees und *Es wird Nacht, Señorita* von Udo Jürgens. Sie erzählte von ihrem Jugendfreund, auf dessen Herrenfahrrad sie mitgefahren war, mit gespreizten Beinen auf der Stange sitzend, die Füße auf dem Lenker. Und dass ihr Vater sie dafür mitten auf der Straße ins Gesicht geschlagen und ihr die Nase gebrochen hatte. Aber anstatt weiterzuerzählen, ging sie zum Radio, drehte den Ton lauter und sang Udos Liedzeile: *Nimm mich mit in dein Bettchen, ich will gar nichts von dir.* Beim Wort *Bettchen* schaute sie mich mit einem Lächeln an, das irgendwo zwischen kokett und prüde lag. Und als Udo sang *Etwas Liebe vielleicht - ich bin müde vom Wandern*, da wurde ihre Stimme kräftiger und ihre Gesichtszüge wurden mutiger. Irgendwann hielt sie inne und sang nur noch flüsternd weiter: *Doch ich lieb dich auch dann - nicht so schlecht wie die andern.*
Einmal sah ich sie im Bali-Kino am Hauptbahnhof, wo in der Nachmittagsvorstellung der *Stewardessen-Report* lief. Sie saß allein in der dritten Reihe und starrte auf die Leinwand wie ein kleines Kind, dem man die große weite Welt zeigte. Erkannt hatte ich sie am Profil und an ihrem Lachen, als die Stimme aus dem Off die Sequenz von einer startenden *Lufthansa*-Maschine und zwei winkenden Flugbegleiterinnen mit dem Satz kommentierte: »Sie fliegen durch die Lüfte, vögeln gleich.« Als der Flugkapitän in der nächsten Filmszene seine Hose runterließ und die Stewardessen damit begannen, ihm einen zu blasen, verließ ich das Kino - ihr zuliebe. Ich wollte nicht, dass Mutter mich entdeckte und sich wochenlang vor Verlegenheit grämen würde, weil ich sie dort gesehen hatte.
Manchmal erzählte sie mir morgens von Filmen, die am Abend zuvor im Fernsehen gesendet worden waren, redete von Fassbinders

Martha, wo eine am Rollstuhl gefesselte Frau von einem Sadisten gequält wurde. Wollte wissen, wie ich dazu stand, dass in diesem Film jemand eine brennende Zigarette auf Marthas Haut ausgedrückt hatte. Und immer wieder erwähnte sie *Belle de Jour*, wo offenbar ein Mann auf allen Vieren um einen Tisch herumkroch, empörte sich über die Szene, in der Cathérine Deneuve aus der Kutsche gezerrt, an einen Baum gefesselt, entblößt und dann ausgepeitscht wurde. Aber in Wahrheit wollte sie sich gar nicht empören, sondern reden mit mir - über das, was sie still fasziniert hatte und von dem sie nicht wusste, ob es gut oder doch nur »pervers« war. Aber wir schafften es nicht, darüber zu reden. Scheiterten daran bis zuletzt. Beließen es beim Nacherzählen der Szenen, ohne uns gegenseitig offen zu legen, was uns mit all den bizarren Bildern verband.

Als sie nach dem Infarkt auf der Intensivstation lag, war ihr Herzmuskel schon so weit abgestorben, dass es nur noch zwei statt der üblichen sechs Liter pumpte. Ihr Leben hing mit einem Mal an diesem Ballonkatheder, der ihre verschlossenen Gefäße aufweitete und ihre Herzschlagfrequenz knapp über 100 hielt. Fiel dieser Wert auf 85, wurde sie müde; fiel er darunter, schlief sie ein. Fünf Tage lang hielt ich zwischen piepsenden Instrumenten, Arztvisiten und ihren Albträumen ihre Hand. Streichelte in jenen Stunden die Versäumnisse zwischen mir und ihr aus ihrer Haut. Und doch zog sie, wann immer sie wach wurde, ihre Hand schnell unter meiner weg. Sie konnte es nicht zulassen, von jemandem berührt zu werden. So wenig, wie sie im Leben selbst jemanden berühren oder umarmen konnte, ohne dabei linkisch und gekünstelt zu wirken.

Als sie gestorben war, fand ich 34 Packungen mit jeweils 50 Tabletten *Lexotanil* (ein Anti-Depressivum), die sie in ihrem Schminkkoffer, in den Innentaschen ihrer Jacken, in ihren Handtaschen, zwischen ihren Pullovern und T-Shirts, hinter Bilderrahmen und Schränken sowie in leeren Keksdosen versteckt hatte. Ein Rezept dafür hatte sie weder von ihrem Hausarzt noch von einem ihrer anderen Ärzte bekommen. Irgendjemand aus ihrem Bekanntenkreis muss ihr das *Lexotanil* besorgt haben. Wer genau, habe ich nie erfahren, und wie lange und in wie hohen Dosen sie die »Glückspillen« genommen hat, weiß ich auch nicht.

Saure Ananas

Ja, ich weiß noch. Weiß noch gut, wie wir damals voreinander standen. Ich wollte mir gerade die Zähne putzen, war noch im Bad, als du an der Tür klopftest. Und als ich öffnete, standest du da, stürmtest einfach ins Zimmer hinein. Sagtest was, das ich nicht verstand, weil ich kaum zuhörte, so überrumpelt war ich. Ich schaute weder auf deine Beine noch auf deine Schuhe noch auf dein Kleid. Ich schaute nur in deine Augen. So, wie ich auch auf den Fotos, die du mir geschickt hattest, zuerst nur deine Augen angeschaut habe. Und dann dich umarmen, dich halten. Endlich. Dich drücken, dich bei mir fühlen. Was für ein langer, weiter Weg das zu dir war!

Ich weiß auch noch, wie das mit dem Stuhl war. Ich hatte das Licht vorher gedimmt, weil die Halogenleuchte uns blendete. Du saßt mit dem Rücken zu mir, und ich streichelte dich, ohne dass du mich sehen konntest. Als ich deinen Hals küsste, hörte ich dein Summsingen, sooft meine Lippen deine Haut berührten: die Innenseiten deiner Schenkel, deinen Hals, dein Ohr. Mit Schnellspannern habe ich dich am Stuhl festgebunden, mit roten Ratschgurten aus dem Baumarkt, die nicht einschnitten. Ich wollte dir nicht wehtun beim ersten Mal. War unsicher, wie weit ich gehen konnte.

Wie es sich anfühlt, so zu sitzen? Wie das ist beim ersten Mal? Ich konnte es in deinen Augen sehen. Ich erinnere mich, dass meine Fingerspitzen unter deinem hauchschwarzen Kleiderstoff spazieren gingen, weiß, dass sie deine Oberschenkel hoch wanderten und wieder zurück. Dass die »saure Ananas« zwischen deinen Lippen verschwand und ohne Zucker wieder herauskam ... Irgendwann auf diesem Stuhl habe ich dir die Halskette mit den Karabinerhaken umgelegt - als provisorisches Halsband für dich.

Ich habe kein einziges Bild von dir vergessen! Und keine Minute mit dir. Wie du auf dem Bett lagst, halb versunken in den weißen Kopfkissen. Wie wir uns streichelten, uns hielten. Wie wir redeten und herumalberten, dass ich deinen »Ausbildungsstand« nicht überprüft hätte. Und dann drücktest du mich, weil du spürtest, wie himmelhoch ich über solch dominanten Mätzchen stehe.

Weil dir kalt war, wickelte ich dich in meinen langen Wollschal. Und noch später zogst du dir mein schwarzes T-Shirt über, das auf dem Boden des Ankleideraums lag. »Bring die Peitsche mit den Gummischnüren mit«, sagte ich. »Sie liegt oben auf der Kommode.« Du kamst mit der Neunschwänzigen zurück, prüftest sie mit deinen Händen, stelltest dir vor, wie gemein das wohl ziehen würde, wenn ich dich damit schlüge. Ich fantasierte vom »Züchtigen«, zog das »ü« bewusst in die Länge, malte dir mit Worten aus, wie ich deine Haut »verstriemen« könnte.

Als ich mit einem Finger in deine Mitte eintauchte, war ich sprachlos, wie feucht du warst. Weil du kein Ersatzhöschen dabei hattest, legtest du den Slip über die Heizungsrippen zum Trocknen. Drei Anläufe machte ich, um ins Restaurant zu fahren, aber wir kamen nicht weg. Aßen gezuckerte »saure Ananas« - bis die Tüte halb leer war.

Ich erinnere mich noch an alles: Auf dem Weg zum Steakhouse haktest du dich in meinen rechten Arm ein uns stöckeltest mit mir ins Restaurant. Vorspeisen nur: Carpaccio und Shiraz. Ich nahm Filetsteak mit Salat und Folienkartoffel. Während ich die Speisekarte studierte, hast du mich beobachtet. Und gelächelt, als sich unsere Blicke trafen. Nein - ich dominierte dich nicht in diesem Restaurant. Fragte dich nicht nach den »3 Gerichten« und wählte dann eines aus. Nicht dort, nicht so früh. Nach dem Essen setzte ich mich neben dich auf die Bank. Ich weiß noch, dass wir dort wie Pubertierende schmusten. Und immer wieder mit unseren langen Beinen an den niedrigen Holztisch stießen, auf dem noch unsere leeren Teller standen. Nur als ich dich nach deinem Namen und deiner Adresse fragte, da schwiegst du.

Nach dem Essen gingen wir ins Hotel zurück. Du hocktest im Schneidersitz auf dem Bett, schautest mich erwartungsvoll an. Halb eins war es. Du lächeltest, und ich wusste: Die Nacht war noch nicht vorüber.

Ich habe nicht eine Sekunde vergessen, die wir miteinander verbrachten, auch nicht, wie das war, als du mit dem Rücken zur Hoteltür standest, nachdem das Taxi vorgefahren war. Wie hilflos war ich in diesem Moment! Ein Kuss, eine letzte Berührung unserer Lippen, ein Antippen nur - Morsezeichen als Proviant für die Nacht.

Auch dein Geschenk, das du am anderen Morgen mitbrachtest, sehe ich noch vor Augen - die dunkelviolette Schleife, die um die schwarze Karte geknotet war. Zwei Muscheln fand ich darin: eine große und eine kleine. Und ich verstand augenblicklich, was du meintest: dass die kleine in der großen verschwinden kann, und dass die große die kleine beschützen muss.

Später schenktest du mir den Anblick, den ich mir schon am Abend zuvor gewünscht, aber nicht bekommen hatte: Als ich aus dem Bad kam, lagst du über der schwarzen Lederbank vor dem Bett, deinen Po zum Fenster gereckt, deinen Kopf zwischen den verschränkten Armen vergraben. Ganz still lagst du da, ganz in dich versunken. Du konntest mich nicht sehen, nur ich dich. Ich genoss das Bild deiner Hingabe. Dachte still: Was für ein perfekter geiler weißer Arsch.

Ich weiß noch, wie ich mich verkehrt herum auf deinen Rücken gesetzt habe. Wie ich deine Haut streichelte, mit der Spitze der Gerte deine Rundungen nachzeichnete. Erst sanft, dann mit Nachdruck.

Und wie ich auf die Wölbungen deiner Pobacken schlug, dass es laut klatschte. Im Morgenlicht, das durch das Rundbogenfenster einfiel, sah ich die leichten Rötungen auf deiner Haut. Ich kniete mich hin und berührte sie mit meinen Lippen, so sanft es irgend ging.
Ich weiß auch noch, wie ich dich im Moment danach - im Augenblick des größten Vertrauens - erneut nach deinem Namen und deiner Adresse fragte. Und wie du mich traurig anschautest und sagtest: »Ich kann nicht.« Und leise ergänztest: »Jetzt noch nicht.« Ich drängte dich nicht und wartete bis zum nächsten Abend, als ich längst wieder zu Hause war.
Ich fühlte mich wie jemand, der paddelnd in der Mitte eines Sees auf seine Geliebte wartet und hofft, dass sie ihm nachkommen wird. Aber du brachtest den Mut nicht auf, vom Ufer aus zu mir zu schwimmen. Die ganze Nacht verbrachte ich online, hoffte, dass du mir schreiben, mir deinen Namen doch noch sagen würdest. Aber du trautest dich nicht, und so gab ich es auf, ging wieder an Land.
Das Leben schreibt andere Geschichten - vom Vertrauen, das badet und ertrinkt.
Dich sah ich nie wieder.

Kokon

Bestimmt wäre alles anders gekommen, wenn damals die Wand, an der sein Kinderbett stand, ein Fenster gehabt hätte, aus dem er hätte rausschauen können. Wenn er die Wiese und die Straße hinter der Wand hätte sehen können, sobald er morgens wach wurde. Er hätte sich dann die Zeit damit vertreiben können, die Leute zu beobachten, die draußen vorbeigingen, oder hätte die Autos zählen können, die dort parkten. Oder hätte den Butterblumen im Frühling beim Wachsen zuschauen und im Spätsommer über die Pusteblumen staunen können, deren kleine Schirmchen bei jedem Windstoß wie Raumschiffe von Außerirdischen über das Gras schwebten.
Aber sein Kinderzimmer hatte kein Fenster zur Straße. Es hatte nur ein Fenster zum Hof. Und wenn er dort rausschaute, sah er auf eine Mauer, die den Güterbahnhof Nord von seinem Elternhaus trennte. Es war statisch dort. Die Mauer war hoch, sodass er nicht sehen konnte, was auf der anderen Seite geschah. Aber hören konnte er: das Gebrüll Hunderter eingepferchter Rinder, die samstags in Güterwaggons ankamen und bis montags auf den Gleisen abgestellt wurden, ehe man sie zum Schlachthof transportierte. Wenn sonntags die Glocken der nahen Gertrudiskirche zur Messe riefen, wurden die Tiere lauter. Aber es war kein friedliches Muhen zwischen all dem Bimmeln und Läuten, sondern das Gebrüll von Kreaturen in Qual und Todesangst. Niemand schien das arme Vieh zu hören - nur er.
Weil die Eltern noch schliefen, musste er so lange im Bett liegen bleiben und warten, bis sie wach wurden und Frühstück machten. Um sich die Zeit zu vertreiben, stellte er sich vor, wie diese Rinder aussehen und wie sie sich in ihrer ausweglosen Lage fühlen mochten. Er erfand Geschichten über sie und versetzte sich in seiner Fantasie tief in ihre verängstigten Seelen, hatte seine erste Geschichte über sie fertig, als er noch gar nicht schreiben konnte. Eine Geschichte, die von einem dieser Rinder handelte, das schlau genug war, die Waggontür zu öffnen, sich und seine Artgenossen zu befreien, die Mauer zu überwinden und dann friedlich auf der Wiese hinter dem Haus zu grasen, die er nicht sehen konnte, weil es kein Fenster in der Wand gab, an der sein Bett stand.
Wie sehr diese Welt nur ausgedacht war und nicht wirklich, begriff er erst später. Aber da hatte er längst gelernt, mit sich selbst auszukommen, um sich wohl zu fühlen. Hatte sich darin geübt, im eigenen Kopf spazieren zu gehen und darüber zu staunen, wie verzweigt und bunt die Wege dort waren und dass es Türen gab, hinter

denen es spannend sein konnte. Um sie zu öffnen, musste er nur losgehen und inwendig suchen.

Sie hatte seine Arme weit gespreizt und seine Handgelenke ans Bettende gefesselt, ihm dann einen durchsichtigen Plastikbeutel über den Kopf gezogen und die Tüte mit einem 3 mm starken Gummiring fixiert, der hinten um seinen Nacken lag und sich vorne zwischen seine Lippen drängte. Wenn er seine Zungenspitze gegen den Gummiring drückte und das Plastik etwas anhob, konnte er ausreichend Luft bekommen. Aber wenn er nicht aufpasste, würde genau das passieren, was sie gesagt hatte: Er würde den Gummiring mit seiner Zunge aus dem Mund schieben - der Ring würde über sein Kinn bis zum Hals rutschen und dort den Beutel luftdicht verschließen.
»Ich lasse dich jetzt für eine Weile allein«, hatte Ricarda gesagt, »und werde zu gegebener Zeit wieder nach dir sehen.« Dann war die Schlafzimmertür ins Schloss gefallen.

Bestimmt wäre alles anders gekommen, wenn Ricarda sich als Kind nicht vor die Musiktruhe ihrer Eltern gesetzt und die Mahagonitür beiseitegeschoben hätte, hinter der sich ein Plattenspieler befand, der eine magische Wirkung auf sie ausübte. Es roch nach Röhren und angeschmorten Kabeln, sobald sie die Tür öffnete, aber es klang wunderbar, wenn sie eine der Vinylplatten auflegte, die Nadel in die Rillen einführte und dann wartete, bis die Musik einsetzte. Es waren Titel aus den späten Fünfzigern: *Tiritomba* von Margot Eskens, *Tipitipitipso* von Caterina Valente, *Kriminal-Tango* vom Hazy Osterwald Quartett und *Buona sera* von Ralf Bendix.
Diese Songs halfen Ricarda auf ähnliche Weise über ihr Alleinsein hinweg, wie die Rinder auf den Bahngleisen ihrem Sklaven. Sie hörte diese alten Platten so oft, dass sie die Texte nie mehr vergaß - vor allem die aberwitzige Scat-Einlage in *Buona sera* nicht, die in der Mitte des Liedes einsetzte, nachdem Ralf Bendix dreimal *Buona sera Signorina, komm und sei mein* gesungen hatte: *Bap doo lap doo dap doo red budboner bona banaboatman doodle ba de bo ho.*
Um sich diese Wortfolge merken zu können, hatte Ricarda die Stelle unzählige Male angehört und die Nadel immer dann angehoben und vorsichtig wieder aufgesetzt, wenn sie ein Wort nicht verstanden hatte. *Bap doo lap doo dap doo* war leicht zu memorieren - aber um bis zu *red budboner bona banaboatman* vorzudringen und nicht zu vergessen, dass es davor *Bap doo lap doo dap doo* hieß, kostete es sie eine Menge an Schweiß und Konzentration. Und niemand war da, der ihr eine Hand reichte, während sie ganz bei sich und in sich selbst versunken vor dem Plattenspieler saß.

Bestimmt wäre alles anders geworden, wenn Ricarda nicht dominant gewesen wäre und ihr Partner nicht maso. Aber sie war es!

Sobald er seine Zunge vom Gummiring zwischen den Zähnen zurücknahm, zog sich das Plastik beim Atmen knisternd gegen sein Gesicht. In seinen Ohren rauschte es mit jedem Atemzug, und selbst wenn er die Augen öffnete, konnte er nur Schemen sehen, weil die Tüte von innen längst kondensiert war. »Was wäre, wenn ich täte, wozu sie mir die Freiheit gelassen hat?«, dachte er. Und tauchte tief in die bedrohlichen Bilder ein, die er vor seinem geistigen Auge sah, als wären sie bereits wirklich.
Es war geil, ihr auf diese Art ausgeliefert zu sein - erregend wie gefährlich. Er genoss seinen Kokon, als läge er in ihrem Mutterleib, und spielte mit dem Gummiring, der so perfide seine Sauerstoffzufuhr drosselte. Spürte, wie sich die Tüte aufblähte, wenn er ausatmete und die verbrauchte heiße Luft in seine Lungen eindrang, sobald er wieder einatmete. Er spielte mit dem Feuer und stieß das Gummi mit der Zunge wieder hoch, sog frische Luft ein und verkapselte sich dann wieder. So ging es hin und her, bis am Ende die schiere Lust obsiegte und er die Zunge - so weit es ging - nach vorn streckte.
Er zerrte an seinen Fesseln, als das Gummi über seinen Mund rutschte, von dort über das Kinn glitt und sich um seinen Hals legte. Er versuchte Luft zu holen, obwohl er wusste, dass sein Kopf luftdicht verschlossen war. Beim Einatmen saugte sich das Plastik fest an sein Gesicht, so wie sich die Tüte beim Ausatmen aufblähte. Er wand sich, zog und zerrte. Sein Atem ging immer heftiger, aber er hatte den Point of no Return überschritten.
Als sich die Folie beim dritten und vierten Einatmen auf seinen Mund presste, spürte er, wie sein Unterleib zu vibrieren begann und sich sein Körper schüttelte. In diesem Moment war er ganz bei sich selbst - wie auch ganz bei Ricarda. Dann wurde es dunkel um ihn herum. Das Letzte, an das er sich erinnern konnte, war eine Frauenstimme, die dumpf und unwirklich zärtlich *Bap doo lap doo dap doo red budboner bona banaboatman doodle ba de bo ho* in sein linkes Ohr flüsterte.

Puffelchen

Sie war keine selbstbewusste Frau. Als ich sie kennenlernte, trug sie einen langen schmucklosen Wollmantel, der sie buchstäblich wie eine graue Maus aussehen ließ. Weil sie groß war, zog sie stets flache Schuhe an. Wenn sie sich aufstylte, tat sie das dezent: etwas Eyeliner für die Wimpern, rosa Lippenstift und rosa Nagellack, nie mehr. Dabei war sie hübsch und hätte wer weiß was aus sich machen können.
Ein einziges Mal habe ich sie mit grellrot geschminkten Lippen gesehen, die sie zusätzlich mit Konturstift betont hatte. Das war an Karneval, wo sie sich als Sally Bold aus *Cabaret* verkleidet hatte und ihre großen grünen Augen unter einer schwarzen Kurzhaarperücke blitzen ließ. An diesem Tag hatte ich mich in sie verliebt und gespürt, dass da mehr in ihr steckte als nur Unschuld und ein schüchternes Mädchen.
Nicht selten habe ich ihr Prospekte mit Dessous mitgebracht, die manchmal den Tageszeitungen beilagen. Habe Eselsohren an bestimmte Bilder gemacht oder kleine Kreuzchen an Strapse und BHs gemalt. Winke mit dem Zaunpfahl - aber sie mochte kein Nylon und auch keine Seide auf ihrer Haut. Korsetts und Korsagen engten sie ein, sagte sie. Wenn wir im Donau-Center vor diesem Dessousladen standen, kaufte sie zwar das, worauf ich mit den Fingern zeigte und was ich mir so sehr an ihr wünschte - aber nie tat sie es mit Feuer in der Seele. Wie feminin ihre langen Beine in hauchzarten Seidenstrümpfen wirkten, das schien sie nicht wirklich zu sehen.
Im Frühjahr hatte ich ihr Lack-Overknees mit 13 cm Absätzen geschenkt und eine knackenge schwarze Hose aus Leder. Ein einziges Mal trug sie dieses Outfit draußen, ging an meiner Seite in hohen Hacken durch die Stadt und ließ mich mit jedem ihrer Schritte ihr weibliches Klack-Klack hören. Hinterher gestand sie mir dann, dass sie sich unwohl in ihrer Haut gefühlt hatte, weil die Männer sie lüstern und geil angestarrt hatten.
Im Schlafzimmer ließ sie sich von mir ans Bett fesseln, ließ sich die Augen verbinden und trug sogar ellbogenlange Latexhandschuhe, wenn wir miteinander spielten. Sie hatte das gern und war auch erregt dabei, aber wenn es nach ihr gegangen wäre, hätte mehr nicht sein müssen. Ein bisschen fesseln und wehrlos sein - das genügte ihr schon. Als ich ihr eines Abends die Hände hinter den Rücken band, ihr ein Halsband umlegte und die daran angebrachte Kette an der oberen Zarge einer Zimmertür befestigte, bevor ich den Müll ausschütten ging, war ihr Gesicht feucht von Tränen, als ich von den Aschentonnen zurückkam.

Dabei war sie nicht frigide und hatte durchaus lüsterne Fantasien, bat mich bisweilen, ihr von Männern zu erzählen, die ich heimlich für sie besorgte und denen sie sich zur Verfügung stellen musste. Männer, die sie leckten und vergewaltigten, Frauen, die sie mit Strap-ons fickten. Bei diesen Kopfspielen kam sie heftig. Aber sobald ich mit ihr darüber redete, um tatsächlich einen Mann für sie zu besorgen, eine Frau oder ein Paar, wiegelte sie ab. »Nein«, sagte sie, »solche Dinge könnte ich in Wirklichkeit nie tun.«
In den sieben Monaten, in denen wir uns kannten, hat sie nicht ein einziges Mal allein einen Sexshop besucht, um mich mit irgendwas zu überraschen. Wenn jemand Toys kaufte, dann war ich das. Keine Party, keine speziellen Locations, die sie gereizt hätten. Keine Bookmarks in ihrem Browser, die auf heimliche Leidenschaften schließen ließen. Keine JPG-Bildersammlung mit dominanten Männern, keine SM-Clips auf ihrem PC. Alles clean und blütenweiß.
Und trotzdem liebte ich sie. Liebte die Art, wie sie Puddingschnecken im Auto aß und jedes Mal, wenn sie reinbiss, den Kopf aus dem Fenster hielt, damit es nicht auf den Sitz krümelte. Liebte es, wie sie den Strohhalm in den Tetrapak mit Orangensaft piekste und selbstvergessen daran nuckelte wie ein Kind. Mochte es, wenn wir Hand in Hand eine Straße überquerten und sie noch zögerte, während ich schon loslief, sodass ich im Laufen stoppte, bis sie nachkam. Strahlte, wenn sie morgens ihre Pille nahm, das Stanniolpapier auf der Rückseite der Verpackung aufriss und ihre Zunge in die kleine Mulde steckte. Lachte, wenn sie ihr Gesicht verzog, zweimal schluckte und dann »Lecker!« sagte. Hatte Tränen der Rührung in den Augen, als sie mir irgendwann gestand, dass sie abends heimlich für uns bete. »Damit uns nichts passiert.«
Sieben Monate lang hatte ich die Hoffnung, sie aufzutauen und an ihren wahren Kern zu kommen. Aber als ich spürte, dass ich sie nur mitzerrte in meine Welt, ging es nicht mehr. Mag sein, dass ich der falsche Koch war oder sie das falsche Restaurant. Dass sie weder maso war noch devot - oder von beidem nur ein bisschen - und dass sie tatsächlich von innen nicht brannte, sondern nur glimmte - so, wie manche Menschen eben nicht dafür geschaffen sind, 100 Meter in 10,2 Sekunden zu laufen.
Als wir uns trennten, öffnete ich den Kleiderschrank mit unseren SM-Toys und bat sie, etwas daraus mitzunehmen, das ihr am Herzen lag. Aber sie wählte nichts aus. Wollte weder eines der Pornohefte noch einen Dildo, noch ihre Handschellen noch ihr Halsband oder eines der Leder- und Latexteile, die ich ihr in all den Monaten gekauft hatte. Was sie mitnahm, waren die beiden Stofftiere, die ich ihr zum 32. Geburtstag geschenkt hatte: zwei gelbe flauschige Enten mit überdimensionalen braunen Schnäbeln - ihre »Puffelchen«.

Contenance

Sie war die Frau, die Wunderkerzen auf seinen Arsch funkenregnen ließ. Die er outdoor im Sulky durch die Landschaft zog. Die ihn anwies, Wäscheklammern mit den Zähnen vom Teppichboden zu pflücken, um sie akkurat in ihrem Schoß abzulegen. Sie war die Frau, die ihn ausbruchsicher in Klarsichtfolie verpackte und von hinten ihren Vibrator zwischen seine Schenkel klemmte. Die Frau, die ihn in eine Hundebox sperrte und ihn lehrte, Gertenhiebe auf Französisch mitzuzählen - linke Arschbacke rückwärts, rechte Backe vorwärts.

Sie war die Frau, die ihn mit verbundenen Augen unter ihren Rock kriechen ließ, ihn zu ihrem Slip dirigierte und dann die Schenkel zusammenpresste, bis er fast erstickte. Er leckte Nutella von ihren Stiefelspitzen und ließ sich seinen Rücken von ihr mit einem Dornenrad bearbeiten. Er kroch vor ihr im Zickzack und bettelte darum, dass sie ihm die Elektroden von den tauben Brustwarzen nehmen möge. Ließ sich ihren String über den Kopf ziehen und roch ihren Honig. Spürte ihre feuchten Schamlippen, wenn sie sich auf ihn setzte und seine Rippen mit Kriechschneckenspuren markierte.

Und doch war da nichts - kein zweideutiges Wort und keine eindeutige Berührung. Sie hatte sich kein einziges Mal nackt vor ihm gezeigt, und wenn - dann hatte sie ihm zuvor die Augen verbunden. Er hat weder ihre Brüste noch ihre Scham noch ihren Hintern jemals unbekleidet gesehen, wie sie ihrerseits seinen Schwanz nie angeschaut oder angefasst hatte. Sie hatten sich kein einziges Mal geküsst und niemand von ihnen hatte je von Liebe geredet. Etwas seelentrunken waren sie manchmal voneinander, etwas beschwipst vom vielen Flirten - aber nie war da mehr. Nichts, für das sie sich hinterher schämen mussten oder das sie bereuten.

Dennoch hatte sie ihn in ihren Bann gezogen - was an ihren Augen und ihrem Blick lag. Denn der konnte von der einen zur anderen Sekunde bitterböse werden. Ihre graublauen Augen wechselten dann die Farbe, nahmen einen harten, kalten Grünton an. Wenn sie ihn schlug, bog sie ihren Körper geschmeidig nach hinten, holte mit Lippenlust und Körperschwung aus, ehe sie ihren Arm athletisch nach vorn schnellen ließ. Sie erschien ihm unwirklich schön, wenn sie ihn peitschte - und sie mochte es, wenn er sie dabei ansah. Genoss sein Schwimmen in ihren Augen, das verlorene Schwarz seiner Pupillen, seine Furcht vor ihrer Stärke.

Sie war auf bestimmte Art gnadenlos. Konnte minutenlang mit dem Ende ihres Rohrstocks auf die Innenseiten seiner Oberarme

schlagen - dort, wo das Fleisch besonders empfindlich war. Und sie schlug nicht einfach, sondern komponierte jeden einzelnen ihrer Hiebe mit äußerster Sorgfalt. Trat vor ihn, bog ihren Stock spielerisch nach hinten, schaute ihm fest in die Augen und ließ den Bambus dann unerwartet nach vorn schnappen. Er schrie - so weh tat das, wenn sie immer wieder auf die gleiche Stelle schlug.
»Ich mach dir Spaghetti«, sagte sie und stempelte feine rote Streifen auf seine Haut, die einen halben Millimeter dick anschwollen. »Spaghetti mit Tomatensoße.«
Natürlich hat sie ihn zwischendurch auch gestreichelt. Trat urplötzlich auf Atemnähe an ihn heran, legte ihre Arme um seinen Hals und ließ ihn ihr Parfüm riechen. Ihre Stimme klang in solchen Momenten weich und lüstern, stand kurz vor dem Kippen. Sie krabbelte dann mit ihren Fingerspitzen über seinen Rücken, über seine Brust und strich manchmal auch seinen Hals entlang, ritzte Blumen und Penisse mit ihren Fingernägeln in seine Wangen. Aber genau dann, wenn er ihre Berührungen zu genießen begann, schlug sie mit beiden Handflächen abwechselnd in sein Gesicht oder traktierte stakkato seinen Hintern. »Ich weiß, dass es weh tut«, sagte sie scheinheilig. »Aber wir sind auch nicht in einem Wellness-Hotel.«
Manchmal, wenn sie seine Augen verbunden hatte, drückte sie ihm ein Tuch in die Hand und ließ ihn ihr Latexkleid auf Hochglanz polieren, wobei alles, was jenseits von Rocksaumkante und Ansatz ihrer Brüste lag, Tabuzone war. Manchmal öffnete sie auch ihren BH oder den Reißverschluss ihres Ledertops und presste ihre nackten Brüste an seinen Rücken. Dann wieder näherte sie sich ihm von vorn, rieb mit ihren Brustwarzen über seine Haut. An ihrem Atem, der über sein Gesicht strich, konnte er spüren, dass sie auf Kusshöhe vor ihm stand - als spielte sie einen ganzen Abend lang nur auf diesen einen Moment hin, in dem sie ihm die Augenbinde wieder abnehmen würde. Ihre Augen flackerten dann nervös, tanzten hin und her zwischen Lust, Hoffnung und gespannter Erwartung, suchten seinen Blick und diesen ganz bestimmten Ausdruck darin.
Fand sie in seinen Augen, was sie suchte, dann lächelte sie und belohnte ihn mit diesem Lächeln für all den ertragenen Schmerz. Das Begehren in seinen Augen anzuschauen, sein Feuer zu sehen - das allein genügte ihr.
Manchmal, wenn er vor kniete, wunderte er sich darüber, wie zahm und gebändigt er in ihrer Gegenwart war. Dass nicht ein einziges Mal der Wunsch in ihm aufkeimte, das zu tun, was er ansonsten mit einer Frau tat: ihr die Stiefel ausziehen, ihr die Nylons die Schenkel hinunterrollen, sie aus Rock und Top schälen, die Träger ihres BHs über die Schultern schieben, ihre Brust entblößen und mit seiner Zunge ihre Haut entlangfahren, bis er Einlass in ihre Muschel

fand. Und auch sie staunte über sich, dass bei ihr nie das Verlangen nach dem aufkam, was sie üblicherweise bei Männern suchte. Diese Nische mit ihm zu entdecken, war neu und aufregend. Viel spannender als banales Ficken, das man mit jedem, immer und überall haben kann, wenn man will. Sie hatten es beide im Leben zu Genüge mit anderen Partnern getan. Deshalb sparten sie es auf für sich und verbrauchten einander nicht, hielten den Zauber zwischen sich schwebend.
In den fünf Jahren, in denen er ihr Sklave war, kam und ging sie wie Ebbe und Flut. Dominierte ihn wie den Kegel eines Diabolos, den sie auf ein Seil setzte, bis er zu kreiseln begann und um seine Längsachse rotierte. Den sie mit beiden Handstöcken in die Luft schleuderte und lächelnd wieder auffing - immer wieder. Er hatte lange gebraucht, um zu begreifen, dass es in ihrem Spiel auch um Kontrolle ihrer Leidenschaft ging. Wann immer sie mit ihm zusammen war, spielte sie auch mit sich selbst, lotete sich aus, suchte ihre Grenzen.
Weil sie die Contenance behielt, achtete er sie mehr als jede andere Frau, die er vor ihr kennengelernt hatte. Denn sie besaß Stil. Sie verschlang nicht, sondern genoss wie ein Gourmet. Ihre Leidenschaft verteilte sie grammweise auf silberne Gäbelchen, die sie ihm ohne Hast in den Mund schob. Ihre Erotik war auf magische Weise mit Leben gefüllt und blieb gerade deshalb so aufregend, weil sie sich nicht erfüllte.
Auch wenn ihre Nähe nach jedem Treffen wie ein süßes Parfüm an ihm haftete, so war da nichts! Nichts, für das sie sich entschuldigen mussten oder das sie hinterher bereuten.
Und doch war da was ...

Weitere Bücher im Seitenblick Verlag

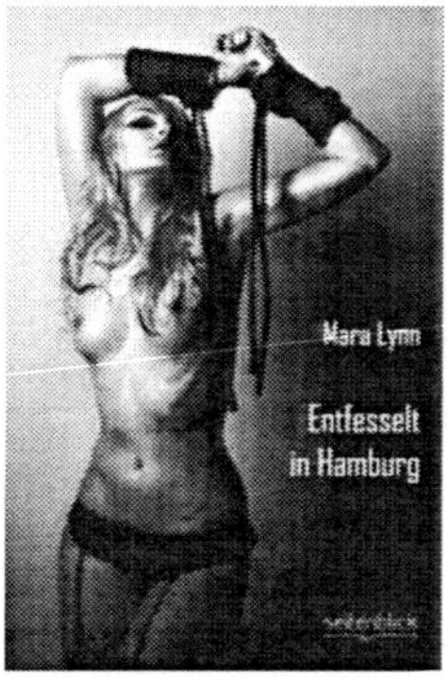

Nach einer harten Trennung von ihrem Dominus fängt die 25-jährige Mara in Hamburg ein neues Leben an. Sie knüpft Kontakte, lässt sich auf eine Session mit dem Szene-Star David ein. Mara hofft, dass sich mehr daraus entwickelt, zweifelt aber auch, dass dieser von allen Subs umschwärmte Mann ernsthaft an ihr interessiert sein könnte. Sie hat Sessions mit anderen Männern, und David fängt etwas mit Nadine an, einer Model-Schönheit ohne Verstand. Trotzdem sucht er daneben wieder Kontakt zu Mara. Es kommt zu einer weiteren Session. Mara fühlt sich zu David hingezogen, obwohl sie sieht, dass sie sehr verschieden sind und eigentlich nicht zueinander passen. Außerdem traut sie David nicht. Sie will nicht noch einmal so verletzt werden, wie von ihrem Ex-Herrn Sean. Obwohl er sie bereits vor über einem Jahr verlassen hat, ist sie immer noch nicht über ihn hinweg. So wirft es sie völlig aus der Bahn, als sie Sean überraschend wiedersieht ...

Mara Lynn: Entfesselt in Hamburg, 176 S.
ISBN: 978-3-933540-19-5

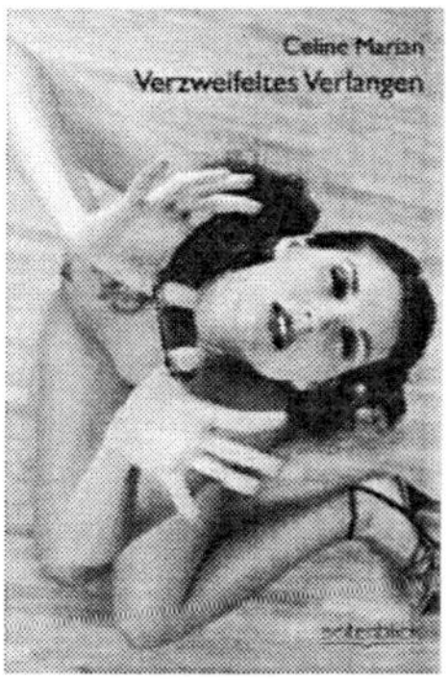

Die junge bisexuelle Tamara ist rettungslos in ihre Chefin Helen verliebt – ohne Chance auf Erfüllung, da die Masochistin Helen seit vielen Jahren mit ihrem Master Vincent eine glückliche Beziehung führt. Welcher Art diese Beziehung ist, ahnt Tamara nicht. Als sie die beiden zufällig bei einer Session sieht, hält sie Vincent für einen brutalen Schläger und Helen für sein armes Opfer. Sie will Helen aus dieser vermeintlich zerstörerischen Beziehung befreien und zerstört dabei fast sich selbst. Helen und Vincent, beide etwas älter, souveräner und von sympathiegetragenem Mitleid für die liebesbesessene Tamara erfüllt, versuchen sie wieder zur Vernunft zu bringen. Doch statt Tamara von ihrem Liebeswahn zu befreien, verlieren sie selbst die Kontrolle und lassen sich beide mit ihr ein. Es entsteht ein heilloses Chaos von Gefühlen, sexuellen Begierden, Intrigen und Machtspielen, das Vincent, der Dominierende in dieser Dreierkonstellation, angestrengt in den Griff zu bekommen versucht.

Celine Marian: Verzweifeltes Verlangen, 176 S.
ISBN: 978-3-933540-17-1

Marie will mehr als nur Soft-SM. Auf dem Weg, ihre Grenzen zu erforschen, experimentiert die 25-jährige Jurastudentin mit verschiedenen »S«-Partnern, bis sie sich D. als Sklavin auf Zeit verpflichtet. In den vertraglich festgelegten drei Monaten treibt D. Marie dazu, sehr viel weiter zu gehen, als die noch wenig erfahrene Masochistin es je von sich selbst erwartet hätte. Eine pure SM-Beziehung hatte es sein sollen, nur eine »Affäre«, aber gegen ihren Willen und gegen alle Vernunft verliebt Marie sich in D.

»Das Buch hat mich zutiefst erschüttert (...). Dieses differenzierte, in sich selbstzerstörerische Tagebuch stellt so viele Fragen, die es zum Teil selbst beantwortet, dass es weit über das Aufarbeiten persönlicher Erfahrungen hinausreicht.« TWILIGHT, Berlin

Marie Jo: Der Liebe ganze Härte. Tagebuch einer liaison dangereuse, 220 S., ISBN: 978-3-9805399-3-7

Julia liebt Schmerz, hat jedoch überhaupt keine Neigung zur Devotion. Unglücklicherweise verliebt sie sich nicht in einen Mann, der sie achtungsvoll mit der Peitsche streichelt, sondern in Nick, einen Dominus, der ihre Unterwerfung fordert. Er setzt sich über ihren Widerstand hinweg und zwingt ihr Spiele auf, die sie als kränkend und demütigend empfindet. Sie hasst ihn für das, was er mit ihr tut, verachtet sich selbst, weil sie es geschehen lässt - obwohl es sie durchaus auch erregt. Sie kämpft gegen ihn, sträubt sich gegen seinen Willen, sie zu beherrschen, und überlegt immer wieder, die Beziehung zu beenden. Nur liebt sie ihn zu sehr, um ihn zu verlassen. Abgesehen von seiner Dominanz ist er der perfekte Mann für sie, und dass er sie ebenfalls liebt, macht eine Loslösung noch unmöglicher. So sehr er sie sexuell drangsaliert, so zärtlich behandelt er sie außerhalb der Spiele, macht sie sich mit der verführerischen Mischung von Zwang und Zuwendung gefügig, so dass sie ihre Unterwerfung als den Preis für diese Liebe anzusehen beginnt, den sie zu zahlen hat.

Thal: Julias Hingabe, 232 S.
ISBN: 978-3-933540-14-0

Carla Berling:
Im Netz der Meister, 196 S.
ISBN: 978-3-933540-15-7

Ein falscher Klick im Internet, und das wohlgeordnete Leben der Buchhändlerin Simone gerät aus den Fugen. In einem Erotik-Chat trifft sie einen Mann, der sie in die SM-Welt entführt. In lustvollen Fantasien erlebt sie, was sie im Alltag verabscheut: Unterdrückung, Demütigung, Selbstaufgabe und Schmerz. Da sie verheiratet ist, dürfen diese Träume niemals Realität werden. Doch als sie im Netz dem attraktiven, dominanten Boris begegnet, verbringt sie eine erregende Nacht mit ihm. Simone zweifelt an ihren Gefühlen, kann sich ihr plötzliches Verlangen nach Dominanz nicht erklären und fragt sich, ob es tatsächlich das ist, was sie will. Nur eins weiß sie genau: dass sie diese Lust, die sie mit Boris erfahren hat, wieder erleben muss. Von Selbstzweifeln und Schuldgefühlen gequält, verbringt sie Stunde um Stunde im Internet, vernachlässigt Geschäft, Familie, Freunde, knüpft immer neue Kontakte zu dominanten Männern und lässt sich mit ihnen auf Sessions ein. Ohne zu bemerken, dass sie sich selbst verliert, lässt sie sich von ihrem Verlangen treiben, riskiert immer mehr, bis sie eines Tages an einen Mann gerät, der sie ihren Leichtsinn bitter büßen lässt.

SM-Partys, Stammtische und Sessions im Hotel - Simone und Gerald haben sich neben ihrem bürgerlichen Alltag eine geheime Welt geschaffen, in der sie erotische Situationen und bizarre Begegnungen erleben. In dieser Welt gelten völlig andere Regeln und es gibt keine Geheimnisse voreinander. Die Lust steht an erster Stelle. Das neue Lebenskonzept scheint zu funktionieren, bis Gerald die kapriziöse Anna trifft. Was als reizvolle Session geplant war, entwickelt sich zur Posse und endet in einem Psychoterror-Drama. Erneut flieht Simone in die vertraute virtuelle Welt und ignoriert die Probleme des realen Alltags so lange, bis es zu spät ist. Die Katastrophe ist nicht mehr aufzuhalten.

Carla Berling: Im Netz der Meister Teil II, 176 S.
ISBN: 978-3-933540-16-4

»Ich wünsche mir Männlichkeit, die sich an meiner Weiblichkeit vergeht. Ich will die Sanftheit erleben, die aus dem Kampf geboren wird, und die Süße, die aus dem Schmerz entsteht«, schreibt Liara Dorn in ihrem Tagebuch, das von ihrer Liebe zu einem dominanten Mann erzählt, mit dem sie erstmals ihre devote Seite lebt. Liara ist fasziniert von dem wesentlich älteren Daniel. Mit seiner Reife und Erfahrung kann er ihr den Halt geben, der Voraussetzung für ihre Hingabe ist. Allerdings stellt Daniel hohe Ansprüche an eine devote Geliebte, die Liara nicht erfüllen kann und will. Trotz ihrer übermächtigen Liebe zu Daniel widersetzt sie sich oftmals seinen Anforderungen. Liara möchte sich hingeben, aber sich nicht selbst dabei verlieren. Doch Daniel will sich nur ungern mit weniger als ihrer perfekten Demut zufrieden geben und versucht, seine Ansprüche durchzusetzen. So entstehen mancherlei Kämpfe um das richtige Maß von Dominanz und Unterwerfung, aber immer wieder kommen beide auch ihrem Traum von der vollkommenen Liebe nahe, erleben die Erfüllung einer großen Passion und die Höhenflüge grenzenloser Ekstase.

Liara Dorn: Liebespassion
152 S.
ISBN: 978-3-933540-13-3

Die 26-jährige Sonia begegnet einem dominanten Mann, der in ihr zum ersten Mal sexuelles Verlangen auslöst. Seitdem von devot-masochistischen Fantasien verfolgt, nimmt sie über eine Zeitungsanzeige Kontakt zu einem Dominus auf. Da sie in einer festen Beziehung lebt, soll es nur ein »harmloser« ONS werden, doch der Mann, um einiges älter als Sonia und sehr erfahren, zieht sie trotz ihrer Widerstände in seinen Bann. Obwohl sie sehr wohl bemerkt, dass er mit ihr spielt, sie manipuliert, sie womöglich belügt, versteht er solch intensive Gefühle und eine so enorme Lust in ihr zu wecken, dass sie ihm verfällt.

Sonia Kell: Die Lügen meines Meisters
168 S., ISBN: 978-3-933540-06-5

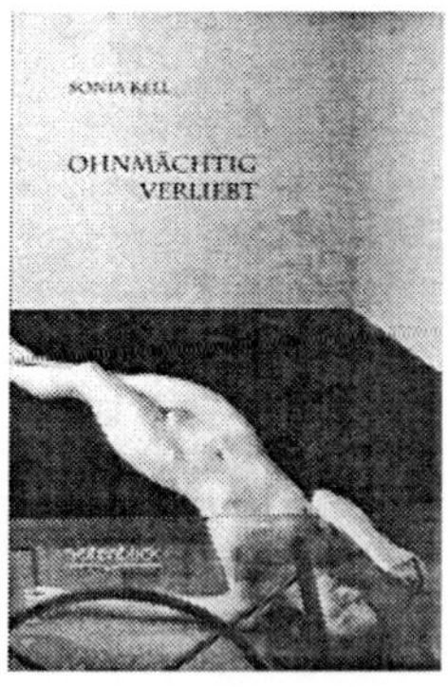

Sonia Kell: Ohnmächtig verliebt
168 S., ISBN: 978-3-933540-10-2
Fortsetzung von »Die Lügen meines Meisters«

Weitere Bücher und Leseproben finden Sie auf unserer Homepage
www.seitenblickverlag.de
Wir schicken Ihnen auch gerne unseren Katalog per Post.

seitenblick

Seitenblick Verlag B. Tegtmeier
Schillerstr. 1 • 53721 Siegburg
Fon: (02241) 5915-88 • Fax: -89